葉室 麟

刀《と》伊《い》入寇《にゅうこう》 藤原隆家の闘い

実業之日本社

実業之日本社文庫

刀伊入寇　藤原隆家の闘い　目次

刀伊入寇《といにゅうこう》

藤原隆家《ふじわらのたかいえ》の闘い

刀伊入寇
藤原隆家の闘い
関連地図

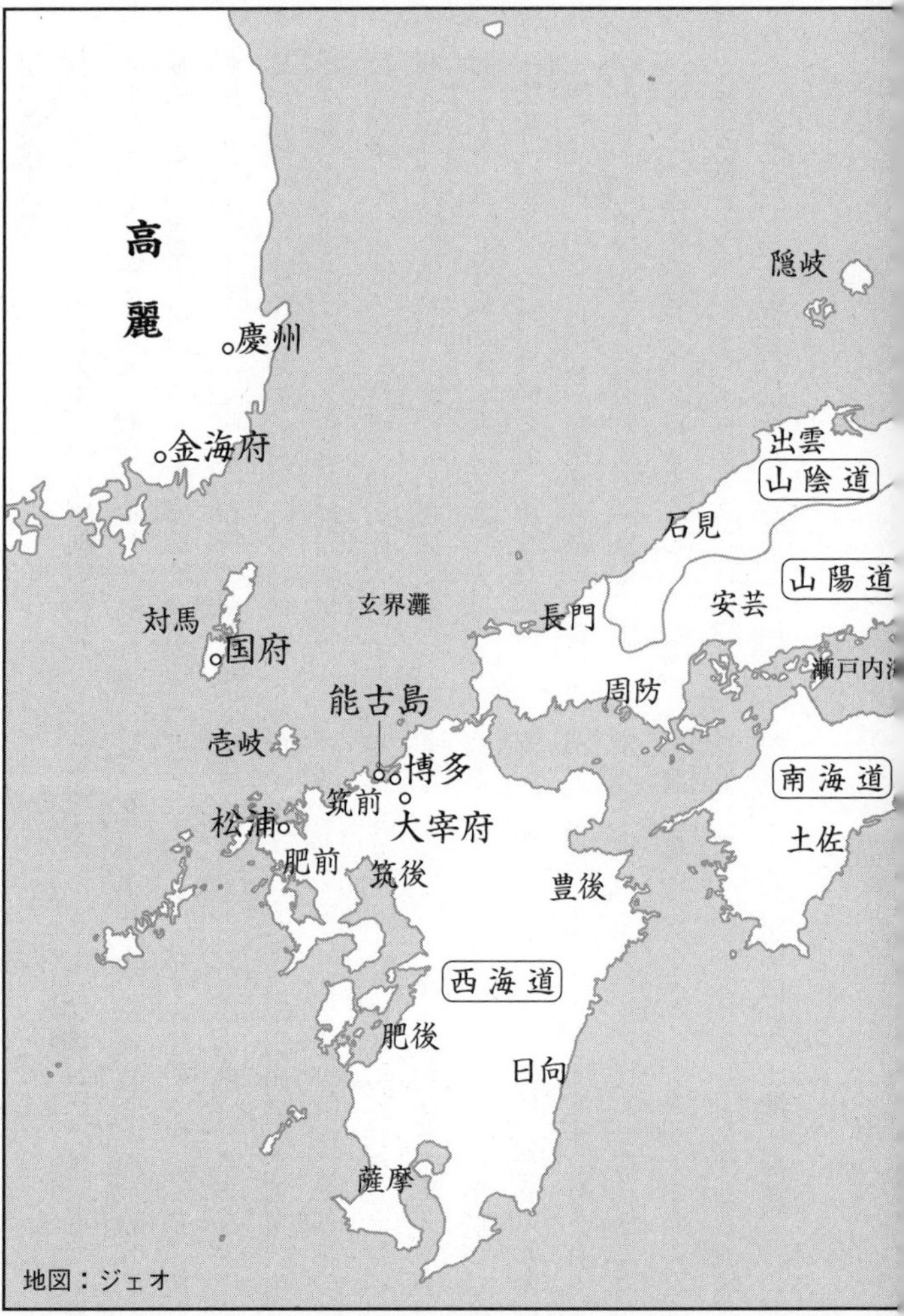
高麗
慶州
金海府
隠岐
出雲
山陰道
石見
山陽道
安芸
対馬
玄界灘
長門
国府
周防
瀬戸内
能古島
壱岐
博多
南海道
筑前
松浦
大宰府
土佐
肥前
筑後
豊後
西海道
肥後
日向
薩摩
地図：ジェオ

〈主な登場人物〉

藤原隆家《ふじわらのたかいえ》……幼名阿古《あこ》。平安中期の公卿。

藤原伊周《これちか》……隆家の兄。叔父の道長と対立。

藤原道隆……隆家・伊周の父。中関白家《なかのかんぱく》の祖。

藤原道長……隆家・伊周の叔父。

藤原道兼……隆家・伊周の叔父。のち関白。

藤原兼家……隆家・伊周の祖父。

藤原伊尹《これただ》……隆家・伊周の大伯父。

藤原頼通……道長の長男。のち摂政・関白。

平　致光《たいらのむねみつ》……中関白家に仕える滝口の武士。

平致頼《むねより》……致光の父。勇猛な武将。

乙黒《おとぐろ》（法師）……妖しい術を使う謎の法師。

花山院《かざん》……第六五代天皇。兼家の陰謀で退位。

済子《せいし》……伊勢斎宮に決まるも退下した王女。

一条天皇《いちじょう》……第六六代天皇。

東三条院詮子《せんし》……隆家の叔母。一条天皇の母。

三条天皇……居貞《いやさだ》親王。第六七代天皇。

後一条天皇《ごいちじょう》……敦成親王。第六八代天皇。

貴子《きし》……隆家・伊周・定子の母。

定子《ていし》……隆家の姉。一条天皇の中宮。

彰子《しょうし》……道長の娘。一条天皇の中宮。

瑠璃《るり》……花山院に仕える謎の女。

烏烈《うり》……花山院に仕える異形の男。

頼勢《らいせい》……花山院の従者を務める大男。

烏雅《うや》……瑠璃の息子。

安倍晴明《あべのせいめい》……朝廷に仕える陰陽師。

清少納言……定子に仕える女房。

紫式部……彰子に仕える女房。

大蔵種材《おおくらのたねき》……九州大宰府《だざいふ》の官人。

長岑諸近《ながみねのもろちか》……九州対馬判官代《つしまほうがんだい》。

源　知《みなもとのさとす》……九州肥前の武士団「松浦党《まつら》」の頭。

第一部　龍虎闘乱篇

一

長徳《ちょうとく》元年（九九五）三月――

――阿古《あこ》様

阿古様、どこにおいでなのでしょうか。

暗闇《くらやみ》の中で侍女たちの声が響く。心配しているようだが、どこか楽しげだ。いつものいたずらで姿を晦《くら》ましただけだとわかっているからだろう。

その声を聞きながら、少年は寝殿造《しんでんづくり》の大屋根に仰向《あおむ》けになって寝そべっていた。

夜空に青みを帯びた満月がかかっている。月を見つつ、少年は、

「どこかに、強い敵はおらんものかな」

とつぶやいた。それに応じて、男の声が、

「どこにでもおるぞ」

と嘯《うそぶ》いた。

「まことか。まことに強い敵か」

「ああ、ひとの心に棲む鬼だ」

「なんだ、そんなことか。坊主の言い草だな」

「だが、お前はそういう敵と戦わねばならんだろうよ」

――乙黒《おとぐろ》
少年は呼びかけた。月明かりに男の蓬髪《ほうはつ》が照らし出されている。眉《まゆ》が太く鼻筋がとおった精悍《せいかん》な顔だ。年は二十歳《はたち》すぎだろう。名を、

――乙黒法師
と称している。もっとも得度《とくど》しているわけではない。在野の行者である。乙黒は山野で荒行を積んで不可思議な術を体得したらしい。

少年は京の町中で乙黒と出会った。乙黒は辻《つじ》で邪霊退散の祈禱《きとう》をしていた。

前日の夜中、辻に鬼が現れ犬を食ったという。

その犬の死骸《しがい》があった地面は赤黒く色が変わっていた。乙黒は傍らに水甕《みずがめ》を持ってこさせ自らの手で水をすくい読経《どきょう》しながら振り撒《ま》いた。すると地面からもくもくと白い煙が立ち上った。

乙黒が目を見開いて、

――退散
と一喝すると、白煙の中におどろおどろしい鬼が現れ、すぐにふっと消えた。その様子を見ていた少年が、

「鬼など珍しくもない」

とつぶやくと、乙黒が横柄な口調で、

「見たことがあるのか」

と問うた。

「おお、わしの屋敷には出世のためなら何でもする鬼が何人もおるぞ」

少年が答えると、乙黒はにやりと笑った。

少年の身分は高い。

一条《いちじょう》天皇の摂政関白《せっしょうかんぱく》を務め、後に中関白《なかの》と呼ばれる藤原道隆《ふじわらのみちたか》の四男である。数えで十二歳の時には元服して従五位下《じゅごいのげ》侍従となった。さらに去年、十六歳で従《じゅ》三位《さんみ》に叙せられ公卿《くぎょう》に列した。

侍女たちは幼名の阿古と呼ぶが、元服しての名は、

――隆家《たかいえ》

である。隆家はわずか十七歳にして権力中枢にいる貴公子だった。しかし、貴族の家に生まれながら、隆家の心には、なぜか荒ぶるものがあった。

「強い敵はおらぬか」

そうつぶやいてしまうのだ。

中臣鎌足《なかとみのかまたり》に始まる藤原氏は、奈良時代、北家《ほっけ》、南家《なんけ》、式家《しきけ》、京家《きょうけ》の四家に分かれたが、平安時代になると北家が台頭し、天皇家の外戚《がいせき》となって権力を独占した。

隆家はこの藤原北家の血筋だった。父道隆が隠退すれば、隆家の五歳年上の兄伊周《これちか》が摂政関白の座に就くだろう。

隆家の家系が繁栄したのは曾祖父《そうそふ》師輔《もろすけ》に始まる。

師輔の娘安子《あんし》が村上《むらかみ》天皇に入内《じゅだい》し、皇子をあげた。冷泉《れいぜい》天皇、為平《ためひら》親王、円融《えんゆう》天皇だ。さらに師輔の子伊尹《これただ》の娘を母とするのが花山《かざん》天皇だった。そして隆家の祖父兼家《かねいえ》の娘、詮子《せんし》も入内して皇子をあげた。

一条天皇である。

この間、藤原家内部は娘を入内させ天皇の外戚になることをめぐって、兄弟同士がいがみ合い、陥れ、出し抜くという醜悪な争いを演じた。

そんな一族の野心に満ちた生き方を、隆家の若い心は好んでいない。ひとをだまし、陥れようとする策謀は男らしくない。

（権勢が欲しいのなら、なぜ力で奪い取らないのだ）

自分はそんな生き方をしたくない、と思っている。だからこそ、強い敵を求めて戦いたいのだ。

乙黒には隆家の胸中が見えるらしく、

「お前の願いはやがてかなうぞ」

とひと言だけ言った。

それ以来、乙黒は少年の前に飄然《ひょうぜん》と現れるようになった。

たとえ屋敷の中であろうと、町中であろうと乙黒は好きな場所に現れることができるようだった。

しかし乙黒は隆家の身分など何とも思わないらしく、平気でお前呼ばわりする。

隆家もそのことが気にならない。子供のころから朝廷の高位に就いていただけに、身分というものをありがたいとは思わないからだ。

それよりも欲しいのは、力を振るって戦うことができる敵だ、と思っている。

「敵に会いたければ海を渡ればよい」

乙黒は月を仰ぎ見ながら言った。

「また、宋《そう》に渡りたいという話か」

隆家は笑った。

「この国で学ぶことなど何ほどもない。遣唐使を廃したのはやむを得なかったにしても、そろそろ復活するべきだ。そうせねば、夜郎自大《やろうじだい》の国となろう」

〈夜郎〉とは中国、漢の時代の西南夷《い》のひとつ。漢が大国であることを知らず、自らを強大と思って漢の使者に接したという。

菅原道真《すがわらのみちざね》の建議により遣唐使を廃したのは、およそ百年前の寛平《かんぴょう》六年（八九四）である。このころ、唐が〈黄巣《こうそう》の乱《らん》〉によって衰えたためだった。

その後、唐は亡《ほろ》び、〈五代十国〉と呼ばれる王朝乱立時代になった。

宋が中国全土を統一したのは、隆家が生まれたのと同じ年、天元《てんげん》二年（九七九）のことである。

しかし、このころ朝廷は海を渡って新たな文物を吸収しようという意欲を失っていた。四十数年前、平将門《たいらのまさかど》、藤原純友《ふじわらのすみとも》の〈承平天慶《じょうへいてんぎょう》の乱〉が起きたものの、国内は安定していた。

武家の勢力はまだ台頭しておらず、藤原氏は一門内での出世争いに狂奔するばかりで、国外に目を向けることなく、言わば惰眠を貪《むさぼ》っていた。

そんな時代が隆家には退屈だった。

「たしかにつまらぬ、この国は」

「その通りだ」

乙黒が笑うと、隆家は大屋根の上で立ち上がった。星が流れたのである。

「腐りきったこの世に風が吹くことがあろうか」

流れ星に向かって問いかけた。

「いつのことかわからぬが、吹くであろう。その風が、お前を呼んでおる」

夜空を見上げながら乙黒が応じた。

乙黒は天文によって世の移ろいを占えるのだ。

その時、通りの一角が青白く仄明《ほのあか》るくなっているのが見えた。漆黒の闇の中、異様なほどの明るさである。

隆家の屋敷は東三条にあるが、明かりは一条の方角に見える。

「乙黒、あれは何だ」

「さて盗賊が松明《たいまつ》を持って狙《ねら》う屋敷に向かっておるのか、さもなくば〈百鬼夜行《ひゃっきやぎょう》〉であろうな」

「〈百鬼夜行〉か、それは面白い」

隆家の曾祖父藤原師輔は昔、〈百鬼夜行〉に出会ったことがある。ある年、夜遅くなって宮中から退出した時のことだ。

大宮通りから南へ向かって牛車《ぎっしゃ》が進み、二条大宮の四つ角にさしかかった。すると、師輔は突然車の簾《すだれ》を垂らして、

「車の牛を取り外し、轅《ながえ》を下ろせ」

と急き立てた。御車副《みくるまぞい》の者どもは怪しんだが、轅を下ろした。御随身《みずいじん》や前駆《せんぐ》の者どもも、何事が起きたのか、と牛車の傍《そば》へ寄ってきた。見れば、師輔は車の下簾《したすだれ》を引き下ろし、笏《しゃく》を両手に持ってうつ伏していた。

ひたすら誰かに向かってかしこまっている様子だ。

「車は榻《しじ》（轅を載せる台）に載せかけてはならぬぞ。随身どもは轅の左右、軛《くびき》（轅の横木）のあたりのできるだけ近くにおれ。高い声で先払いを行え。前駆も近くにおれ」

と言って、懸命に尊勝陀羅尼《そんしょうだらに》を唱えている。

牛は車の陰に隠したが、半時（約一時間）ほどして、師輔はほっとした気配で、

「さあもうよいぞ。牛をかけて車を進ませよ」

と言った。供の者は何があったのかわからなかったが、いつしか鬼たちが夜中に都大路を行く〈百鬼夜行〉に師輔が出くわしたのだろう、と噂《うわさ》になった。

隆家が仄明るい辻に向かおうと大屋根からすべり下りようとするのを見て、乙黒は声をかけた。

「まて、まことに〈百鬼夜行〉ならば、うかつに出くわすといのちに関《かか》わるぞ」

しかし、隆家はたちまち大屋根からすべり下り、

「鬼は心にやましいものがある者に見えるというぞ。わしにはやましいことはないゆえ、大丈夫だ」

と言い放った。隆家が裏門から走り出ようとした時、

「お待ちくだされ、隆家様」

男の声がした。振り向くと直垂《ひたたれ》姿の武士が片膝《かたひざ》をついている。月に照らされた顔は武者にしては珍しいほどととのっている。

滝口《たきぐち》の武士で名を平致光《たいらのむねみつ》という。隆家の家に随身している武者だ。

「お姿が見えぬゆえ、皆が案じております。お戻りくださいますよう」

「そうか。すぐに戻ろう。しかし、その前に妖《あや》しい気配を感じるゆえ、確かめにまいる。そなた、供をいたせ」

隆家はあっさりと命じた。致光は眉をひそめたが、しかたなく続いた。

隆家は裏門から出ると、そのまま明かりが見えた方角に走った。真っ暗な大路を駆け、辻を曲がる。致光はぴたりと隆家につき従い、さらに、いつの間にか乙黒がその後ろからついてきていた。

隆家はいくつかの辻を曲がり、前方に明かりを見た。近衛《このえ》大路である。

松明を掲げた行列が大路を進んでいる。

——何奴《なにやつ》だ
隆家が目を凝らすと、すかさず致光が前に出た。

隆家たちの前を通り過ぎようとしている行列の先頭には、白い直垂姿で立烏帽子《たてえぼし》をかぶり、白鞘巻《さやまき》の刀を腰にした者が歩み、さらに牛車が続いている。

松明を持った従者らしい男たちがまわりを固めているが、その男たちが異様だった。いずれも獣の皮で作った袖《そで》なしの上着を腰のまわりに巻きつけている。

手には半弓を持ち、矢筒を肩に負っていた。そして髪を頭頂部で一寸四方だけ長く伸ばし、まわりの髪は抜き去っている。

剽悍《ひょうかん》な顔立ちで山に住む者たちを思わせる。中のひとりは堂々とした風格を漂わせる二十代半ば過ぎの男だ。武術で鍛えたらしく、がっちりとした体つきをしている。眉がはね上がり、眼光が鋭い。

その男が隆家に気づいて叫んだ。何と言ったのかわからなかった。聞いたこともない言葉だ。

すると、先頭にいた直垂姿の者が振り向いた。白い顔で華奢《きゃしゃ》な体つきをしている。男の装いをしているが、女だ。

「――われらをつける者は誰か」

「そちらこそ、何者だ。盗賊か」

隆家が問い返すと、女はしげしげと見つめていたが、先ほどの男を振り向いて、ひと言、鋭く言った。供の者たちがいっせいに弓を構えた。

「隆家様、お退《ひ》きください。危のうござる」

致光が隆家の前に立ってかばった。刀の柄に手をかけ、身構える。その時、牛車の簾が上がった。中から女の声がした。

「致光、懐かしや――」

その声に致光は目を瞠《みは》った。直垂の女が牛車の傍に寄って、何事か囁《ささや》いた。中から答えがある。

直垂の女は、供の男に目を遣《や》って、

「烏烈《うり》よ、見逃せとの仰せである」

と、隆家たちにも聞こえるように言った。

烏烈と呼ばれた男は不承不承にうなずくと、隆家たちに向けていた矢を下げた。

直垂の女は隆家に目を向けて、

「関白家の者であろう。わたしたちに会ったことは忘れよ」

と言った。

「わしが何者か知っているのか」

「関白殿の四男、左少将《さしょうしょう》の隆家殿であろう」

女は白い歯を見せて笑った。

「忘れよ、と言うなら、その前にそちらの名も聞かせろ」

「わたしの名は瑠璃《るり》。車の御方は、そこの者が知っておろう」

瑠璃と名のった女は致光にちらりと視線を走らせた。致光は戸惑ったように目をそむけた。

「わたしたちに会ったことを忘れねば家に祟《たた》りがあるぞ」

瑠璃は言い捨てると袖を翻して背を向けた。

牛車は静かに動き出した。松明を持った供の者たちもまわりを警護して歩いていく。

致光が不意に、

――斎宮様《さいぐう》

と呼びかけたが、牛車から応《こた》えはなかった。

致光は唇を噛《か》んだ。

松明の炎がゆらゆらと揺れて、行列が遠くなった時、

「危ないっ」

乙黒が叫んだ。

闇の中から隆家に向かって矢が飛来した。とっさに致光が刀で斬《き》り落とす。

隆家は地面に落ちた矢を拾い上げた。長さは一尺（約三十センチ）ほどと短いが、鏃《やじり》は鑿《のみ》のように鋭く大きかった。

「これでは、武家の大鎧《よろい》でも射抜くのではないか」

隆家が感心したように言うと、致光はうなずいた。

「恐るべき弓にございます。たいした構えもいたさず、振り向きざまに射て参りましたようです」

「それにしても、あの異形《いぎょう》の者たちは何なのだ」

乙黒が遠ざかる行列を見つつ言った。

「夜行する百鬼に決まっておるではないか」

「鬼だと言うのか。ひとに見えたぞ」

「ひとの心に棲む鬼だ。世を恨み、憎むひとの心があの者たちを呼び寄せる」

乙黒は感慨深げに言った。

この時代は闇が深く、鬼が多い。しかも源　頼光《みなもとのよりみつ》が四天王を率いて退治したと言われる酒呑童子《しゅてんどうじ》、茨木童子《いばらきどうじ》などと童名を名のる。

酒呑童子が住んだ大江山には、星熊童子、熊童子、虎熊童子などと呼ばれる鬼がいたという。

髪を〈四方髪《しほうがみ》〉、いわゆる禿《かむろ》にした鬼は、寺社で雑役に使われていた童子たちが山に入ったのだとも言われていた。

髪を大童《おおわらわ》にしているのは世外にいる者の証《あかし》である。世に容《い》れられぬ者たちを鬼と呼ぶのかもしれない。

「わしには、わからぬ」

隆家は頭を振ると、致光に顔を向けた。

「車の主は、そなたの知っておるひとのようであったな」

致光は苦しげに顔を伏せた。

乙黒は無遠慮に笑った。

「十年前の野宮《ののみや》でのことなら、わしは知っておるぞ」

乙黒が言い終わらぬうちに、致光は刀を抜き放って斬りつけていた。乙黒はふわりとかわして闇に隠れた。

「いまの車が向かったのは花山院《かざんいん》だ。どうやら、積悪の家には必ず祟りがあるぞ。隆家、気をつけることだな」

どこからともなく乙黒の声が響いた。

――積悪の家
とは、藤原家のことらしい。

隆家は高笑いした。

「乙黒め、申すものかな」

致光は無念そうに闇を睨《にら》んでいる。

隆家は何も言わず、踵《きびす》を返して屋敷に戻ろうとした。その時、致光が背後から声をかけた。

「申し上げます。先ほどの御方は、十年前伊勢斎宮になられるはずだった済子《せいし》様でございます」

「なんだと？」

隆家は首をかしげた。

寛和《かんな》元年（九八五）、醍醐《だいご》天皇の孫、済子女王は花山天皇の即位に伴い、伊勢斎宮になることが決まった。

斎宮に定まった皇女、女王は潔斎のため、野宮に入る。野宮は、斎宮のために卜定《ぼくじょう》して造営される建物で、黒木（皮のついた木）で造られ、黒木の鳥居が野宮であることを示す。斎宮が伊勢に下向すれば取り壊される建物だ。斎宮は野宮で斎戒《さいかい》沐浴《もくよく》して伊勢下向に備えるのである。

ところが、済子女王は野宮で滝口の武士と密通したとされ、突然、退下《たいげ》された。

「その滝口の武士というのが、そなたなのか」

「さようです。ですが、わたくしと済子様は密通などいたしておりませぬ。ただ、お傍近くにお仕えしていただけなのです。いずこからか、さような噂が出て、済子様は斎宮を退かねばならなくなったのでございます」

致光は口惜《くや》しそうに言った。

「そうか、その済子様がこの夜中に花山院様のもとへ参られたのか」

隆家は不吉なものを感じた。

あの行列は、まさに百鬼だったのかもしれない。


この夜、隆家が屋敷に戻ると、兄の伊周が待ち構えていて厳しく叱《しか》った。

「父上がご病気だというのに、夜中に町に出るとは何事だ」

道隆はこのころ体の具合が悪く病床につき、朝廷へも関白辞職の願いを何度も出していた。

「申し訳ございません」

隆家があっさり謝ると伊周は気抜けしたように、

「どうした。今夜はいやに素直だな」

と言った。隆家は子供のころから腕白《わんぱく》で知られ、父や兄の叱責《しっせき》も聞かなかった。しかも長ずるにおよんで武勇に長《た》けていった。

二年前の正暦《しょうりゃく》四年（九九三）正月に、一条天皇が土御門殿《つちみかどどの》にいた母親の東三条院詮子のもとに行幸して後、還幸の際に乗輿《じょうよ》の前を藤原典雅《のりまさ》が騎馬で横切った。

この時、隆家は馬上の典雅に飛びつき、引きずり下ろして捕らえた。

その手並は十五歳の少年のものとは思えない、と一条天皇からも称賛されたほどだった。

伊周は、隆家がおとなしくしているのに却《かえ》って気味悪くなり、

「よいか。父上に万一のことがあれば、わが家への風当たりは強くなる。油断はできんのだぞ」

と諭すように言った。

隆家は黙って聞いていたが、伊周の話が終わると、

「兄上、わが家が積悪の家と呼ばれるのは、なぜなのでしょうか」

と訊《き》いた。

「な、何。積悪の家だと」

「そう申す者がいるのです」

「そのような戯言《たわごと》は、わが家の栄を妬《ねた》む者の世迷言《よまいごと》だ」

「さようでしょうか」

隆家は目を光らせて伊周の顔を見た。

二

四月六日、隆家は十七歳にして権中納言《ごんのちゅうなごん》となった。

兄の伊周は十九歳で権大納言、二十一歳で内大臣という異例の昇進を遂げているが、隆家もこれに次ぐ早さだった。

父の道隆は伊周に関白職を譲ろうとしていたが、その強引さには朝廷内でも反発の声があがっていた。

しかし、隆家は他人のつめたい視線など気にせず、奔放に振る舞った。『大鏡』によると、隆家の参内はこのようだった。

——いみじうはやる馬にて、御紐《ひも》おしのけて、雑色二三十人ばかりに、先いと高くおはせて、うち見いれつつ、馬の手綱ひかへて、扇高く使ひて通りたまふ
ひどく勇み立った馬に乗り、装束の紐を解いたままの不作法な姿で、二、三十人の家来に大きな声で先払いさせ、馬をゆっくりと打たせ、扇を高々と使いながら通

ったというのだ。

隆家は馬上から大路を通るひとびとを見つつ、先日、乙黒が言った、

――積悪の家
とは、どういう意味だろう、と考えていた。乙黒が現れれば訊こうかと思っていたが、あの夜以来、姿を見せない。

(しかたない、あのひとに訊くか)

関白家はいま権勢の頂点にある。その家への誹謗《ひぼう》めいた話を口にできるのは、よほど大胆な者である。

隆家が話を訊こうと目論《もくろ》んでいるのは、

――清少納言《せいしょうなごん》
という名の女房だった。

清少納言は、隆家にとって三歳上の姉である定子《ていし》に仕えている。定子は一条天皇の后《きさき》、中宮《ちゅうぐう》である。このころ藤原氏は入内させた娘の傍に、天皇を楽しませることのできる学識、才知のある女房を集めて仕えさせていた。皇子を産むためには、まず天皇に足しげく通ってもらわねばならないからだ。

清少納言は隆家より十三歳年上だから今年、三十歳になる。それだけに隆家など

は常に子供あつかいだった。

清少納言の書いた『枕草子《まくらのそうし》』に隆家との会話がある。

ある時、隆家は、参内して中宮定子に、

「此《こ》の度、中宮様に扇を献上しようと思っております。その骨はすでに手に入れてあるのですが、骨にあうだけの立派な紙がなかなか無いので困っています」

と話した。定子が、

「どのような骨なのですか」

と訊くと、隆家は得意げに答えた。

「それはもう、どこからどこまでもすごくて、誰もまだ見たことがないものだ、と申します」

すると、清少納言は笑いながら、

「見たことがない、とは、まるで海月《くらげ》の骨のようですね」

とからかった。隆家も笑って、

「海月の骨とは面白い。これは、わたしが言ったことにしてもらいましょう」

と機知をさらったという。

清少納言は才気走っているだけに、権高《けんだか》な男には張り合うところがあるが、隆家に対しては姉が弟に接するように話しかけてくれる。関白家にまつわる話もしてくれるだろう、と隆家は思った。

宮中にあがった隆家が定子に挨拶《あいさつ》した後、

「ちと、訊きたいことがあるのだが」

と目配せすると、清少納言は敏感に察して広間の柱の陰に隆家を促した。

「実は先日、妙なものを見た」

隆家が話し始めると、清少納言は首をかしげて聞いていた。

目が理知的に輝いている。

「わたしは花山院の近くで妖しい供揃《ぞろ》えの車を見た。供の者の話では、乗っていたのは伊勢斎宮を退下した済子女王だというのだ。そして、わたしとその一行を見た法師が、あれは花山法皇様のもとに行くのだろうと言った。それだけではなく、積悪の家には祟りがあるぞ、と申した。積悪とは、どういうことだろうか」

清少納言はしばらく顔を伏せ、考えこんでから不意に隆家に目を向け、

「祟りが恐ろしゅうございますか」

と訊《たず》ねた。

隆家は首を振った。

「いや、わたしはひとにやましいことをした覚えはない。それゆえ祟りなど恐ろしくはない」

隆家がきっぱりと言うと、清少納言はうなずいた。

「ならば、お話しいたしましょう。その法師が申した積悪とは、先の帝《みかど》の退位にまつわることかと思われます」

清少納言は、花山天皇が出家して退位したことにまつわる奇怪な事件について話し始めた。


花山天皇は、冷泉天皇の子で十七歳の時に即位した。十九歳で退位しており、在位わずか二年だった。顔立ちのととのった美男であるとともに、時に性格の激しいところがあったという。

藤原氏との縁で言えば、隆家の大伯父《おおおじ》にあたる藤原伊尹の娘が母である。

隆家の祖父兼家の娘詮子が円融天皇に入内して産んだ親王は、花山天皇の皇太子となっていた。

兼家は、花山天皇が退位し、自分の孫である皇太子が即位できる日を待ち焦がれていた。そしてとうとう花山天皇をだまして退位させよう、と陰謀をめぐらした。

花山天皇は忯子《しし》という女御《にょうご》を寵愛《ちょうあい》していた。ところが、忯子は懐妊したものの出産しないまま亡くなってしまった。

まだ若い花山天皇は、寵愛していた女御が亡くなったのを嘆くあまり、

――出家したい
と洩《も》らしたのを兼家は聞きつけた。兼家は息子の道隆、道兼《みちかね》、道長《みちなが》を呼び集めて策を練った。

まず道兼が花山天皇を慰める振りをして、出家をそそのかした。

「その御嘆きはもっともでございます。出家なされば、亡くなられた女御もどれほど慰められるかわかりません。わたくしも共に出家いたします」

道兼は言葉巧みにだまし、花山天皇と共に内裏《だいり》を脱け出して寺へ向かった。

寛和《かんな》二年（九八六）六月二十二日のことである。

寺への道の途次は兼家の息がかかった源氏の武者、源満仲《みつなか》たちが邪魔の入らぬよう、ひそかに護衛した。道兼は、花山天皇を寺に送り込むと、

「剃髪《ていはつ》いたします前に、いまの姿をもう一度、父に見せて別れを告げてまいります」

と偽りを言って、そのまま逃げ出した。

一方兼家は、花山天皇が剃髪した報《しら》せを聞くやいなや、道隆、道長に命じて宮中の門を固めさせた。そのうえで花山天皇が行方不明になったと発表した。

ひとびとがうろたえ騒ぐ間に、皇位を伝える際に次の天皇に渡される神璽《しんじ》と宝剣をさっさと皇太子のもとへ運んでしまった。

翌日には早々に皇太子は即位して一条天皇となり、兼家は摂政に就いた。兼家の策謀は成功し、念願の権力者の地位を得たのだ。


「かようなことがございましたから、花山法皇様はいまも、兼家様のご一族をお恨みでしょう。しかも兼家様は五年前に亡くなられましたので、お恨みは関白職に就かれた中関白家にかかっているのではありますまいか」

清少納言は冷徹に言った。

隆家はうなずいたが、祖父や父たちが行った策謀を聞くと、うんざりした。

(それほどまでにして権勢が欲しいのか)

と思う。だが、もうひとつ気になることがあった。

「しかし、斎宮を退下した済子様が花山院を夜ひそかにお訪ねになるとはどういうことだろう」

「密通の疑いをかけられて斎宮を退下された方は、表だって世に出ることができませぬ。それゆえ、さような夜中に行かれたのでしょう。お供の者もさしておられぬはずですし、夜中の大路は物騒ですから、さような異形の者たちを護衛にされたのでしょうが、さても、お労《いたわ》しきことでございます」

「それほどまでにして、お訪ねせねばならぬことがあるのだろうか」

清少納言は少し、ためらったが、

「実は済子様の密通については、訝《いぶか》るひとは多いのです」

「密通はしていない、と言うのか」

隆家は、平致光が密通などしていない、と否定していたことを思い出した。

「済子様は花山法皇様が帝位に就かれたゆえ、占いによって斎宮になられることが決まったのです。御世《みよ》が代わられた以上、そのまま斎宮でおられれば神を欺くことになりますので、密通の噂を立てて退下させ申したのではないかと言われているのでございます」

「それもまた、わが一族の企《たくら》みであったというのか」

隆家は苦い顔になった。

清少納言は優しく隆家を見つめた。

「世の中のまこととは苦いものでございます。それでも、何も知らぬ甘さよりは、味わい深くあるのではないでしょうか。知ることによって、変わるものもあるのですから」

「そうかもしれないな。しかし、わたしはどうしたらいいのかわからないのだ」

「ご自分をお信じになることです。ご自分の心さえまっすぐなら、やがて為《な》さねばならないことが見えて参りましょう」

清少納言はそれだけを言うと立ち上がった。そして、立ち去り際に、

「そんなことよりも、いま中関白家は大変なのではございませんか」

と言い添えた。

「父上のご病気のことか」

道隆は数カ月にわたって病の床にあった。そのことが兄の伊周にとっては、何より心配の種になっている。

父が亡くなれば、関白の家の権勢が翳《かげ》るのではないか、と危惧《きぐ》しているからだ。隆家も人並みに父のことを案じてはいるが、権勢が保たれるかどうかには関心がなかった。

清少納言はゆっくりと頭《かぶり》を振った。

「関白様は随身のご返上を願い出ておられるそうです。そのうえで内大臣伊周様に随身をつけていただきたいとのお願いと聞いております」

　随身とは関白につけられる護衛兵のことである。

　病気を理由にその返上を願い出るのはいいにしても、内大臣に随身をつけるというのは、あまり前例がない。つまり、自分が亡くなった後、伊周を関白にしてくれというのが、道隆の本当の願いだった。

　隆家が清少納言との話を終えて帰ろうとした時、叔父《おじ》の道兼が声をかけてきた。

「権中納言、もはやお下がりか」

　道兼はこの年、三十五歳。右大臣である。痩《や》せて青白い顔をしている。目が大きく、隆家の顔色をうかがうように見ていた。

「父を見舞わねばなりませぬゆえ」

「そのことよ」

　道兼は大きくうなずいて、

「どうだ、兄上のご病状は」

と訊いた。道隆の容体を案じているのではない。兄が亡くなれば、自分が関白になれる機会がめぐってくると期待しているのだ。

花山天皇の退位のおり、一番、働いたのは道兼だった。しかし、兼家は道兼を評価しておらず、嫡男の道隆を引き立てて関白の座に就けた。

道兼はそのことが不満で父兼家が亡くなった後、喪中であるにも拘《かか》わらず、遊興にふけって一族の顰蹙《ひんしゅく》を買っていた。

隆家はそんな道兼の顔を見返して、

「近ごろ医師の薬が効きましたようで、日を追うにつれ、元気になっております」

と答えた。嘘《うそ》だったが、父の病が重いと告げて道兼を喜ばせたくなかった。もっとも、若いころから、

――御かたちぞいと清らにおはしまし
と言われた美男の道隆は、病になっても容貌《ようぼう》はそれほど衰えていない。

先日も勅使が訪れた際、本来なら衣冠束帯姿になるべきところだが、容体が思わしくないため直衣《のうし》姿で迎えた。それでも、道隆の様子はさっぱりとして高貴な様子で、勅使を感心させたという。

道兼の顔は見る見るゆがんだ。

「そうか、それはよかった」

隆家は気落ちした道兼を残して退出していった。

この日の夜、平致光は花山院の門前をうかがっていた。

月明かりは薄く、あたりは漆黒の闇に閉ざされていた。

花山院は東一条殿とも呼ばれるが、邸内に萩《はぎ》や撫子《なでしこ》などの花が咲き乱れていることから花山院と呼ばれるようになったという。

致光が花山院の前にひそむのは済子に会いたいためだった。

(ひと目お会いして、お詫《わ》び申し上げねば――)

致光の胸には済子への想《おも》いがあった。

済子が伊勢へ下向するため嵯峨野《さがの》の野宮に入った時、致光は警護にあたった。まだ元服して間もないころだった。

致光が夜の見廻《みまわ》りをしていた時、野宮の奥ですすり泣く声が聞こえた。思わず奥に近づくと、すすり泣きはやんだ。

致光がどうしていいかわからず佇《たたず》んでいると、広縁《ひろえん》から階《きざはし》に済子が下りてきた。月明かりに仄かに照らされた済子の美しさに致光は目を奪われ、息を呑《の》んだ。

しかし、警護の武士が斎宮と対面することなど許されない。

「ご無礼をいたしました。お許しください」

致光があわてて立ち去ろうとすると、

「待ちなさい」

済子が声をかけた。

振り向くと、済子の目に涙が光っていた。

「ひとりで籠《こも》っていると淋《さび》しさで、われを忘れてしまいます。何か物語をしておくれ」

思いがけない済子の言葉に致光は驚き、階の近くで片膝をついた。

だが、何を話したらいいのか、わからない。公家《くげ》なら風雅な和歌のひとつも詠めるだろうが、致光にはできない。それでも、以前聞いたことのある歌を一首思い出した。

隆家の曾祖父藤原師輔が、ある年の正月に式典の際、帯につける〈魚袋《ぎょたい》〉〈白鮫《しろざめ》皮で包んだ箱に魚の形の飾りをつけたもの〉が壊れて参内できずに困っていたところ、父親の忠平《ただひら》から貸してもらった。

この〈魚袋〉を返却する際、添える和歌を紀貫之《きのつらゆき》に作ってもらった。それが、

——吹く風に氷溶けたる池の魚千代まで松のかげにかくれむ

氷の溶けた池に泳ぐ魚同様、わたしも松の木陰に隠れて父君のおかげを被《こうむ》るでしょう、という歌である。

この歌にまつわる話を致光がすると、済子は興味深げに聞いて、

「吹く風に氷溶けたる」

と口にした。

致光には、野宮にいる済子が氷の中に閉じ込められている魚に見えた。氷が溶けた池の中で泳ぐ魚のように、済子が自由に振る舞えるようになるまで、わたしは松の陰に隠れて見守ります、という心をこめて、紀貫之の歌の話をしたのである。

済子は嬉《うれ》しそうに微笑《ほほえ》んで、

「嬉しいことを言ってくれますね」

と言葉を続けた。

月がふたりを淡く照らしていた。

致光と済子の関わりと言えば、これだけだった。ところが、間もなく済子に密通の噂がたったのである。相手は滝口の武士とだけされたが、致光のことであるのは

明らかだった。

ところが、致光には何の咎《とが》めもなく、済子は伊勢へ下向することなく退下した。

(なぜ、あのようなことになったのか)

致光はいまも口惜しい思いを持っていた。

どうやら花山天皇の退位にからんで噂がねつ造されたらしい、と後で気づいた。

済子と話しているのを誰かに見られたのだろう。

あの夜、致光は済子に恋をした。それを見透かされて、噂が作られたのではないか。だとすると、済子の斎宮退下は致光の胸に兆した想いが招いたことになる。

そのことをお詫びしなければ、と致光は心に固く誓っていた。

花山院の門前で待つようになって、すでに七夜になる。

七日の間、何の動きもなかった。だが、済子は屋敷の中にいるに違いないと見張っていると、ようやく動きがあった。

ぎぎっ、と音がして、花山院の門が開いた。松明の明かりが見えた。

先日の夜と同様、白い直垂姿、立烏帽子をかぶった瑠璃という女を先頭に異形の者たちに守られて牛車が出てきた。

牛車が大路を進み始めた時、致光は駆け寄ろうとした。すると、底響きのする男の声がした。

「やめろ、あの車に乗っておるのは済子ではない。安倍晴明《あべのせいめい》だ」

振り向くと乙黒が立っていた。

「貴様、邪魔立ていたすか」

「済子はまだ、屋敷におる。昼間、安倍晴明があの屋敷に入った。貴様が門前で見張っておるゆえ、身代わりになって車に乗ったのだ」

「何のためにそんなことを」

「知らぬ。だが、晴明は花山天皇の退位を予言した陰陽師《おんみょうじ》だ。なにやら関わりがあるのだろう」

安倍晴明は、朝廷に仕える名立たる陰陽師である。この年、七十歳を過ぎている。

花山天皇が出家のため内裏から寺へ向かった時、土御門町口の陰陽師安倍晴明の家の門前を通過した。

すると家の中から晴明の声がした。

「帝《みかど》が御退位あそばされるという異変が天に現れたぞ。もはや事は定まったようだ。参内いたすぞ、すぐに車の支度をいたせ」

花山天皇がはっとされると、さらに晴明の声が聞こえた。

「とりあえず、式神ひとり、内裏に参れ」

式神とは陰陽師の命令に従う鬼神である。

晴明の声に応じて姿の見えない霊鬼が家の戸を押し開けた。その時、花山天皇の牛車が通り過ぎた。このため式神が、

「ただいま、ここをお通りになっておられるようです」

と言ったという。

致光が牛車を怪しみつつ見送ると、乙黒は口を開いた。

「安倍晴明と、退下したとはいえ一度は斎宮になった女王が花山院に集ったとは、ただ事ではないな」

「どういうことだ」

「知っておろう。花山院は退位して仏門に入り、法力を得たという話を」

「そ、それは――」

花山院は出家の翌月に播磨国《はりまのくに》の書写山《しょしゃざん》へ行き、さらに比叡山延暦寺《ひえいざんえんりゃくじ》の根本中堂《こんぽんちゅうどう》に籠って一、二年修行した。その後、熊野権現《くまのごんげん》に詣《もう》でてから京へ戻った。

比叡山にいた際、山法師たちが法験《ほうげん》を競い合っているのを見て、自分も法力を試してみようと思い立った。

　そこで、一心に祈念していると、行者を守護する護法童子が現れた。山法師のひとりがずるずると花山院の傍らの屛風《びょうぶ》に引き寄せられた。そして屛風に体がぴたりとついて離れなくなった。

　花山院が念を解くと、途端に山法師の体は屛風から離れた。山法師はあわてて仲間たちのところへ逃げ戻った。その様子を見て、まわりの者たちは、

「なんとまあ、院の護法童子が山法師を屛風に引きつけたのだ」

　と感心したという。

「花山院には法力がある。そこへ、かつての斎宮と安倍晴明が加わったのだ。おそらく秘法が修されたのであろう」

「何が行われたというのだ」

「呪咀《じゅそ》ではないかな」

「まさか、そのような」

　致光は頭を振った。なにより、済子が加わってそのようなことが行われたとは信じたくない。

「なぜ、違うと言える。現にいま、花山院の怒りを買った者のひとり、中関白が重篤ではないか」

乙黒の言葉に、致光は声をあげた。

「ならば、なおのこと放ってはおけないではないか」

道隆に対する呪咀がなされているとしたら、見過ごすわけにはいかない。

致光は牛車を追って走り出した。

済子が乗っていないのなら、安倍晴明に花山院で何が行われているのか質《ただ》さねばならない。

土御門の方角に走ると、松明に先導された牛車が見えた。

致光は走り寄り、

「お待ちください」

と声をかけた。牛車は止まり、先頭から瑠璃が歩み寄った。

「何用だ。車を止めるとは礼を知らぬ振舞いぞ」

瑠璃は鋭い口調で咎めた。

「車の御方に用事があるのだ」

致光は刀の柄《つか》に手をかけた。

「どうして、そのように殺気ばむ。先日、お見逃しくだされた恩を忘れたのか」

瑠璃は憐《あわ》れむように言った。

供の者たちが致光を取り囲んだ。弓矢を構えている。

鏃が松明の火に不気味に赤く光った。

「車に乗っておられるのは、陰陽師の安倍晴明殿であろう。お訊きしたいことがあるのだ」

「陰陽師だと」

瑠璃は白い歯を見せて笑った。

「隠すのか」

致光が詰め寄ると、車の中から声がした。

「致光よ。わたしに訊きたいこととは何ですか」

致光はぎくりとした。済子の声だった。車に乗っているのは安倍晴明だと乙黒に聞かされて信じ込んでいたが、済子が乗っていたとは。

(しまった。奴《やつ》にだまされたか)

致光が胸で舌打ちすると、車の簾があがった。

済子の顔が松明の明かりに浮かび上がった。

致光は地面に片膝をついて控えた。乙黒にだまされ、済子の前で醜態を見せたことが悔やまれた。

「致光、久方振りですね」

「あのおりはまことに申し訳なき次第にて」

「何を言うのです。わたしは、和歌の話を聞いて楽しかった」

「されど、密通などと根も葉も無き噂にて斎宮を退下され、ご無念のことと存じます る」

致光は深く頭を下げた。

「いいえ、退下はわたしから申し出たのです」

「まさか――」

「野宮でのあの夜、わたしはそなたに想いを懸けた。密通したのも同様です。斎宮になることは許されないと思いました」

済子はしめやかに言った。

致光は何も答えられなかった。済子への想いを口にすることなど畏《おそ》れ多かった。ただ、地面にひれ伏し、震えているだけだった。

「花山院様は、いったんは斎宮になるはずだったわたしを呪咀に役立つとお呼び出しになられたのです。ですが、わたしにはそなたへの想いがありますから、呪咀などできません。そのことを、安倍晴明が花山院様に説いてくれましたので、こうして下がることができたのです」

「さようでございましたか」

致光は済子が呪咀などに関わっていなかったと知って安堵《あんど》した。済子は言葉を続けた。

「わたしは関わりはしませんでしたが、花山院様の中関白家へのお恨みは深いのです。近々、凶事があるかもしれません」

致光は額に汗を浮かべて黙って聞くばかりだった。

そのころ、道隆の屋敷には公家たちが集まっていた。

道隆は余命いくばくもないことを察して出家していた。このことを聞いて、中宮定子、東宮女御原子《げんし》が急きょ内裏から道隆のもとへ駆けつけた。これに中宮大夫《ちゅうぐうのだいぶ》である道長も同行していた。

屋敷に詰めた僧侶《そうりょ》たちが回復を祈念して読経する中、道隆はしだいに衰弱していった。そして、四月十日に亡くなった。四十三歳だった。

隆家の権中納言叙任からわずか四日後のことだった。

「そうか、花山院で呪咀が行われているのか」

道隆が亡くなって十日後、隆家は屋敷で致光の話を聞いた。

「申し訳ございませぬ。もっと早く申し上げねばと思っておりましたが」

道隆の葬儀が行われる間、致光は隆家に近づくこともできなかったのである。

「いや、よい。わかっていたからといって、どうすることもできぬ」

隆家は淡々と言った。

「しかし、もし院が呪咀なされているとすれば、これからも災いがあるやもしれませんぞ」

「おそらくな」

院の呪詛が本当だとすれば、今後も祟りはあるかもしれない。

(そうなると、次に危ないのは父上の後を継いで関白になる者だ)

隆家の兄、伊周は道隆の喪も明けぬのに関白の座を狙って動いている。伊周は、

「父上はわたしのために帝にお願いしてくだされた。帝はきっとお聞き届けくださるはずだ」

と言って、あれこれ策動している様子だ。しかし、叔父の道兼もまた関白の座を狙って動いていることは明らかだった。道隆がいなくなったいま、藤原氏の長者の位置にあるのは道兼だった。

道兼は一族の長者として、若い伊周を押さえ込もうとしている。それだけに伊周は、焦るのだが、隆家は、

（関白の座などひとに譲った方がいい。とんでもない災厄を受けることになるかもしれないのだから）

と思っていた。

隆家の脳裏には、あの夜、花山院に向かった牛車があった。先頭を進んだ瑠璃という女、そして車を警護していた異形の者たち。さらに法力を持つと言われる花山院。

（わしにとって、力を尽くして戦わなければならない敵が出てきたのかもしれない）

——四月二十七日

道兼が関白になった。

「わしはようやく関白になれた。辛抱した甲斐《かい》があったぞ」

道兼の喜びは大きく、連日のように酒宴にふけった。反対に伊周は意気消沈し、東三条の屋敷は灯が消えたように静まり返った。

しかし、道兼にとっての栄光の期間は短かった。

このころ京では疫病が流行《はや》っていた。左大臣源重信《しげのぶ》、中納言源保光《やすみつ》、権少僧都《ごんのしょうそうず》清胤《しょういん》らが次々に病で世を去っていた。

道兼は罹患《りかん》して五月八日には亡くなった。奏慶から七日目のことだったため、世に、

――七日関白

と呼ばれた。

三

関白になって間無しに藤原道兼が疫病で亡くなると、朝廷の主だった者は隆家の兄伊周と叔父の道長だけになっていた。

伊周は、道兼亡き後は自分が関白となり政権を掌握することができるだろうと自信を抱いていた。東三条の邸《やしき》で隆家に大口をたたいた。

「亡くなられる前に、父上はわしのために道を開いてくだされたのだ。道兼叔父が出しゃばらなければ、とっくにわしが関白になっていた」

だが、隆家は頭《かぶり》を振った。

「兄上、去年まで朝廷の主な顔ぶれと言えば、関白の父上始め左大臣、右大臣、内大臣、大納言《だいなごん》、権大納言ら八人でした。ところが、そのうち六人が病で死に、しかも都ではいまも疫病がいっこうに治まりません。まことに不吉であると思われませんか」

「だから、どうだというのだ」

「何者かが、われらを呪詛しているのです。そのような時に関白になってもよいことはないでしょう」

「いやいや。だからこそ位を極め、邪気を祓《はら》わねばならんのだ。恐れていては、呪詛いたす者の思うつぼではないか」

伊周は口を歪《ゆが》めて言った。隆家は兄のととのった顔を見つめたまま、口をつぐんだ。花山院で呪詛が行われているかもしれないと告げても、伊周は怯《おび》えこそすれ、関白昇進を諦《あきら》めはしないだろう。

伊周は説得する口調で言った。

「隆家は、わが家が積悪の家などと誹《そし》られていることを気にしているのだろうが、お祖父《じい》様が花山院様を退位させ給《たも》うたのは、あながち悪だくみだけとも言えんのだぞ」

「何かわけがあったと言うのですか」

隆家は首をかしげた。

「花山院様は即位の式のおりから、まことに奇妙なお振舞いがあったのだ」

師貞《もろさだ》親王（花山院）が円融《えんゆう》天皇から譲位されたのは、永観《えいかん》二年（九八四）十月十日のことである。式の最中、異様なことがあった。師貞親王は、「王冠が重い」と言い出した。朝臣《あそみ》たちが止める間も無く、

「重くてしかたがない。いまにものぼせてしまいそうだ」

と言うと王冠を下ろしてしまった。たいせつな即位の式で、このような振舞いがされたのは前代未聞だった。しかも、師貞親王の奇行はこれだけに止《とど》まらなかった。即位式の直前、天皇の玉座で女官と戯れたというのだ。

「まさか、さようなことを」

隆家が目を瞠《みは》ると、伊周は笑った。

「真偽はわからないのだよ。だけど、そんなことが噂になっていて、花山院様が突然、仏門に入ると言い出されたのも、同じように奇妙な思いつきだったのではないだろうか。何も道兼叔父が唆《そそのか》したからだけではないと思う。お祖父様はせっかくの

好機を見逃さなかっただけのことだ」

だとしても、兼家が謀略を行った事実は変わらないだろう。花山院がそれほど奇《き》矯《きょう》だとすれば、兼家とその一族への恨みは執拗《しつよう》で深刻かもしれない。

（まあよい。花山院様がそれほどの大敵というのであれば、わしにとっては戦う相手ができたということだ）

隆家は胸の中で嘯《うそぶ》いた。


その夜、五月雨《さみだれ》が降り続いた。

隆家が寝所で眠っていると、几帳《きちょう》の傍《そば》に黒い影が立った。寝息を立てていたものの、影がゆっくりと傍らに近寄ると、

「乙黒か」

と隆家は声をかけた。影は低く笑って枕元《まくらもと》に座った。

「これは驚いた。わしが忍び込む気配を察するとは、お前はなかなかのものだ」

乙黒は感心したように言った。

そんなことに構わず、隆家は横になったまま訊いた。

「花山院から出てきた車に済子様は乗っていないと平致光に嘘を言ったのはなぜ

だ」

「嘘ではない。安倍晴明の術で、わしもだまされたのだ」

乙黒は苦々しげに答えた。

「乙黒にもだまされることがあるのか」

「晴明は式神を使う。わしとて油断すれば術にかけられることもある」

そうか、と言いつつ隆家は身を起こした。

「それで、今夜は何を告げに来たのだ？」

「伊周は関白になれると思っているようだが、そうはいかぬ」

「なんだと——」

「道長に物怪《もののけ》が憑《つ》いた」

「叔父上に？」

隆家は眉をひそめた。道長は、隆家の父道隆にとって同腹の末弟にあたる。

道兼が野望を隠さなかったのに比べ、道長は凡庸で野心をあからさまに見せたことはない。隆家は、どちらかというと鷹揚《おうよう》で春風駘蕩《しゅんぷうたいとう》とした人柄の道長を好んできた。

「物怪とは何だ」

「皇太后詮子《せんし》――」

「とんでもないことを言う」

　隆家は苦笑いした。詮子は円融天皇に入内した隆家の叔母である。詮子が産んだ皇子が即位して一条天皇となった。一族の繁栄は詮子に由来していた。

「皇太后はお前の母親を好んではいない」

　隆家の母貴子《きし》は高階成忠《たかしなのなりただ》の娘で、宮仕えしていたころは高内侍《こうのないし》と呼ばれていた。高階一族は学者の血筋で、貴子も漢籍の素養が深い、当代きっての才女だった。だからこそ詮子の気に障《さわ》るのだが、何より道隆が関白になったことで、貴子の実家高階氏が台頭したことを詮子は警戒していた。

「お前たちは、ひとに妬まれる。栄華を極め、しかも美しいからな」

　嘲《あざけ》りを含んだ声で乙黒は言った。

　貴子の息子である伊周は、母の学才を受け継ぎ漢籍の素養に優れていた。しかも美男で知られた父道隆に似て眉目秀麗《びもくしゅうれい》で、宮中の女房たちから人気が高い。

　清少納言は『枕草子』の中で伊周について記している。

　――宮中の勾欄《こうらん》の下に大きな青い瓶《かめ》を据え、桜の枝を数本さして咲きこぼれる桜の風情を楽しんでいたところ、昼ごろになってなよやかな桜色の直衣に濃い紫色の

指貫《さしぬき》、白い御衣《おんぞ》姿という出立《いでたち》でやってきた伊周に女房たちはため息をついて見とれた

そんなことすべてが、実は詮子の憎しみを買っているという。

「それで、どうなるというのだ」

「今夜、皇太后は夜の御殿《おとど》に入った」

乙黒の言葉に隆家は愕然《がくぜん》とした。屋根を打つ雨音が激しくなった。

夜の御殿とは天皇の寝所である。一条天皇は十六歳になる。その寝所に母である詮子が行くとは考えられないことだった。

「何のために」

呆然《ぼうぜん》として隆家はつぶやいた。

「決まっておるではないか。伊周を関白にするな、かわって道長を登用しろ、と談じ込みに行ったのだ」

詮子は日頃、道長の土御門邸にいる。しかし、この日突然、宮中に入り一条天皇に面会した。だが、会談は詮子にとって思わしくないものだったらしい。一条天皇は中宮の定子を寵愛しており、定子の兄伊周を関白にすることに気持が傾いていたのだろう。

一条天皇は詮子の話をいったん聞きはしたが、すぐに、座をはずしてしまった。詮子は待ち続けたが戻ってくる気配はない。それで、たまりかねて寝所にまで踏み込んだというのだ。

「皇太后様がそれほどの思《おぼ》し召《め》しならば、帝《みかど》も無下にはできぬな」

隆家は皮肉な笑みを浮かべた。伊周が関白になれるかどうかなど、どうでもいいことだ。道兼が関白になって、わずか七日で亡くなり〈七日関白〉と嘲られていることを考えると、むしろ関白就任を避けた方が伊周のためなのではないだろうか。

しかし、詮子が日頃にない振舞いをしたことが気になる。それほどまでに伊周を憎む理由がわからない。ひょっとしたら、詮子にこそ物怪が憑いているかもしれない。

考えをめぐらしているうち、先日、花山院が退下した斎宮済子と陰陽師安倍晴明を招いたことが気になってきた。花山院は何らかの呪詛を行っているのではないか。父道隆、叔父道兼が相次いで亡くなり、伊周は関白の座へ昇るのを阻まれようとしている。

「そうだ。すべては花山院のなしたることぞ」

乙黒は、隆家の心中を読めるかのようにつぶやいた。

隆家は乙黒をじろりと見た。

「乙黒の言うことだけでは信じられぬ」

「ふん、わしを信じぬと言うのか。ならば、どうする」

「呪詛のことは安倍晴明に訊いてみるしかあるまい」

「なるほど、その手があるか」

「晴明はわしの問いに答えるであろうか」

「あの男は陰陽師だ。問えば必ず答える。しかし、善《よ》いことも悪いことも偽らぬゆえ、訊くには覚悟がいるぞ」

「どういうことだ」

「晴明の口から出たことは、必ずその通りになる。聞きさえしなければ起きないかもしれぬことも、聞いた以上は避けられぬぞ」

乙黒は言い終えると立ち上がり、すっと闇に溶け込んだ。

「聞いたことは必ず起こるか。それも面白い」

夜が明けたら、すぐにでも安倍晴明を訪ねよう。花山院に招かれた済子を護衛していた異形の者たちについても訊かねばならぬ。

白い直垂姿で瑠璃と名のった女。そして、獣の皮で作った袖なしの上着を腰のまわりに巻きつけ、弓を持った烏烈《うり》と呼ばれた男。いずれもただならぬ者たちだ。乙黒は夜行する百鬼だと言ったが鬼だとしても、果たして何者なのか。

隆家はあれこれ考えつつ眠りに落ちた。


翌日の朝にはあれほど降っていた雨も小止《おや》み、雲の間から薄日が差していた。隆家は身支度を整えると、牛車で土御門町口の安倍晴明の家へ向かった。平致光が馬に乗って供をする。

牛車に揺られながら隆家は簾をあげて致光に話しかけた。

「陰陽師は式神を使って不可思議のことをいたすというが、まことか?」

「安倍晴明殿は天文の動きを知り、世の動きを告げられると聞いております。妖しき術を使う乙黒法師とは違いましょう」

致光は乙黒に好感を持っていないらしい。

「ならば、先ほどから、そなたの後ろを飛んでおる烏天狗《からすてんぐ》は乙黒の化身であろうか」

致光は、はっとして後ろを振り向いた。だが、それらしい姿は見えない。

「何もおりませんぞ」

声をひそめて致光は言った。

「そうか、見えぬか」

牛車の中から隆家の笑い声が響いた。どうやら、致光をからかったらしい。致光はほっとしながらも顔をしかめて馬を進めた。

間もなく安倍晴明の家に着いた。

先触れの者が叩《たた》こうとした門が音も無く開いた。門前から玄関まで清々《すがすが》しく掃き清められている。だが、人影は無かった。

致光が玄関に立ち案内を請うたが、応《いら》えはない。

「陰陽師の家だ。誰《だれ》も出てこぬのは、黙ってあがれということであろう」

牛車から下りた隆家は、ためらいもなく玄関からあがった。何かに導かれるように広縁を進む。

広間に入るといい香りが漂っていた。狩衣《かりぎぬ》姿の白髪の男が平伏している。

隆家は男の前に座って声をかけた。

「そなたが、安倍晴明か――」

「お呼びいただければ、参上いたしましたものを。わざわざのお運び、恐れ入ります」

「わしが何者か存じおるのか」

興味深げに隆家は訊いた。

「東三条の権中納言様にございましょう」

晴明は顔をあげて答えた。福々しい丸顔で眉も白い。涼しげな目をして透き通るような笑みを湛《たた》えている。

目の前にいるのに、薄い膜を隔てたどこか遠い世界に座っている人間のような気がする。

「訊きたいことがあって参った」

「なんなりとお訊ねください。あなた様は大切なお方でございますから」

「わしが大切だと？　藤原家の者だからか」

晴明は表情を変えず、微笑を浮かべているだけだ。答えないつもりだと悟った隆家は違うことを訊いた。

「わしの兄は関白になりたいと思っておられる。しかし、それは皇太后様の思し召しにかなわぬことらしい。乙黒という法師が、それはさる方がわが家を呪《のろ》っておられるからだ、と言うのだが、まことであろうか」

「呪詛につきましては語ってはならぬことでございますから、申し上げられませぬ」

「なぜ、言えぬのだ」

「呪いは言葉として口から出ますと力を増します。言葉にすればするほど呪詛は深まり、消えることはございません」

「しかし、呪詛は祓うことができると申すではないか」

「祓えば、また新たな呪詛が行われましょう」

「では、黙って呪われよと申すか」

「ひとを呪った者には、その報いが必ずありましょう」

「呪った者は法皇様か」

隆家の問いに晴明はにこやかに笑みつつ、ゆっくりと右手の人差指を口の前に持っていった。口にしてはならない、と教えている。

「そなたは、大切だというわしに何も教えてはくれぬのだな」

「権中納言様にお伝えしなければならないのは、もっと別なことでございます」

「何であろうか」

「あなた様は過日、どこかに強い敵はおらんものか、と口にされました」

隆家は驚いた。邸の大屋根の上で乙黒に洩《も》らした言葉を晴明は知っている。

「その言葉が敵を呼び寄せたのです」

「花山院様か」

晴明はゆっくりと頭を振った。

「花山院様は東三条様にとって恐ろしきお方でございます。されど、あなた様の敵はもっと先で現れましょう」

「その敵にわしは勝てるか」

興味深げに隆家は訊いた。

「勝っていただかなければ困ります。だからこそ、大切なお方と申し上げました」

「なぜ、わしが勝たねば困るのだ。そなたには関わりがあるまい」

「いえ、あなた様が勝たねば、この国は亡びます」

淡々と晴明は告げた。隆家は首をかしげた。

自分が勝たなければ国が亡びるとは、どういうことだろうか。わからなかったが、それ以上訊いても、晴明は答えてくれないだろう。しばらく考えてから隆家は口を開いた。

「そのことはまあよい。それよりも花山院様が使っておられる異形の者たちのことが知りたい。あの者たちは何者だ」

晴明はうなずいた。

「鬼でございます」

「乙黒もそのようなことを言ったが、鬼とは何だ」

「鬼とはこの国に住みながら、この国のひとびとと交わらぬ者たちでございます。自ら山野に隠れ住み、都には闇の道を通って出て参ります」

「そのような者を、花山院様はなぜお近づけになるのだ」

「鬼たちがこの国に住むことができるのは、帝のお許しがあればこそです。それゆえ鬼は法皇様に闇仕えいたします」

晴明はそう言って目を伏せたが、やがて視線を上げて、思い切ったように言葉を口にした。

「あの鬼たちにもまことの名がございます。お教えいたしたほうがよろしいでしょうか」

「聞こう。何と申すのだ、あの者たちの名は？」

「といでございます」

晴明は重々しく答えた。

「とい、とは何だ」

「さて、わたしにもわかりませぬ。ただ、その名だけを聞いております。後はあなた様御自らが確かめられるよりほかございません」

晴明は伝えるべきことはすべて告げたというように頭を下げ、平伏した。

長徳元年五月十一日、一条天皇は道長に〈内覧《ないらん》〉の宣旨《せんじ》を与えた。さらに六月十九日には伊周よりも上位の右大臣に任じた。

関白ではなかったが、〈内覧〉とは天皇のもとに提出される書類をあらかじめ下見する役目であり、実質的に関白の職責を担うことになる。さらに氏《うじ》の長者にもなった道長は、政権を握ったと言える。

「馬鹿《ばか》な、こんな馬鹿なことがあるか」

伊周は愕然とした。

中宮定子を寵愛していた一条天皇は、定子の兄である自分を関白にする意をほぼ固めていると信じて疑わなかったのである。ところが、皇太后詮子の策動によって土壇場でひっくり返されてしまった。

道長は、それまでの鷹揚で温和な外見をかなぐり捨て、宮中でも傲然《ごうぜん》と振る舞うようになっていた。これまで、関白家の嫡男として誰からも崇《あが》められていた伊周が、凡庸で目立たなかった道長の下風《かふう》に立たされることになった。しかも道長が〈内覧〉になると同時に隆家は権中納言から正任の中納言に昇進した。兄の伊周をさし置いて弟の隆家を昇格させたのである。

「わしは納得できぬ。このまま捨て置くわけにはいかぬぞ」

伊周は東三条の邸で隆家に歯ぎしりするようにして叫んだ。顔色が青ざめ、ととのった顔が憤りのために歪んでいた。

「どうなさりたいのかわかりませぬが、されたいようになさればよい」

隆家はさりげなく応じた。

伊周は激しい言葉を口にしながらも、具体的に何をしようと考えていたわけではないらしく、ぎょっとした顔を隆家に向けた。

「兄上は漢籍の素養が豊かで弁が立たれます。朝議の席上、道長の叔父上をやりこめられたらよいのです。さすれば、誰が関白にふさわしいかわかりましょう。欲しいものがあれば力で奪うしかありません」

隆家は目を光らせた。伊周は弟の気迫に息を呑《の》んだ。

「しかし、満座の中で恥をかかされたりすれば、叔父上は怒って何をするかわからんぞ。わしに乱暴をするかもしれぬではないか」

伊周は怯えた顔になった。のんびりと鷹揚な性格の道長だが、七年前の永延《えいえん》二年（九八八）に思いがけない乱暴を働いたことがある。

式部省が行っていた官人の採用試験で自分の知人の試験に手心を加えさせようと、従者たちに式部省の役人を邸まで拉致《らち》させ、脅したのである。日頃、温厚に振る舞う道長が、時にこのようなことをするのだ、とひとびとは驚いた。

伊周は、朝議の席上で道長が逆上することを恐れた。

「わたしがおりますから、大丈夫です。叔父上がどのように立腹しようが、兄上には指一本触れさせはしません」

隆家は微笑んだ。

「そうか。ならば叔父上に思い知らせてやろう」

隆家に勇気づけられたのか伊周はきっぱりと口にした。

言葉通り伊周が道長に挑んだのは、七月二十四日のことだった。

公卿《くぎょう》の会議は内裏の中の〈仗座《じょうのざ》〉と呼ばれる詰所で行われる。この日、〈仗座〉の外にまで伊周と道長の争う大声が響き渡った。その様は藤原実資《さねすけ》の『小右記《しょうゆうき》』に、

――宛《あたか》も闘乱《とうらん》の如《ごと》し

と記されている。〈闘乱〉とは、殴り合いの喧嘩《けんか》ということである。伊周と道長の議論は、感情が激して摑《つか》み合いの喧嘩になりそうな様相を呈したというのだ。

伊周は道隆が病のおり、わずかな期間だが〈内覧〉を務めたことがあった。その経験に博識を交えて滔々《とうとう》と述べたて、道長のいたらないところを突いたのである。

道長は頭の回転が速い方ではなかったが粘り強く、欲しいものは決して諦めない執念深さが身上の男だ。

様々な事柄の非を伊周に指摘されると、顔を赤らめ声を荒らげた。

「右大臣はあまりに物を知らぬ」

伊周の蔑《さげす》みの言葉に、膝の上で握りしめた道長の拳《こぶし》が震えた。

氏の長者に対して無礼だ。殴りつけようと拳を振り上げかけたが、近くで隆家が目を光らせているのを見ると、ぐっと我慢した。隆家は十五歳の時、一条天皇の輿《こし》の前を横切った騎馬の者を引きずり下ろし手捕りにしている。その乱暴振りを知っているだけに、会議の席上で甥《おい》に取り押さえられなどしては面目丸つぶれになる。

(この兄弟はわしの体面を汚そうとしているのだ)

道長は伊周と隆家を憎悪の目で見た。会議の席で恥をかかされることは、道長に氏の長者として統率力がないと明らかにされることでもあった。

このままでは、〈内覧〉の地位に留《とど》まることができなくなるかもしれない。

怒りがおさまらない道長は、土御門邸に戻って随身《ずいじん》の秦久忠《はたのひさただ》を呼んだ。久忠は三十過ぎのいかつい顔つきをした屈強な男だ。

かつて道長が式部省の役人を拉致するよう命じた時、久忠は役人を牛車に乗せず、歩かせて道長の邸に連れていった。

この当時、身分ある者にとって自分の足で歩かされるのは最大の恥辱だった。それを平然とやってのける久忠の残酷さは道長の気に適《かな》っていた。

道長は宮中で口惜しい思いをしたことを話して、

「あの兄弟を懲《こ》らしめてやりたい。特に隆家をだが、何か知恵はないか」

と訊ねた。隆家さえいなければ、あれほどの恥はかかされなかったのだ。

久忠は首をひねって考えていたが、やがて、にやりと笑った。

「いささか、手荒いやり方でもよろしゅうございますか」

「おお、よいとも。あのふたりを抑えなければ、わしの今後は無いのだ。何としてもあ奴《やつ》らを痛い目にあわせねばならぬ」

道長は目を据えて言った。

四

三日後の七月二十七日。

七条大路で時ならぬ騒ぎが起きた。道長と隆家の従者が、それぞれ十数人ずつの集団で睨み合っていた。

このころの貴族は外出の際、十数人から三十人ぐらいの従者を引き連れていた。勢威を示すためもあったが、治安が悪く町中で何が起きるかわからないからでもあった。

永延元年（九八七）四月、右近中将藤原道綱《みちつな》が賀茂祭《かものまつり》の見物に牛車で出かけたところ、一条大路のあたりは同様に見物しようとする車で混み合っていた。他の場所を探そうと道綱の車が右大臣藤原為光《ためみつ》の車の前を横切った時、為光の従者たちが無礼を咎めていっせいに石を投げつけた。

飛礫《つぶて》打ちは合戦でも用いられる戦法である。当たり所が悪ければ死人が出ることもあるので道綱はあわてて逃げた。このほか、行きあった車の従者同士が些細《ささい》なことから乱闘騒ぎを起こすことも珍しくなかった。このため貴族たちは従者に名うての荒くれ者を加えるようにしていたのである。

この日、道長と隆家は参内《さんだい》し、従者たちはいったん邸に引き揚げようとする途中で行き合ったのである。道長の従者の中に秦久忠がいた。

「邪魔だ。邪魔だ。そこを退かぬか」

久忠は真っ赤な顔をして怒鳴った。他の従者たちもしきりに罵声《ばせい》を浴びせる。隆家の従者たちはしばらく堪《こら》えていたが、ひとりが、

「やかましい。うぬらこそ、立ち退《の》け」

と声を張り上げると、いっせいに怒号をあげて道長の従者たちに殴りかかった。従者が辱められることは主人の恥辱でもある。道長の従者に侮辱されて引き下がれば隆家が怒るに違いなかった。

「おのれ、乱暴を働くか」

待ち構えていた道長の従者たちは、棒や石を手に立ち向かった。殴り合い、摑みかかり、押し倒し、蹴《け》りあげる。乱闘で砂埃《すなぼこり》が舞い上がり、通りがかった女たちが悲鳴をあげる大騒動になった。

隆家の従者たちは人数こそ少なかったが、ひと塊《かたまり》になって道長の従者を追い詰め

ていった。その様子を見ていた久忠は、不意ににやりと笑うと手をあげて合図した。するると、牛車の陰に隠れていた数人の武者が弓を手に飛び出てきて、隆家の従者たちに向かって次々に矢を射かけた。

うわっと矢が顔に突き刺さった従者が倒れ、さらに足に刺さった従者が悲鳴をあげて転倒した。武者たちはなおも矢を放ち、隆家の従者は総崩れになって逃げ惑った。

「右大臣様に逆らう者はこうなるのだ。思い知ったか。主《あるじ》によく伝えておけ」

久忠は罵《ののし》ると大声で笑った。

隆家の従者たちは怪我《けが》人をかついで引き下がったが、その背に道長の従者たちは容赦なく嘲笑《ちょうしょう》を浴びせ続けた。口惜しがった隆家の従者が棒を手に再び道長の従者に襲いかかろうとしたその時、

「鎮《しず》まれ。鎮まらぬか」

と声をかけて検非違使《けびいし》の役人が間に割って入った。

ようやく騒ぎが鎮まろうとしていた。『小右記』では、この日の騒動について、

――合戦アリ
と記している。弓矢まで持ち出しての〈闘乱〉は、まさしく合戦でもあった。

宮中にいた隆家が七条大路での乱闘について知ったのは、間もなくのことである。

「そうか」

致光から報告を聞いた隆家は、顔色も変えずに命じた。

「すぐに邸に戻る。供をいたせ」

隆家が退出しようとすると、伊周が青ざめた顔で寄ってきた。

「右大臣の従者と喧嘩騒ぎになったそうだな」

「先日、兄上にやり込められた意趣返しでしょう」

「やはり、そう思うか」

「これより、邸に立ち帰り、どれほどやられたのかを確かめます」

「確かめて、どうするのだ」

伊周が気がかりそうに訊くと、隆家は口の端で笑った。

「相応の仕返しはせねばなりますまい」

「待て。あまり無茶はすまいぞ。本当の合戦になっては困るではないか」

伊周は隆家の袖を摑まえて言うが、隆家はさりげなく伊周の手を払い、

「望むところでございます」

と言い捨てて退出していった。伊周は隆家の後ろ姿を呆然と見送るばかりだった。

隆家が邸に戻ると、怪我を負った従者たちがうめき声をあげていた。

東三条邸は一町四方、四千坪の広さがある。広い庭では傷を負って手当を受ける従者たちがあちこちに屯《たむろ》して、さながら戦場の態《てい》をなしていた。

特に矢を顔に受けた従者は、片方の目がつぶれ、重傷だった。足に矢が刺さった従者は唸《うな》り声をあげながら横たわっている。その他の者たちも鼻から血を流し、青あざだらけだった。それにしても従者の主だった者の顔が見えない。

「どうしたのだ」

隆家が訊くと、従者のうち、数人が検非違使に引っ立てられていったという。

「右大臣の従者も検非違使に捕まったのか」

従者たちは無念そうに頭を横に振った。

「いえ、右大臣家の者はひとりも捕まっておりませぬ」

「検非違使は初めからわれらだけを捕まえようとしたのです」

「随身の秦久忠が武者を潜ませておりました。あ奴が指図して、わたしどもを罠《わな》にかけたのでございます」

従者たちの訴えに、隆家はにやりと笑った。

「そうか。最初からわしへの嫌がらせのつもりで仕掛けて参ったのだな」

致光が傍らに膝をついた。

「いかがいたしましょう。ただいまから、検非違使に掛け合い、捕らわれた者たちを取り戻して参りましょうか」

「そうしてくれ。右大臣への仕返しはその者たちが戻ってからのことにいたす」

隆家は平然と階《きざはし》をあがったが、その目は鋭く光っていた。

そのころ道長は一条邸に戻り、秦久忠を召し出した。女院となって後の皇太后詮子を、道長は土御門の自邸に迎え、自らは近くの一条邸に移り住んでいる。

庭に控えた久忠に道長は階の上から声をかけた。

「ようしてのけた。これで、隆家もわしの力を思い知ったことだろう」

「あらかじめ牛車の陰に武者を忍ばせていたのを、東三条の従者どもに気づかれませなんだゆえ、うまく謀《はか》れましてございます。前もって検非違使にも話をつけておきましたので、すべては東三条の者たちの乱暴ということになっております」

久忠はしたり顔で言った。

「そうか。検非違使が間に入ったとあっては、隆家もわしに文句は言えまい。これからは伊周ともどもおとなしくなるであろうな」

道長は心地《ここち》好さそうに高笑いした。だが、久忠は慎重な面持で口を開いた。

「とは、申しましても、東三条様は名うての〈さがな者〉と聞き及びます。これからはご身辺にお気をつけくださいますよう」

〈さがな者〉とは、荒くれ者、性悪な者という意味である。道長は久忠の言葉にうなずいた。

「まことに隆家は〈さがな者〉だ。いずれ仕返しを企むやもしれぬな」

声に出してみると、実際に隆家が仕返しを企んでいるように思えた。これから後、参内のおりには従者の人数を増やさねばなるまい。

そんなことを考えるうちに、久忠に命じて行った嫌がらせが、とんでもなく無謀なことだったのではないか、という気もしてくる。

(大丈夫だ。いまさら奴らに何ができるというのだ)

自分を落ち着かせようとするのだが、元来小心な道長は不安が胸をよぎる日々を送ることになった。

道長の予感は、間もなく当たった。

八月二日。

この日、一条邸では、七条大路での乱闘に加わった従者たちにたっぷりと酒と料理が振る舞われていた。

久忠は上機嫌で酒を酌《く》み交わしながら、隆家の従者から仕返しがないことを謗《そし》った。

秋とはいえ、京はまだ暑い日が続いていた。ただでさえ赤い久忠の顔が酒を飲んで赤黒くなっている。

「あ奴らは何もできはせぬと思っていたが、やはりそうであったぞ。これからも東三条の奴らと出会ったら容赦なく殴ってやればいいのだ」

熟柿《じゅくし》臭い息を吐きつつ、久忠がわめくと、

「その通りだ。あの腰抜けどもを見かけたら、ただではすまさんぞ」

「いっそ、わしらの方から東三条へ押しかけてやろうか」

他の従者たちも口々に言い合う。

酒宴は夜遅くまで続き、三日月が中天にかかったころ、久忠は一条邸を出た。従者ふたりを従えて千鳥足でふらふらと大路を歩いていくうち、辻《つじ》に差しかかった。

従者のひとりが立ち止まって目をこすりながら、

「秦様、あれは何でございましょうか」

と訊いた。

「何を言っておるのだ」

久忠もとろんとした目で従者が指さした方角を見た。

大きな邸の土塀の上に、烏帽子《えぼし》をかぶり青い狩衣姿の男がすっくと立っていた。手には弓を持ち、矢を収めた〈平やなぐい〉を負っている。ほっそりとした体つきで、まだ若い男のようだ。

その男が久忠に向かって呼びかけた。

「右大臣家の随身、秦久忠とはお前か」

甲高い少年の声が響き渡った。久忠は酔った勢いで怒鳴り返した。

「いかにも、わしが秦久忠だ。貴様、右大臣家の随身に向かって、さようなところから物を言うとは無礼だ。許さぬぞ」

「許さぬとは、こちらの言葉だ。先日、貴様が矢を射かけさせたわが家の従者ふたりは、矢傷がもとで死んだぞ」

「なんだと——」

久忠ははっとして、土塀の上の男の顔を見た。

「まさか、東三条——」

久忠が言い終わらぬうちに、隆家は矢をつがえた弓の弦《つる》をきりり、と引き絞った。

ひゅうっ、という音を立てて射られた矢は、久忠の首筋に突き刺さっていた。

久忠は声をあげる間もなく、仰向けに倒れた。これを見た従者たちは、悲鳴をあげて腰を抜かした。隆家がそのままひらりと土塀から飛び降りると同時に、平致光が護衛する牛車が近づいてきた。隆家は致光に弓と〈平やなぐい〉を渡すと、

「してのけたゆえ、帰る」

と事も無げに言った。致光は頭を下げて、

「武者もおよばぬお働き、お見事でございます」

と称《たた》えた。隆家は車に乗りながら頭を振った。

「埒《らち》もない。ただの喧嘩騒ぎじゃ」

簾を下ろして車はゆっくりと動き出した。

道長の随身が矢で射殺されたことは、翌日には都中に知れ渡った。

随身は近衛《このえ》府の役人でもある。喧嘩沙汰《ざた》とはいえ、殺害されたとあっては検非違使も見過ごすわけにいかなかった。

久忠とともにいた従者たちは「まさか、東三条――」という久忠の最期の言葉を

聞いていた。

道長は隆家に、

「随身を殺した者を差し出せ」

と迫った。しかし、隆家は応じる素振りも見せない。

「たかが、喧嘩沙汰ではないか」

のらりくらりと追及をかわして、隆家は検非違使の調べにも応じなかった。押し問答が続いたが、事態は動かない。

しびれを切らして、道長は事件の解決を見るまで隆家の参内を停止すると言い渡した。これができ得るぎりぎりのところだった。

伊周はこれを機にますます強気になった。朝議に出ても、これまで以上に道長を憚《はばか》らず、思った意見を申し述べた。

〈内覧〉として権力を握っているはずの道長は日々、その影を薄くしていった。そんなある日、一条邸に花山院の使いが訪れた。

道長は法皇の使いと聞いて会いはしたが、白い直垂姿の美しい女に目を奪われた。花山院に仕える瑠璃《るり》だった。

「そなたが、法皇様のお使いか」

「さようにございます。花山院様のお言葉をお伝えに参りました」

「何事であろう」

道長は恐る恐る女の顔をうかがい見た。

花山院は道長の父兼家の陰謀によって退位に追い込まれたひとだけに、道長に好意は持っていないはずだ。その花山院からの使者というだけで気味が悪かった。

「洩れ聞くところによりますと、右大臣様は近頃、中納言におなりの隆家様に手こずっておられるとのこと。そこで、花山院様には、御自ら中納言様を懲《こ》らしめてやろうとの仰せにございます」

「なんと、それはまことか」

道長は目を瞠《みは》った。

「はい、まことのことでございます」

「しかし、なぜさようなことを法皇様は仰せくだされたのであろうか」

「ただ、目障りだ、と……」

「目障りか――」

道長は内心、ひやりとした。花山院にとって目障りなのは、道長を含めた兼家の一族すべてだろう。花山院が隆家を懲らしめてやろうと言ってきたのは、遠回しに、道長を脅しているのではないだろうか。

「法皇様は、隆家をどうなされるおつもりなのだ」

道長は恐々《こわごわ》訊いた。瑠璃はにこりとした。

「いかにそなたでも、わが花山院の門前を無事に通ることはできまい、との法皇様のお言葉を中納言様にお伝えください」

「門前を通れば、ただではすまないと仰せなのか」

道長は息を呑んだ。

この時代は、たとえ大臣であっても、他の大臣の邸の門前を通過してはならないという暗黙の定めがあり、貴族の門前を通り過ぎることは無礼とされていた。気の荒い貴族は門前を通り過ぎる者に石を投げつけろと従者に命じることもあったという。

道長の土御門邸からも近い近衛大路と東洞院《ひがしのとういん》大路に面する左京一条四坊三町に花山院は位置する。

周囲には身分の高い公卿の邸が立ち並んでいるが、中でも花山院は広大だった。南に島のある池があり、寝殿、西対屋《にしのたいのや》、北対屋と続き、さらに東侍所、随身所など警護の従者たちが詰める建物がいくつも並んで立っている。

その門前を通り過ぎるのは容易ではない。

「わかった。隆家に伝えると法皇様に申し上げてくれ」

道長はうなずいた。

花山院は自らの力を見せつけようとしているのかもしれないが、自分にとって邪魔な伊周と隆家兄弟の力を削《そ》いでもらえるなら、願ってもないことだ。

瑠璃は、微笑を浮かべて頭を下げると立ち上がった。直垂の袖がふわりと翻り、何とも言えない良い香りがして道長は陶然となった。

間もなく道長は、花山院からの挑戦とも言える言伝《ことづて》を隆家に書状で伝えた。

「これはどうしたことであろうか。門前を通れるものなら通ってみろと挑まれるなど、聞いたこともない」

東三条の邸の広間で、隆家と向かい合って座った伊周は書状を読み終えて首をかしげた。

「花山院様は、われら一族の内輪揉《も》めを見ておるだけでは面白くないのでしょう。御自ら手を出したいと思し召されたのではありませんか」

隆家は庭に目を遣《や》りながら答えた。

秋が到来していた。半蔀《はじとみ》に乾いた風が当たり、ことりと淋しげな音を立てた。

「されど、法皇様の御門前を通り過ぎては、後の祟りが恐ろしいぞ」

「だからといって、挑まれて行かぬわけにもいきますまい」

剛毅《ごうき》に構えて隆家はにこりとした。伊周は渋い顔をした。

「無茶なことはいたすなよ。叔父上の随身とはわけが違う。相手は法皇様だぞ」

「わかっております。しかしながら、わたしが退けば、花山院様はかさにかかって、仕掛けて参られるような気がいたします」

「そうかもしれぬが……」

伊周は気のりしない声で言う。花山院に兼家一族への怒りがあることはわかっている。これ以上、事を荒立てたくないのだが、隆家はあえて危険に身を投じてしまう気性だ。

隆家は階に立って致光を呼んだ。

「明日、花山院の門前を通る。用意をいたせ」

致光は一瞬、ぎょっとした顔をしたが、膝をついて応じた。

「されば、それ相当の備えをいたしまする」

「まかせたぞ」

隆家は申し付けた。

致光はすぐに、隆家の車の中でも特に車輪などが頑丈な車と〈逸物《いちもつ》〉とされるたくましい牛を選んだ。

投石された場合、押し通ることができるように備えなければならない。さらに、従者には屈強な者ばかり六十人を選んだ。

隆家は致光が用意した車や従者たちを一瞥《いちべつ》すると、

「これでよい」

と満足そうに告げた。


翌日は朝から晴れ渡っていた。

空はどこまでも突き抜けるように青く、空気はひんやりとして頰《ほお》に心地よい。

鮮やかな色合いの直衣、指貫姿の隆家は、黄金作りの太刀《たち》を手に車に乗り込んだ。

致光は車の脇《わき》に徒《かち》で従っている。

「参るぞ――」

隆家が告げると、前後を六十人の従者で物々しく固めた牛車の車輪はぎぎっと音を立てて動き始めた。従者たちは前駆《さきばらい》の声をあげる。

車に揺られながら、隆家は簾越しにあたりの景色に目を遣った。都大路は強い日差しに白く輝いていた。

花山院に近づくにつれ、日頃より商人、僧侶《そうりょ》などひと通りが多いのに気づいた。さらには、道沿いに車がいつになく多く止まっている。

(さては、きょう、わしが花山院の前を通ると誰かが言い広めたな)

おそらく道長の仕業ではないか。花山院の門前を通れなければ、隆家は恥をかく。押し通れば通ったで、法皇への無礼を働いたことになる。いずれにしても道長には隆家を咎《とが》める口実ができるのだ。

隆家はあたりの見物人に気づいたが、車を止めようとはしなかった。

(せっかくの敵が待っているのだ。逃げるわけにはいかぬ)

胸の中で嘯いているうち、車は花山院の門前にさしかかった。前方の従者たちが立ち止まり、牛も歩みをやめた。従者たちを押しのけて前に様子を見に行った致光が、あわてて戻ってきた。緊張した顔をして額に汗を浮かべている。

「どうした」

隆家が訊くと、致光は声を低めて言った。

「花山院の備えはただ事ではございません。戦備《いくさぞな》えをしておられまする」

「なんだと――」

隆家は簾をあげて車から身を乗り出し、花山院の門前を見て眉をひそめた。

門前にはおよそ八十人ほどの法師がいた。

花山院に仕える従者たちは、法皇に倣《なら》って僧形をしている。しかも、〈兵仗《ひょうじょう》〉と呼ばれる鉄環《かなわ》をはめた五尺の杖《つえ》を手にしている。それに、それぞれ手に石を隠し持ってもいるようだ。

法師たちは、胸に干からびた柑子《こうじ》（蜜柑《みかん》）の実に紐を通して結んだ大きな数珠《じゅず》をぶら下げるという異様な姿をしていた。

その中に烏帽子をかぶった男がいる。法師たちの中でひとりだけ頭が抜き出た六尺を超える巨漢だった。

目が細い馬面《うまづら》で、胸が分厚く手足が長かった。

かぶっている烏帽子も見たことがないような大きいものだった。背が高い上にさらに大きな烏帽子をかぶっているため、男は化け物のように見えた。

「あの烏帽子の男は何者だ」

隆家は振り返って致光に訊いた。

「花山院の従者に頼勢《らいせい》という大男がいると聞いたことがあります。異様に長い烏帽子をかぶっていることから〈高帽《こうぼう》頼勢〉と仇名《あだな》されておるそうでございます。おそらく、あの男が頼勢でしょう」

致光は油断なく太刀の柄《つか》に手をかけた。すると、頼勢が法師たちを掻《か》きわけるように前に出てきた。

「その車の御方は東三条の中納言様ではございませぬか」

頼勢はくぐもった声で呼びかけた。致光が太刀の柄に手をかけたまま、

「下人《げにん》の分際で中納言様に声をかけるとは無礼な」

と怒鳴った。頼勢は応《こた》えた様子もなく、どこ吹く風とうっすらと笑った。

「ここは法皇様の御門前でございます。どなたであれ、通り過ぎるのは無礼として咎めを受けますするぞ」

頼勢の威嚇《いかく》に構わず、隆家は黄金作りの太刀を手にしてあたりを見まわした。

「随分といるものだな。わしの往来を邪魔いたすつもりか」

「恐ろしくば、お退《ひ》きになることでございます」

頼勢は侮る口調で声高に言う。

隆家の目が光った。従者たちに「進め」と命じようとした時、矢音が響いた。隆家はとっさに太刀で払った。二つに切られて落ちた矢は、一尺（約三十センチ）ほ

どの長さで鏃《やじり》が鑿《のみ》のように鋭く大きかった。

続いて射られた矢が隆家をかすめて轅《ながえ》に突き立った。さらに飛んできた矢を致光が斬《き》り払った。

「中納言様――」

致光が振り向くと、隆家は叫んだ。

「退くぞ。あの法師どもの中に、この間会った鬼どもが紛れ込んでおる。このまま進めば奴らの矢の餌食《えじき》になるだけだ」

従者たちがあわてて引き返し、牛車もゆっくりと方向を転じた。

「どうされました。〈さがな者〉と言われた隆家様がお逃げになるのですか」

頼勢が嘲《あざけ》ると、法師姿の従者たちがどっと笑った。

隆家は車の中から身を乗り出し、

「つまらぬ挑発にのって、大恥をかいたわ」

とからからと笑った。

その夜、東三条の邸に乙黒が音も無く現れた。広縁で月を眺めていた隆家は、背後に乙黒の気配を感じて、

「花山院門前での失態を見ておったか」

背を向けたまま低く訊いた。

「とんだ恥をかいたな」

「そういうことだが、危うく命拾いをしたとも言える」

「花山院に仕える鬼たちのことか」

「いずれ、奴らと戦わねばならぬ」

「そうであろうな」

「安倍晴明は奴らのことをといだと言った」

「そうか」

「乙黒、といとは何だ。知っておるなら、教えてくれ。晴明は、名は知っておるが、それ以上はわからぬと言ったのだ」

「晴明にわからぬことが、わしにわかるはずもない。だが、いままで夜の闇に潜んで動いていた奴らが昼間動いたのだ。そのうち、お前の前に現れるだろう」

「そうか。その時はきょうの借りを返してやろう」

隆家がつぶやくように言うと、乙黒はふわりと宙に飛んだ。庭を駆け抜け蝙蝠《こうもり》のように身軽に土塀を越えて夜の闇に消えた。

紙燭《しそく》を手に、隆家はついと庭に下りた。乙黒が庭に下り立った時、蛇のようなものが地面を這《は》っているのが見えた気がした。乙黒の足跡が残るあたりを照らしてみると、地面に黒い筋が浮かんでいた。文字のようだ。蛇が這ったと見えたのは、乙黒が一瞬の間に地面に書いた文字だったのだ。

隆家は目を凝らして、紙燭の灯《あか》りに浮かんだ文字を追った。

――刀伊

と書かれている。

(そうか、といとは刀伊と書くのか)

隆家は、その場に立ちつくして文字を見つめた。

五

夜の闇が濃い。燭台《しょくだい》の火がじじっと燃えた。

「隆家め、せっかく痛い目を見せてやろうと思うたに、惜しいことをした」

灯りに黄色く照らされた花山院は、つぶやきながら盃《さかずき》を口に運んだ。

両脇にふたりの美しい女人を侍《はべ》らせている。僧形だが、まだ二十八歳だ。傍らの女人と戯れる姿にも華やかさが残っている。右側に控えた年かさの女人が瓶子《へいし》を捧《ささ》げ持ち、花山院が盃を干すと、すぐに酒を注いだ。花山院は左側に控えたうら若い女人の手をもてあそびつつ、

「いかがいたそうかのう、瑠璃よ」

と前に座っている立烏帽子、白い直垂姿の女に声をかけた。

瑠璃は片手を板敷について、

「中納言は法皇様の御威光に恐れをなして逃げたのでございます。もはや放っておかれるのも一興と存じまするが、いかが思われますか中務《なかつかさ》様――」

笑みを浮かべて瓶子を捧げる女人に顔を向けた。

「まこと、瑠璃の申す通りにございます」

中務と呼びかけられた女人は花山院を仰ぎ見た。

花山院は出家して後、一条摂政《いちじょうせっしょう》　藤原伊尹《ふじわらのこれただ》の娘を愛人としていた。〈九の御方〉と呼んで通ううちに、仕える女房に手をつけてしまった。それが中務だった。やがて寵愛は〈九の御方〉から中務に移った。

中務にはかつて若狭守平祐忠《わかさのかみたいらのすけただ》という夫がいた。ふたりの間に平子《へいし》という娘が生ま

れていた。花山院の左側に控えているうら若い女人が平子だ。中務を寵愛するうち、平子にも手をつけたというのだから花山院の艶福《えんぷく》ぶりにも凄《すさ》まじいものがある。

平子は手をもてあそばれるまま花山院にしなだれかかった。黒々とつややかな髪が重たげで細い目は心の内をうかがわせないが、わずかに開いた唇から甘やかな吐息が洩れるのが艶《なまめ》かしい。

いかに王朝貴族の時代といえども、母と娘を同時に愛人にするのは外聞を憚《はばか》る破倫の行いであるが、花山院は平然としていた。世間ではかねてから、

――内劣りの外めでた

と花山院を噂していた。外見に似つかわしくない内面だというのである。また、日頃から奇矯な振舞いが多く、侍臣たちを悩ませてもいた。

ある夜、父君の冷泉院《れいぜいいん》の邸が火事になった。冷泉院は車に乗り、二条大路と町尻《まちじり》小路の辻に避難していた。

報《しら》せを聞いて心配した花山院はすぐさま馬に乗って駆けつけた。だが、その姿は頂《は》きに鏡を嵌めた笠《かさ》を阿弥陀《あみだ》にかぶって馬にまたがるという異様なものだった。大路は火事を避けようとするひとびとでごった返している。馬の蹄《ひづめ》にかけられるのを恐れて逃げ回るひとびとの中には悲鳴をあげる女もいたが、花山院はそれに構わず

馬上から行き逢《あ》うひとに、

「父上はどこにいらっしゃる」

と自ら声をかけて問うた。ようやく冷泉院の居場所にたどりついた花山院は、腕《うで》貫《ぬき》の紐に腕を通して鞭《むち》を持ち、袖を掻《か》き合わせると冷泉院の車の前に跪《ひざまず》いた。それまでの狂態とは裏腹の神妙な面持だったという。それを伝え聞いた源　俊賢《みなもとのとしかた》が、

「冷泉院のお狂いぶりよりは、花山院のお狂いぶりの方が始末が悪い」

とため息まじりに洩らし、これを耳にした藤原道長が、

「随分、不届きなことを申されるのだなあ」

と大笑いしたという。

しかし、花山院は性格が矯激《きょうげき》なだけではなかった。和歌に堪能《たんのう》であり、美しいものに対しては深い観賞力を持っていた。花山院御所の造営にあたっては自らの好みを前面に押し出して指図した。

寝殿、対屋、渡殿《わたどの》をひと続きに造り、屋根もつなげて檜皮《ひわだ》葺《ぶ》きにするという造作は花山院が初めて考えたことだった。それまで寝殿造は棟をそれぞれ別に造り、間に軒樋《のきどい》がかけられていたのである。

車庫の床板の奥側を高く張り、急な用がある時、車庫の戸を開ければ車がからか

らとひとりでに出てくるようにした。

身のまわりの品々には特に気を配り、硯箱《すずり》は海辺をかたどった地模様に蓬萊山《ほうらいさん》などの金蒔絵《きんまきえ》をほどこして作らせた。漆の付け具合から蒔絵の塗り具合、縁金など細かく指示した。

また、庭木を選ぶ際、「桜の花は優美だが、枝はごつごつとして無骨である。梢《こずえ》だけを見たい」として、中門より外側に植えさせた。さらに撫子《なでしこ》の種を土塀の上に蒔《ま》くことを思いつき、御所のまわりに唐錦《からにしき》の帳《とばり》をかけ渡したように花が咲いて、ひとびとの目を楽しませたりもした。

趣向を凝らすことにかけては並はずれて優れたところが花山院にはあった。それだけに思い通りにならないことがあるとあからさまに不機嫌になる。

花山院は細々と気に病む質《たち》を顔に出して、

「わしは、兼家、道隆の血につながる者が憎い」

と言い放った。兼家は花山院を欺いて出家させ、天皇外戚の座を手に入れた。そのおかげで道隆は関白になり、栄えたのである。

道隆の死後、道兼が関白となったが〈七日関白〉で終わった。いまや伊周、隆家を失脚させることが花山院の執念となっている。

そのためには道長と手を組むことも厭《いと》いはしない。道長は、兼家の子の中にあって凡庸で目立たなかった。それに比べ道隆は美貌《びぼう》で知られ、一族は常に華やかで衆目を集める存在だった。そのことが疎ましい。

——道長が関白になろうとも構わぬ。伊周、隆家こそ憎しや

花山院の目にはおどろおどろした青白い光があった。瑠璃は花山院の胸中を察したのか、

「中納言をいかようになされまするか。彼《か》の者たちにお訊きになられてはいかがでございましょうや」

とつぶやいて暗い中庭に目を遣った。

視線の先に庭石のような黒いふたつの影がうずくまっている。

「そうであった。わしには護法童子《ごほうどうじ》が仕えておったのう」

花山院は膝を叩いて立ち上がり、広縁の階《きざはし》に歩み出た。

黒い影が階の下までにじり寄る。獣の皮で作った袖無しの上着を腰のまわりに巻き付けた烏烈《うり》と、異様に高い烏帽子をかぶった頼勢だ。

比叡山延暦寺に籠った後、花山院は京に戻る前に詣でた熊野権現《くまのごんげん》で瑠璃と烏烈、頼勢に出会った。比叡山での修行により法力を得たと信じた花山院は、目の前に現

れた異形の三人を護法童子の化身だと思い込んだ。それで、仕えたいという三人の願いを聞き届けたのである。

「わしの望みは聞いたであろう。隆家らを懲らしめる策はないか」

花山院は何かに憑《つ》かれたような目をふたりに向けた。

低い声で烏烈が答えた。

「弟よりも兄を狙ってはいかがかと存じまする」

「まず伊周をとな？」

花山院は首をかしげた。すかさず頼勢が口を開いた。

「まず、兄を捕らえて餌《えさ》にすれば、弟は必ず出て参りましょう。そこで一気に成敗なされてはいかがかと存じます」

「ふむ、兄弟を同時にのう。それは面白や。そやけど、伊周は隆家と違《ちご》うて臆病《おくびょう》や。危ういところには出て参らぬのと違うか」

烏烈は白い歯を見せて笑った。

「されば、女人こそ伊周を連れ出す餌になりましょう」

「何とな。女を餌にすると申すのか」

花山院の目が好色な光を放った。間髪を入れず、瑠璃が広縁に出てくる。篝《かがり》の灯りに白い顔が浮かび上がった。

「それならば、法皇様に縁の深い御方でちょうどよい女人がおりまする」

「わしに縁がある女だと？」

花山院が不審そうな顔をすると、瑠璃は妖艶《ようえん》な笑みを浮かべた。

この夜、伊周は鷹司《たかつかさ》小路の故一条太政大臣藤原為光《ふじわらのためみつ》の邸にいた。為光は、花山院がその死を悲しむあまり出家を決意したほど寵愛した忯子《しし》の父である。

為光は三年前に亡くなっていたが、邸には三人の娘が残されている。伊周は三の君と呼ばれる姫のもとに通っていた。三の君は父の為光が「女子はやはり見目形《みめかたち》だな」と満足していたと言われる美貌で「鷹司殿の上」などと世間で呼ばれていた。

平安貴族は女のもとに夜訪れて、翌朝、まだ明けやらぬうちに帰る。燭台のかすかな灯りがあるだけの薄暗い中での逢瀬《おうせ》である。

父を失った娘にとって訪れる恋人が何よりの庇護《ひご》者だった。前《さき》の関白の息子であり、一条天皇の中宮定子《ちゅうぐうていし》の兄である伊周は頼るのに願ってもないひとなのだ。ととのった顔立ちをしているうえに、和歌、漢籍の素養と機知にあふれた伊周の話しぶりは三の君の胸をときめかせる。

やさしげに語りかけていた伊周の顔が不意に曇り、言葉が途切れた。

「どうかなさいましたか」

伊周の胸に顔をもたせかけていた三の君が訊ねた。

「いや、何でもないのだが、ふと嫌なものを感じてね」

「わたくしに何か――」

震えながら三の君は涙ぐんだ。

「いや、いや、気にしないでいい。そんなことがあるはずもないが、そうさな、物《もの》
怪《のけ》がどこぞにひそんでいるような気がして、ぞっとしたのだよ」

「そんな恐ろしいことをおっしゃらないでくださいませ」

「怖がることはない。ただ、そんな気がしただけなのだから」

ひしとすがりつく三の君の肩を伊周は抱いた。

「そう言えば、忯子様が亡くなられて、もう十年になるのか……」

「どうして忯子様のことなど、話されるのです」

三の君は驚いたような声を出した。忯子は、母親が違う三の君の姉だった。この
時代、姉妹と言っても母親が違えばさほど親しい気持は持たない。

「なぜだろう。ふと思い出したのだよ」

物怪の気配を感じた時、伊周の胸に浮かんだのは若くして亡くなった怟子のことだった。伊周の祖父兼家に続いて父道隆が権勢の座に昇ったのは、怟子が亡くなったことにより花山天皇が退位し、一条天皇の御代になってからのことである。

一族は繁栄を極めてきたと思っていたが、それほど長い期間だったわけではないと気づき虚《むな》しさがこみあげた。道隆の死後、意外なことに東三条院詮《せん》子《し》の後押しによって叔父の道長が台頭し、道隆の後を継ぐべき伊周を押しのけようとしている。

(馬《ば》鹿《か》な、こんなおかしな話は聞いたことがない)

伊周は、道長の顔を思い浮かべると腹立ちがこみあげてくる。

天皇の外戚にならなければ朝廷で実力者にはなれない。一条天皇の中宮定子の実家を継いだのは自分なのだ。だから本来、自分が関白になるべきだ、と伊周は思っていた。

定子が皇子を産めば、それによって伊周の地位は盤石《ばんじゃく》なものになり、道長を蹴散らすことができる。そのために定子のもとに清少納言などはなやかで才気のある女房を配し、一条天皇の寵愛が深まるようにしているのだ。

「間もなくだ。遠いことではない」

伊周は、思わずつぶやいた。何事かに思いをめぐらせる伊周を三の君は怪《け》訝《げん》そうな顔をしてうかがい見た。

四カ月が過ぎて、年が明けた。

長徳二年（九九六）正月十四日――

十八歳になった隆家は、藤原景斉《かげまさ》の娘のもとに通うようになっていた。隆家は初めて恋をし、女人をいとおしむ楽しさを知った。それでも隆家の胸中に湧《わ》く敵を求めてやまない思いが鎮まったわけではない。早暁、女人のもとから車で引き揚げるおりには、心の奥底に虚しさを否応《いやおう》なく感じる自分がいた。女人と関わる時でも、生死を賭《か》けるかのように激しいものを求めてしまうらしい。

未明の都大路を帰る車の中で、

（兄上はこんな風ではないのだろうが）

と思って苦笑した。突然、車が止まった。

「いかがいたした」

声をかけるが、応《こた》えはない。不審に思って簾をあげてみると、牛が足を止め、従者も凝然と立ち尽くしている。いつの間にか雪が降り出し、道を白く覆っていた。

未明で薄暗くはあったが、雪の仄明《ほのあ》かりにぼんやりと黒い影が浮かび上がった。

「乙黒か、ひさしぶりだな」

隆家が声をかけると、乙黒はゆっくりと近づいてきた。牛や従者がなおも動かないのは乙黒に術をかけられているからなのか。乙黒の頭や衣服には雪が積もっていた。

「かようなところで何をいたしておる」

「お前を待っていたのだ」

乙黒は白い歯を見せた。

「わしに会いたければ邸に来ればよいではないか」

「そうはいかぬ。お前の邸は見張られておる」

「見張られているだと――」

隆家は眉間《みけん》にしわを寄せて考えこんだが、すぐにはっと気づいて訊いた。

「わしを見張る者とは、刀伊《とい》とか申す者たちか?」

「奴らは狙っておる。お前とお前の兄をな」

「なんだと」

「間もなくお前の兄に異変が起きるぞ。それを教えにきてやったのだ」

乙黒はくっくっと笑った。

「なぜ、わざわざわしに知らせるのだ」

「面白いではないか」

「面白い？」

――花山院の狂いが極まる時、この国は亡びる
去り際に言い残して、乙黒は雪の上を滑るように走った。

乙黒の背を見送りつつ、国が亡びるとはどういうことだろうか、と隆家は思った。

以前、安倍晴明からも隆家が敵に勝たなければ国が亡びると告げられていた。

「いったい、どういうことだ」

隆家は白み始めた空から降る雪を眺めながら口の中でつぶやいた。


そのころ伊周も邸に戻ろうとしていた。

伊周の顔には三の君のもとで過ごしたという満ち足りた表情はなかった。伊周は、嫉妬《しっと》と懊悩《おうのう》に苦しめられた一夜を過ごしていた。伊周はいつも通りに三の君の邸へ向かった。ところが邸の前には、すでに車が止まっていた。従者はやむを得ず邸を通り過ぎ、程ないところに車を止めて、

「どうしたことでございましょうか。様子をうかがって参ります」

と告げて邸に走った。三の君付きの女房に訪れているのは誰なのかをひそかに訊くつもりなのだろう。

（三の君のもとにわたしが通っていることは誰でも知っている。よもや邪魔をする者がいるはずはないが、いったい誰が……）

邸には三の君だけでなく四の君、五の君がいる。五の君は幼いが、四の君なら通う男がいてもおかしくはない。

伊周があれこれ考えている間に、従者が駆け戻ってきた。困惑した表情を浮かべている。

「まわりには車の従者らしき者がおりまして、邸に入ることができません」

「なんとも、味気ないことをするものだな」

伊周は眉をひそめた。通っている女の邸で男同士が出くわすというのは珍しいことではない。そんな時には相手に気づかぬ様子を装いながら、さりげなく遣り過ごすのが遊びなれた公家《くげ》の心遣いである。

しかし、いま三の君の邸にいるのは、そんな気遣いを見せる男ではないらしい。伊周は腹が立ってきた。もし、そのような男が三の君に通っているのだとすれば許せない。

「車の主は誰か、突き止めて参れ」

伊周が厳しい口調で命じると、従者はうかがうように顔をあげた。

「主はわかりませぬが、従者の中に知っている者がおります」

「従者がわかっておるなら、主は明らかではないか。何者なのだ、早く申せ」

問い詰められて、従者は口を開いた。

「従者の中にひときわ高い烏帽子をかぶった大男がおりました。あの男は高帽頼勢でございます」

高帽頼勢を知らない伊周は、首をかしげて訊いた。

「その者は誰の従者なのだ」

従者は唇を湿らせてから思い切ったように口にした。

「花山院様でございます」

伊周は息を呑んだ。

――まさか
すでに出家した花山院が女のもとに通うことも信じられなかったが、何より三の君、四の君はかつて花山院が寵愛した忯子の妹である。

花山院は忯子の死を悲しむあまり出家したのではなかったか。それなのに、僧形となりながら、かつて愛した女の妹のもとに通うなどあり得ないことだ。

「さようなことがあるはずはない。よく確かめて参れ」

伊周に命じられて従者がまた邸に向かおうとした時、松明の火が見えた。ゆっくりと近づいてくる。

「何だ、お前は――」

従者が声をあげた。松明を持っているのは頼勢だった。目の細い馬面がにやりと笑った。

「法皇様のお楽しみを妨げてはならぬのう」

「何を言うか」

従者たちが頼勢を取り巻いた。この夜、伊周の供をした従者は六人いた。いずれも屈強な選《え》りすぐりの者たちだ。頼勢が巨漢でも恐れる者はいなかった。

「やれっ」

従者のひとりが叫ぶといっせいに飛びかかった。叩きのめすつもりで襲ったのだが、頼勢は松明を振り回した。悲鳴をあげて三人が倒れた。顔を松明で打たれていた。

頼勢は松明を投げ捨て、ふたりの従者の胸倉を摑んで高々と差し上げると同時に地面に投げつけた。ふたりはうめいて気を失った。

残るひとりは頼勢の凄まじい力に恐れをなして尻餅《しりもち》をついた。頼勢は従者をじろりと睨み据えながら悠然と車に近づいた。

「法皇様に近づくとためにならんことを教えてやろう」

怒鳴った頼勢は、伊周が乗った車の後ろの鴟《とび》の尾《お》を摑んで徐々に持ち上げた。車が斜めに持ち上がり、牛が鳴いた。伊周は車から転げ落ちそうになった。必死で摑まるが、頼勢はなおもゆさゆさと揺すり、やがて、どしん、と車を落とした。

「何をいたす。無礼者――」

伊周は悲鳴のような声をあげた。

「仕返しがしたくばいつでも来るがいい。法皇様は三日通われるからな」

頼勢は大声でからからと笑い声を残して去っていった。

平安貴族が女の家に通う場合、三日目の夜に〈三日夜《みかよ》の餅《もちい》〉という結婚を祝う餅《もち》を食べる。このため三日目の夜も通うのは、女のもとへ通い続けるという男の意思表示でもあった。

（花山院様は、三の君のもとにこれからも通われるおつもりか）

いや、通う相手は四の君なのかもしれないとも思われるが、花山院は中務、平子母子を寵愛しているという噂から推しはかるならば、たとえ四の君のもとに通っていたとしても、同じ邸にいる三の君に食指を動かさないとは限らない。

必ずそうなるに違いないという気がして、三の君と花山院が睦《むつ》み合う姿が脳裏に浮かび、伊周は拳《こぶし》を握りしめて歯嚙《はが》みした。


すごすごと東三条の邸に帰った伊周はすぐに寝所に入ったが、口惜しさになかなか寝つくことができなかった。少しまどろんだ後、ここは隆家に相談するほかないと昼過ぎには起き上がって隆家を呼んだ。

間もなくやってきた隆家に、伊周は憔悴《しょうすい》しきった顔を向けて、

「わしは花山院様に恨みを抱いた」

とぽつりと告げた。

「ほう——」

感情のこもらぬ声で応じた隆家は、微笑を浮かべただけで、それほど驚いた様子はない。

「わかっているのか。わしは花山院様に闘乱を仕掛けたいと思うのだ」

伊周は思いつめた表情で言う。何としても花山院に〈三日夜の餅〉を食べさせた

くなかった。

床に入ってから、いまごろは三の君が花山院に組み敷かれているかもしれないという妄想が次々に湧いてきて伊周を苦しめた。為光の娘の中で、三の君が最も美しいと言われている。ひょっとすると花山院がかつて寵愛した忯子に似ているのではないだろうか。

懸念が伊周の胸中で渦巻いていた。

「わしはどうしても許せない」

吐き捨てるように言う伊周の顔を淡々と見ていた隆家は、

「どのような仔細《しさい》があったのか知りませんが、花山院様が喧嘩を仕掛けてくるのではないか、とは思っていました。門前を通るのは避けたが、今度はどうやら避けられそうにない。ならば、わたしも共に参った方がよさそうだ」

と言って笑った。

この日も朝から雪日和《びより》だった。

六

十六日の昼過ぎ――

内裏の登華殿《とうかでん》で定子は物憂げに過ごしていた。

近ごろ定子には懐妊の兆しがあった。めでたいことなのだが、兄伊周と叔父道長の確執が伝えられているだけに定子が皇子を産めば、また争いが起きるのではないかと憂えていた。そんなことを思うと胸がふさぐのは、身籠《みごも》ったための気鬱《きうつ》なのかもしれない。定子は白い御衣《おんぞ》を重ねて、紅《くれない》の唐綾《からあや》を表《うえ》にしている。艶《つや》やかな黒髪が肩先から流れ、えも言われぬ美しい姿だった。

雪が降り続き、朝から冷え込んでいるだけに炭櫃《すびつ》に大仰なほど火が熾《おこ》され、定子の傍らには梨絵《なしえ》がほどこされた火桶《ひおけ》も置かれている。

次の間では長炭櫃に手をかざしながら、清少納言始め唐衣《からぎぬ》を着た女房たちが控えて文を取り次いだり、定子の話し相手になったりしているところに、先払いの声が高く聞こえてきた。

「どなたかお見えになるようですよ」

清少納言が言うと、女房たちは散らかっている絵などをあわてて片づけた。そこにやってきたのは伊周だった。直衣《のうし》、指貫《さしぬき》の紫の色が目に鮮やかだった。

「きょうは物忌《ものいみ》で家に籠らねばならないのですが、こちらが気がかりになりまして」

伊周はほがらかな声で言うが、顔にはいつにない陰りがあった。

「道もなし、と思っていましたのにどうしてまた……」

定子は首をかしげた。

「あはれとでも思ってください」

伊周は微笑を浮かべた。〈道もなし〉と定子が口にしたのは、平兼盛《かねもり》の和歌、

——山里は雪降り積みて道もなし今日来む人をあはれとは見む
にちなんでいる。山里は雪が降り積もって道もうずもれているのに、こんな日に訪ねてくるひとは慕わしく思えるという意味だ。

伊周は、〈道もなし〉という言葉に和歌の意が籠《こ》められているのを察して、すぐさま〈あはれと〉と下の句を返したのだ。宮廷ならではの会話だった。

伊周はなおも〈猿楽言《さるごうごと》（冗談）〉を言って女房たちを笑わせたうえで、

「ところで、雪は風情がございますね。降り積もっている眺めはなかなかよいもの

でございますよ」

とつぶやいた。

「そうですか」

うなずいた定子は清少納言に顔を向けた。

「少納言よ、香炉峰《こうろほう》の雪はどんな様子でしょうか」

定子に謎のような言葉をかけられた清少納言は、下仕《しもづか》えに御格子《みこうし》を上げさせてから、自らの手で御簾《みす》を高くかかげた。それを見て定子は嬉《うれ》しげに微笑《ほほえ》んだ。

白楽天《はくらくてん》の詩に、

——遺愛寺《いあいじ》の金は枕を欹《そばだ》てて聴き
　香炉峰の雪は簾《すだれ》を撥《かか》げて看《み》る
とある。この日、格子を下ろしていて、見事な雪景色を見ずにいた定子は、伊周の言葉で雪を見たくなり、白楽天の詩に言寄せて雪が見たいと清少納言に告げたのだ。瞬時に意を覚《さと》った清少納言の機知に富んだ振舞いは定子を満足させた。

登華殿の前庭は立蔀《たてじとみ》があって視野が狭められている。それでも一面の雪景色は際立っていた。

「ああ、こうして見ると、また格別ですね」

伊周は広縁にまで出てしばらく眺めていたが、その後ろ姿はなにやら物思わしげだった。

「何か気にかかることでもあるのでしょうか」

定子が問いかけると、伊周は振り向いて頭《かぶり》を振った。

「いえ、なにも……」

平静を装っていたが、その唇は青ざめている。寒さのためだけではないように定子には思えた。

この日の深更、鷹司小路の邸の前に伊周と隆家が乗った車が止められた。夜になって雪は止《や》んだが、積もった雪で路上は白く覆われている。従者が十人、それに弓を携《たずさ》えた平致光《むねみつ》が騎馬で従っていた。

車の中で伊周は青い顔をして黙りこんでいた。傍らの隆家が、

「兄上、どうしてもおやりになるのですね」

と念を押した。

「やるとも。なに、夜中に顔も知らぬ者同士の〈闘乱〉が起きるだけのことだ」

伊周は自分に言い聞かせるように口にしたが、肩が震えていた。

花山院が通うのを力ずくで妨げるつもりだった。仮にも天子だったひとが女のもとに通うのを邪魔するのは危険な行為だ。だが、従者同士の喧嘩なら言い訳は立つと伊周は考えていた。

何より、昨晩も花山院が三の君のもとに通ったかもしれないと思うと、伊周の心は惑乱しそうだった。花山院が求めれば三の君は拒むことができない。どのようなことが行われたのか、と想像するだけで伊周は波立つ気持を抑えることができなかった。

「来たようでございます」

致光が馬上から車の中のふたりに告げた。隆家は簾を上げて素早く地面に下りた。黄金作りの太刀を手にしている。

前方の闇の中から松明が近づいてくる。大きな車に二十人ほど従者たちが従っているようだ。目を凝らして花山院の車を見ていた致光が、

「これはどうしたことだ」

とうめくような声を上げた。前駆はひときわ高い烏帽子をかぶった頼勢だったが、車に従っているのは昨年、花山院の門前を固めた僧形の男たちだった。胸に柑子《こうじ》の数珠をぶら下げた姿で五尺の兵仗《ひょうじょう》を手にしている。

「女のもとに通うのに戦支度でお出《い》でになるとはのう」

隆家が苦笑いした。しかし、異様なことはそれだけではなかった。

――中納言様
鋭く声を発して、致光が反対側を指さした。獣の皮で作った袖無しを着た男たちが十人ほど松明を持って近づいてくる。それぞれ短い弓を持っていた。先頭に立っているのは烏烈だった。

隆家は両方に視線を走らせて、

「兄上、どうやら、囲まれたようです」

と車の中の伊周に告げた。

「どういうことだ」

車から伊周の上ずった声が返ってきた。

「花山院様はわれら兄弟を討ち取るおつもりとみえます」

「まさか、そのような」

「いや、花山院様のわが家へのお恨みは深いようです。そこまでしなければ気がおさまられぬと思われます」

隆家はひややかに言葉を継いだ。伊周はしばらく黙ったが、

「逃げよう。邸に戻るぞ」

とあえぐように言った。

「もはや、遅いようです」

隆家は黄金作りの太刀の柄に手をかけた。松明を持った頼勢が近寄り、口を開いた。

「これは、中納言様。かようなところで何をされておいでですか」

隆家はじろりと頼勢を睨んだ。

「わしは戯言《ざれごと》は好かぬ。討ちかかるつもりなら、さっさといたせ」

「ほう、よろしゅうござるか」

頼勢は嘲笑《ちょうしょう》を浮かべ、反対側にいる烏烈に目を向けた。烏烈はうなずいて片手をあげた。獣の皮の袖無しを着た男たちがいっせいに弓を構えた。

それを見て隆家が甲高い声をあげた。

「待て、弓で射れば、外れた矢が法皇様の御車に届くやもしれぬぞ。さようなことになってもよいのか」

烏烈たちの弓の腕前が確かなのは知っている。花山院に外れ矢が当たってもいいのか、と脅すしか防ぐ手段がなかった。

烏烈はあげた片手をそのまま横にした。すると男たちは弓を下げた。烏烈は何事か鋭い声で叫んだ。

隆家が聞いたことのない言葉だった。男たちの中から五人が走り出た。腰刀を抜いて手にしている。怪鳥のような叫び声をあげて隆家たちに襲いかかった。これを防ごうとした従者たちはたちまち斬られ、悲鳴をあげた。

「のけい――」

致光が馬を躍らせて男たちに向かった。

男のひとりは馬の蹄《ひづめ》にかけられ、ふたりは馬上から致光が振るった太刀で斬られた。しかし、ふたりが致光の太刀をすり抜けて隆家に襲いかかった。男たちの持つ腰刀が雪明かりに不気味に光る。

ひとりが飛び上がって隆家に斬りつけた。隆家の太刀がこれを弾《はじ》き返す。小路に音が響いた。もうひとりが斬りつけるのをかわして、隆家は男の頭上に斬りつけた。

男は地面に転がって太刀を避け、機敏に立ち上がった。ふたりの男は隆家の知らぬ言葉を交わした。それが合図だったのか、同時に両脇から隆家に飛びかかる。瞬間、隆家は踏み込んで男のひとりを肩先から斬り、さらにもうひとりの胴をないだ。

水際立った腕前だった。うめき声をあげてふたりは倒れた。

その様子を見た頼勢が、

「石だ――」

と怒鳴った。僧形の従者たちは、携えてきた拳ほどの大きさの石を懐から取り出した。頼勢がさらに、

「やれっ」

と叫ぶと、僧形の従者は隆家たちに向かっていっせいに石を投じた。車の屋根に石が当たって轟音《ごうおん》が響き、従者たちの顔や肩にも石がぶつけられた。致光が馬を駆けさせようとするが、霰《あられ》のように投げつけられる石に馬は怯《おび》えて後退《あとずさ》りする。

隆家は袖で顔を覆い、太刀で飛んでくる石を叩き落とすが、それでも額や腹に石が当たった。

(このままでは投石で弱ったところを討ち取られてしまう)

隆家は致光に走り寄った。

「弓を寄こせ」

致光が差し出した弓を手にした隆家は、伊周が乗っている車の前板に上がった。車の陰になって烏烈たちの矢が届かない場所だ。

隆家は、花山院の車に向かって弓を満月のように引き絞った。頼勢が目を瞠《みは》って

大声で叫んだ。

「法皇様に対し、何をする」

法皇に矢を射かける者がいるとは信じられなかったし、まさか、隆家がそれほどの乱暴をするとは予想だにしなかった。

隆家は不敵に笑った。

石はなおも飛んできて体に当たるが怯《ひる》まない。

「覚悟いたされよ」

隆家の放った矢が花山院の車に向かって飛んだ。簾を突き抜けた矢は車の中にいた花山院の袖を射抜いた。

花山院は真っ青になって震えあがった。

「隆家はわしを殺すつもりだぞ。退け、退くのだ」

花山院はわめいた。頼勢はあわてて車の向きを変えさせた。僧形の従者たちもこれに従い、投石は止んだ。

隆家が車から降りて振り向くと、烏烈たちの姿もすでに消えていた。致光が馬から下りて近づき、片膝《かたひざ》をついた。

「法皇様に矢を射かけられるとは思い切ったことをされましたな」

「あれぐらいしなければ殺されていた」

隆家は平然と言った。その時になって伊周が車から這《は》うようにして出てきた。

「しかし、あのようなことをして、ただではすまぬのではないか」

「されど、花山院様も女のもとに通って〈闘乱〉を起こしたなど外聞の悪いことを表沙汰《おもてざた》にはされますまい」

「そうであればよいが……」

伊周は青ざめた顔でつぶやいたが、路上に目を落として声にならない悲鳴をあげた。

隆家が何事かと思って伊周の指さした先を見ると、そこには隆家が斬り倒したふたりの男の死体が転がっていた。しかも、ふたつの死体には首が無い。

「奴ら、いつの間にかようなことを」

致光がうめいた。首の無い死体を見つめた隆家の目が光った。

「兄上、花山院様は今宵《こよい》のことを世間に知られたくはないと思われますが、そうさせたくない者たちがおるのかもしれません」

「さような者がいるのか。何者だ」

「刀伊でございます」

隆家は静かに答えた。止んでいた雪がまた降り出していた。

——もおし、もおし

闇の中から声が聞こえた。

道長は不意に目覚めた。傍らでは妻の倫子《りんし》がすこやかな寝息を立てて眠っている。しかし、道長の耳元では囁《ささや》くようにかすかな、誰かが呼ぶ声がするのだ。

声に引き寄せられるように道長は起き上がり、ふらふらと寝所を出た。気がついてみれば、広縁にいた。月明かりに雪が輝いている。

雪の上に異様なものが置かれていた。大きな石のようなものが二個、ごろんと転がっているのだ。よく見ると、長い髪があり、目が見開かれている。

(ひとの生首だ)

道長は息を呑み、手で口を押さえた。足の力が抜けて広縁に尻餅《しりもち》をついた。誰かを呼ぼうとするが、声が出ない。胸が苦しくなって吐き気がしてきた。這って逃げようとした時、柔らかな衣に触れてぎょっとした。そばに立烏帽子、白い直垂姿の瑠璃《るり》がいた。

「そ、そなたは、法皇様のお使いの——」

思わず言いかけると、瑠璃はさっと指を口に当てて、黙るよう仕草で示す。

「お静かになさいませ。今宵はお報せしたきことがあって参りました」

「あれは、そなたの仕業か」

道長は顔をそむけたまま庭を指さした。

「さようにございます。あの者たちは法皇様にお仕えしておりましたが、今宵、内大臣伊周様と弟君の隆家様に斬られました」

「何と申す。なぜ、そのようなことに」

道長は目を剝《む》いて、瑠璃の顔をのぞきこんだ。

「伊周様が亡き一条太政大臣様の姫、三の君様のもとに通っておられるのはご存じでございましょう。法皇様は同じ邸の四の君様のもとに御通いなのです。ところが伊周様はこれを誤解なされ、法皇様に〈闘乱〉を仕掛けてしまわれました」

「それで、死人が出たのか」

道長は顔をしかめながらも、伊周が法皇と諍《いさか》いを起こしたとあれば、内大臣の座から蹴落とすよい口実になる、と心の中でほくそ笑んだ。

瑠璃は、考えをめぐらしている道長の顔を見つめ、話を続けた。

「それだけではございません。あろうことか隆家様は法皇様の車に矢を射かけられました。その矢が法皇様の袖を射抜いたのでございます」

道長は驚いた。天子だったひとに向かって矢を射るなどありえない。

「まさか、そのような畏《おそ》れ多いことを」

しかし、あの〈さがな者〉の隆家ならやりかねない。あの男は不遜《ふそん》で世の中に怖いものなどないのだ。

「まことに、さようでございます。隆家様は恐れを知らぬ強い御方です。法皇様に矢を射ることを恐れぬのであれば、右大臣様にも矢を射るでありましょう」

瑠璃は、道長の考えを読み取っているかのようだ。

「それがまことならば恐ろしや、何とかいたさねば」

「伊周、隆家兄弟を葬りなさいませ」

道長の耳元で瑠璃が二言、三言囁いた。

「わかった。さようにいたす」

道長は額に汗を浮かべてうなずいた。瑠璃はにこりと笑い、さっと袖を翻した。

道長はつられて庭に目を遣《や》った。すると先ほどまであった生首が消えている。雪の上には血の跡も残っていない。清浄な白さのままである。

はっとして振り向くと、瑠璃の姿も消えていた。

（わしは夢でも見たのか）

道長は首をひねりつつも、瑠璃が告げたことは間違いの無い事実だろう、とは思っていた。何より花山院に対して矢を射たとすれば前代未聞の不敬事件なのだ。これで、伊周と隆家を京から追放することができるだろう。

そう思うと、道長の顔には自然に笑みが浮かんでくる。伊周、隆家が実の甥《おい》であることなど念頭にない。道長にとって、自分が権勢を得ることを妨げる同族の者こそが不倶戴天《ふぐたいてん》の敵だった。

隆家と伊周が巻き込まれた、

——長徳の変

について、古記録では、

——右府《うふ》消息云、花山法皇、内大臣、中納言隆家相遇故一条太政大臣家、有闘乱之事、御童子二人殺害、取首持去云々

としている。右府すなわち道長が聞いたところによると、花山院と伊周、隆家が一条太政大臣家で遭遇し、〈闘乱〉が起きて花山院の従者である童子ふたりの首が持ち去られたという。童子と言っても子供のことではない。このころ髻《もとどり》を結ってい

ない男は童子、童などと呼ばれたのである。この事件について、花山院は体面を気にしたのか沈黙を守っていた。しかし、なぜか道長の耳には入ったのだ。都を震撼《しんかん》させる事件の始まりだった。

二月五日——

東三条の伊周、隆家の邸を異様な風体の者たちが取り囲んだ。ひしゃげたような烏帽子、すりきれた水干《すいかん》姿の男たちは手に五尺ほどの棒を持っている。〈放免《ほうめん》〉と呼ばれる者たちだ。いずれも、もとは盗賊など罪を犯した男たちだった。検非違使《けびいし》に捕らえられ、牢《ろう》にいれられた後、許されてから検非違使の手先となったのだ。貴族たちは検非違使が使う下賤《げせん》な者たちを、

——えもいわぬもの

すなわち、言葉にもできない恐ろしい者として忌み嫌っていた。邸に踏み込まれるだけで汚されるような気がするのだ。

この日、検非違使源孝道《たかみち》は東三条邸と平致光、伊周の家司《けいし》菅原董宣《すがわらのただのぶ》の宅を捜索した。伊周が多くの兵を養っていると見て、これを捕らえようとしたのだ。

源孝道に率いられた放免たちが踏み込んだ時、伊周は蒼白《そうはく》になった。

「何ということだ。あのような者らがわが邸を荒らすとは」

「検非違使のやることです。止めるわけにもいきますまい。勝手にやらせておけばよいのです。何も出ては参りません」

「そうであろうか」

「鷹司小路で起きたことを証《あか》すものなどあるはずもございません」

「しかし、検非違使が動いた以上、ただではすむまい」

「その時はその時のことでございます」

平然と言い捨ててから、隆家は車を仕立て外出した。向かった先は陰陽師安倍晴明の邸だった。

花山院が伊周を陥れようとしていると告げた乙黒は、あの夜以来、姿を見せていない。何が起きているのか確かめるには晴明に訊くしかない。

土御門町口の晴明の邸に着くと、門前に晴明が立っている。

「わしが来るとよくわかったな」

車から降りた隆家は、ほがらかな声で言った。晴明は頭を振った。

「星を見ておりました」

「昼間でも星が見えるのか」

「見える時もございます。特に凶事の星は」

晴明は笑みを含んで答えた。

邸にあがって向かい合った隆家は、思い切って訊いた。

「わしら兄弟と花山院様のことは聞いておろう」

晴明は黙ってうなずいた。

「乙黒と申す法師が、わしら兄弟は刀伊から狙われておると言うのだ。そして花山院様のお狂いが極まる時、国が亡ぶとも言いおった。それは、どういうことだ」

「いずれも凶星であるとしか申し上げられませぬ。それ以上のことは、わたしもわからぬのです。ただ、中納言様にはこれからも凶事が続くかと存じます」

「なんと、まだ凶事があるというのか」

隆家は苦笑した。

「さようです。されど、中納言様が戦わねばならない敵とは比べられぬほど小さい凶事でございます」

言いつつ、晴明はあたりをうかがってから続けた。

「申し上げねばならぬことがございます」

「なんだ」

「陰陽師の中に右大臣様の命により呪詛《じゅそ》を行おうとしている者がおります。東三条院の寝殿床下に厭物《ようもつ》を埋めたと思われます」

厭物とは呪詛の際に使われる形代《かたしろ》である。床下などに埋めておくと呪《のろ》う相手に祟《たた》りがあるという。

「わしを呪詛するというのか」

「いえ、東三条院様を、でございます」

「なにを馬鹿な。東三条院様は道長叔父にとって恩人だ。さようなことをするはずはない」

東三条院とは、一条天皇の生母で道長の姉である詮子《せんし》のことだ。詮子の推挙があったればこそ、いまの道長の地位があるのだった。

「真の呪詛ではなく、見せかけの呪詛を行ったうえで、そのことを暴かれるおつもりです。その時、呪詛をした者として右大臣様が疑われることはありません」

「疑われるのはわしら兄弟か？」

「東三条院様を呪いそうな方は他《ほか》にもいらっしゃいます」

晴明はそれ以上、言おうとしなかったが、隆家は誰のことなのか思い当たった。

伊周と隆家の母貴子《きし》の父高階成忠《たかしなのなりただ》である。

成忠は道隆の死後、道長が権勢の座に就き、伊周をないがしろにしていることをかねてから憤っていた。そして、近ごろでは邸に陰陽師を住まわせ、何事か祈願させているという噂だった。

定子が皇子を産むことを願っているとも、道長への呪詛ではないかとも言われていた。いずれにしても成忠にそのような動きがあれば、東三条院の床下から厭物が見つかった際に疑いをかけられることになるだろう。

(道長叔父め、巧妙なものだな)

花山院へ矢を射たことは証拠があるわけではないだけに、それだけでは罪に落とし難いと見て別な事件を作りあげようと画策しているのだ。

「どうやら、わしら兄弟は進退極まることになりそうだな」

隆家はあっさりと言った。もし、罪に問われることになれば、兵を率いて道長を討とうか、と考えた。

晴明は微笑を浮かべて頭を振った。

「陰極まれば陽に転じます。すべては陽に向かうためのものとお考えください」

「そうか、陰に逆らえば陽は迎えられぬか」

「さようでございます。すべてはなるようになされませ。やがて陰が極まる時が見えて参りましょう」

晴明の言葉は不思議に隆家の胸に響いた。

この日の検非違使の捜索で東三条の邸からは何も発見されず、致光は姿を消していた。成果をあげられなかった検非違使は腹いせのように家司菅原董宣の宅にいた兵八人を引き立て、弓二本を押収した。

検非違使の捜査が進まぬ中、朝廷では公卿《くぎょう》たちが伊周と隆家に下すべき処罰について協議したが、集まった公卿たちは首をひねるばかりで容易に結論は出なかった。

三月四日——

妊娠中の定子は、里邸の二条第に退出することになった。出産のため女御が内裏から下がるのは通常のことである。だが、清少納言たち女房の表情は暗かった。中宮の退出ともなれば多数の公卿が供奉《ぐぶ》するはずなのだ。ところが、公卿たちは伊周と隆家の一件があることから、

「障りがございまして」

「物忌《ものいみ》でございます」

などと称して誰も出仕しようとはしなかった。その陰で道長が指図している気が

する。公卿たちは道長の機嫌を損じることを恐れて供奉しようとしないのではないか。

清少納言は、腹立たしげに公卿たちが来ないことを告げた後、

「憎きものは、急いでいる時に来て長居しておしゃべりをするひと、酒を飲んでわめくひと、何にかぎらず、羨《うらや》ましがり、わが身を嘆くひとなどと申しますが、かような大事のおりに頼みにならず、真心のないひとほど憎いものはありません」

と定子に申し上げた。定子は微笑んで、

「さように申さずとも、ひとはそれぞれの都合というものがありましょう」

と答えるだけだった。

「とは申しましても……」

なおも清少納言が言い募ろうとするのを定子はやわらかな視線で抑えて車へと向かった。身籠ったわが身を大事にすることだけを考えているのだろう。

そのような定子の落ち着いた様子には清らかな威厳があった。清少納言は定子への賛嘆と公卿らへの憤りを感じないではいられなかった。

やがて定子を乗せた車は供奉も少なく、淋《さび》しげに二条第へ向かった。供の車に乗っていた清少納言は、何とも味気なかった。

（中宮様の初めての御出産だというのに、このように淋しいことがあってよいものだろうか）

清少納言は唇を嚙みしめた。

七

東三条院詮子は悪夢にうなされ続けていた。

闇の中に不気味な妖怪が蠢《うごめ》いている。よくよく見れば巨大な鬼だった。鬼は太刀を握って、寝ている詮子を襲ってくる。太刀が詮子の首めがけて振り下ろされた。詮子の首がすぱりと斬り落とされる。そこまで夢見て詮子は悲鳴をあげながら目を覚ますことが数日続いた。

同じ夢があまりに繰り返されるので詮子は道長を呼んだ。

三月二十七日のことである。道長が土御門《つちみかど》邸にあわただしく参上すると、詮子は不機嫌そうに告げた。

「わたしを呪詛する者がいます。ただちに捕らえなさい」

すぐさま下人を使って調べさせたところ、寝殿の下から呪詛に使われたと見られ

る厭物《ようもつ》が出てきたという。道長は首をかしげてしばらく考えていたが、
「高階成忠が、近ごろ屋敷でなにやら怪しげな祈禱を行っているという噂《うわさ》がありま
す。おそらく成忠の仕業でございましょう」
膝《ひざ》を叩《たた》いて、伊周と隆家の母である貴子の父高階成忠の名を出した。しかし詮子
は、
「そなたのすることは、まわりくどい」
と苦々しげにつぶやいた。道長は冷水を浴びせかけられたようにぞっとして下を
向いた。
成忠に疑いが向けられるよう、陰陽師《おんみょうじ》を使って土御門邸の床下に厭物を仕込ませ
たのは、道長である。詮子はそのことに気づいているのではないか。
「なぜ、いまだに伊周と隆家の罪は定まらぬのじゃ」
詮子は思いがけないことを訊いた。
「はあ、明法博士《みょうぼうはかせ》らに、急がせてはおるのですが」
煮え切らない返事をする道長を詮子はつめたく見据えた。
「それゆえ、わたしを呪詛した罪を成忠に負わせ、さらに伊周、隆家の罪状に加え
ようというのでしょうが、手ぬるい――」

道長は息を呑《の》んだ。やはり、詮子は道長の策謀を見抜いているのだ。詮子は平然と言った。

「呪詛する者が誰であるにしろ、わたしを真に呪っている者は別にいます」

「そ、それは誰ですか」

道長は、恐る恐る訊いた。

「わからないのですか。道隆殿の霊です」

「兄上が――」

「道隆殿が亡くなられた後、わたしはあなたを推しました。道隆殿は伊周を関白にすることを望んでおられたが、わたしたちは、それを妨げたのです」

詮子は悪びれることなく、あからさまに言った。道長は顔をしかめたが、取り繕ってもしかたのないことだけに、

「さようですな」

とうなずいた。

「道隆殿はそれを恨んで祟ろうとしています。ですから早く伊周、隆家の罪を問わねばなりません」

「しかし、それでは却《かえ》って祟りがあるのではありませんか」

道長がうかがうように言うと、詮子はゆっくりと頭《かぶり》を振った。

「この世で栄え、力を持った者は祟りを恐れることはありません。力の弱った者が祟られるのです」

「それで、ふたりの処分を急げと言われるのですか」

「そなたは道隆殿が関白の座にあった時は、目立たぬ月のようなものでした。日が沈んだからこそ、月であるそなたが輝いていられるのです。伊周と隆家が日の輝きを持つようになればどうします。いま中宮定子は懐妊しています。もし、皇子が生まれれば、ふたりの力は強くなり、そなたをしのぐことになるのですよ」

詮子に言われるまでもなく、道長もそのことはよくわかっていた。

道長は自分の血を分けた娘彰子《しょうし》を一刻も早く入内《じゅだい》させたいと願っているが、彰子はまだ九歳と幼いだけにそれができない。その間に定子が皇子を産めば、伊周と隆家の力は一気に大きくなるのだ。

道長の額に汗が浮かんだ。詮子の言う通り、高階成忠の呪詛をでっちあげるなど、手間取ることをしている場合ではない。

「これは、急がねば――」

道長は頭を下げると、来た時同様、あわただしく出ていった。道長が去る足音を

聞きながら詮子は、

「あれでは関白にまで昇れそうにもないが」

とため息まじりにつぶやいた。関白としての才能、器量は伊周や隆家の方が優っているのではないだろうか。詮子は、伊周と隆家の外戚《がいせき》である高階一族を嫌って道長を擁護してきたが、それは間違いだったのかもしれない、とふと思うことがあった。

（されど、もはや事は動き始めているのだ。後戻りはできぬ）

詮子は後悔の念を胸中から消し去った。

四月一日、山科《やましな》の法琳寺《ほうりんじ》から朝廷に伊周の行いについての奏上があった。伊周が大元帥法《たいげんのほう》を修させたというのだ。

大元帥法は密教の修法で大元帥明王《みょうおう》に鎮護国家を修するものである。臣下が行うことが禁じられ、天皇の命によってのみ行うとされている。

伊周はおそらく定子が皇子を出産することを願って修させたのだろうが、道長はこのことを察知して、法琳寺に奏上させたのだ。伊周、隆家を裁くため、さらに罪科を増やそうと企《たくら》んだのである。

これによって、四月二十四日、ついに処分が下された。伊周は大宰権帥《だざいのごんのそち》、隆家は出雲権守《いずものごんのかみ》に左遷されるという実質的な流罪だった。

このことを聞いて伊周は青くなった。

「なぜ、大宰権帥などになって、九州まで下らねばならんのだ。わしは京にいたい」

隆家は笑って言った。

「ならば、京におりましょう」

「そのようなことができるのか」

「二条第に移りましょう。さすれば検非違使も手は出せませぬ。居座っている間に中宮が皇子をお産みになれば、大赦が行われ流罪も許されましょう」

隆家が不敵な面構えで言うと、伊周はほっとした表情になった。

「なるほど、その手があったか」

中宮定子が住む二条第は伊周、隆家の邸《やしき》と接している。しかも定子がいる以上、中宮の邸として検非違使の捜索などは許されない。定子の二条第には伊周、隆家だけでなく母の貴子、伯父《おじ》の高階信順《のぶのり》、道順《みちのり》も入った。あたかも道長の専横に抗して前関白《さきのかんぱく》道隆の一族が立て籠《こも》ったかのごとくであった。

朝廷からの使者は定子を憚《はばか》って、正門からは入らず、別の門から寝殿の北側に抜けて西の対《たい》まで来て、大宰権帥、出雲権守への配流を伝えた。だが、伊周と隆家は、

「病である」

として勅命に従おうとはしなかった。

この日、伊周たちがふだん住む東三条殿の周囲を早朝から近衛《このえ》の兵が警戒し、内裏では左右馬寮《めりょう》に馬が用意された。鳥曹司《とりぞうし》（内裏内で鷹《たか》を飼育していた部屋）には平維叙《たいらのこれのぶ》、源頼光《みなもとのよりみつ》ら有力な武家が控えるなど万全の態勢を取った。伊周、隆家が暴発することを恐れたのである。

勅命が下れば、伊周たちがただちに配流先に赴くものと思っていた道長はこの事態に驚いた。

（花山院《かざんいん》へ矢を射ただけでなく、勅命にも応じないとは何という兄弟だ）

伊周はともかく、隆家は武力を振るうことをためらわない。事態がこじれてしまえば、どんなことになるかわからない。やむを得ず一条天皇に二条第に踏み込む許しを願い出た。

しかし、一条天皇はすぐには許しを出さなかった。定子を寵愛《ちょうあい》しており、伊周と隆家への同情もあったからだ。花山院が矢を射かけられたのも、仏門に入りながら

不行跡を行っていたことが原因ではないか。

（まして定子は懐妊している。さような邸に踏み込むなどとんでもないことだ）

道長は一条天皇が許しを与えないことに困惑したが、なおも粘り強く奏上を続けた。


四月三十日の夜――

昼過ぎから降り出した雨が夜になっても止《や》まなかった。蒸し暑くて寝苦しい夜だった。寝付けずに、寝返りを打った隆家は、何気なく寝所の入口に目を遣《や》った。一匹の黒猫がゆったりとした足取りで入ってきた。

（誰が飼っている猫だろう）

目で追ううち、黒猫は几帳《きちょう》の陰に隠れた。几帳の向こう側に人影が立った。

「なんだ。乙黒《おとぐろ》か」

隆家はあくびをしながら言った。

「せっかく、教えにきてやったのだ。なんだはなかろう」

燭台《しょくだい》の灯りが乙黒の顔を照らした。

「何を教えるというのだ」

乙黒は隆家の前に座った。

「帝《みかど》は道長の説得に屈したぞ」

「ほう、二条第に押し入るというのか」

隆家の目が鋭く光った。

「そうだ。しかも、お前たちを捕らえるためなら、邸内を壊してもかまわぬ、という許しまで出た」

「中宮様はどうするのだ」

「さすがに中宮をひと目にさらすわけにはいかぬから、中庭に車を入れ、検非違使が踏み込んでいる間は車に移すということだ」

「姑息《こそく》なことをする。帝は中宮をさような目にあわせて平気なのか」

隆家の声に憤りが籠った。

「お前たちが中宮のもとに逃げ込んだゆえ、かようなことになったのだ。怒るいわれはあるまい」

乙黒が嘲《あざけ》るように言うと、隆家は、

「なるほど、確かにその通りだ」

と言って笑った。そして立ち上がると身支度を始めた。乙黒は興味深げな表情で訊いた。

「どうするつもりだ」

「明日にでも検非違使が踏み込むのなら、皆に話しておかねばなるまい」

「わしの話を信じたか」

乙黒はにやりと笑った。

「ありそうなことだと思っていたからな」

隆家は言い捨てると、寝殿に向かった。

間もなく隆家は伊周と貴子、定子を集めて、明日にでも検非違使が踏み込むだろう、と話した。

「中宮様の邸に検非違使が入るなど許せません」

貴子は青ざめて手をわなわなと震わせた。

末流貴族の家に生まれた貴子は、関白道隆の妻であり、中宮定子の生母として栄華を極めてきた。さらに漢詩文の素養も深いだけに誇り高かった。後に藤原定家《ふじわらのていか》が撰《えら》んだ『百人一首』には、〈儀同三司《ぎどうさんし》の母〉として貴子の和歌が採られている。前書きに、

――中関白かよひそめ侍《はべ》りけるころ

とある。若き日の道隆が貴子のもとに通っていたころの和歌だ。

わすれじの行末まではかたければ
今日《けふ》をかぎりの命ともがな

あなたは忘れないと言ってくださるが、将来のことはわからない。いっそ、恋の幸せを得た今日を限りの命と思いたい、という意味の激しい恋心を詠《うた》っている。ちなみに〈儀同三司〉とは、後に復位した伊周が太政大臣、左大臣、右大臣と同じ格式を持つとして自称した号である。

貴子は感情が豊かな女性だけに、息子たちが検非違使に捕縛されるという屈辱に耐えられなかった。

検非違使が踏み込むということに恐れをなしたのは、貴子だけではない。伊周もまた、

「検非違使に引き立てられ、大宰府に行かされるなど、これほどの辱《はずかし》めはない」

と涙をこぼした。隆家は母と兄を励ますように言った。

「ならば、わたしが検非違使を引きとめますゆえ、母上と兄上はともにお逃げなさ

いませ。どこぞに潜んで中宮の御出産を待たれてはいかが」

　伊周は顔をあげた。

「さようなことができるのか」

「夜中に動いては却って目立ちます。早朝におふたりで車で出るのがよいのでは」

　貴子と伊周は顔を見合わせた。隆家の勧めに心が動いていた。すかさず、定子が口を開いた。

「それならば、隆家殿もともに参られよ。検非違使はわたしが引き留めましょう」

「いや、中宮様にさようなことはさせられません。それに――」

　隆家は、どう言ったものかという顔をした。

「それにとは？」

　貴子が続きをうながした。

「わたしは逃げるということが嫌いなのです」

　隆家はからりと笑った。

　五月一日未明――

　二条第から伊周と貴子が乗った車がひそかに出た。平致光が武者を率いて護衛した。

検非違使が東三条の邸を捜索した際、致光は市中に潜んだが、隆家が呼び寄せていた。

伊周の車に付き添った致光は、隆家を振り向いて、

「きょうは、検非違使だけでなく、平維叙、源頼光らも警戒のため出て参りましょう。中宮様の御邸をさような者たちに取り巻かれては、われら御仕えいたす者の恥辱にございます。兵を集めて参りたいと思いますがいかがでしょうか」

と訊いた。隆家は表情も変えずに答えた。

「ならぬ。それでは兵乱になってしまう。わしの望むところではない」

「されど、乱を恐れる隆家様とも思えませぬが」

致光は言い募った。隆家はにやりと笑って頭を振った。

「乱は恐れぬが、中宮様の御身のことを考えれば、うかと動くわけにはいかぬ。めでたく皇子がお生まれになられても、兵乱を起こした家で生まれたと雑言《ぞうごん》されては帝になれぬではないか」

致光ははっとした。

「なるほど、さようでございますな。浅慮を申し上げました」

「もうよい。早く行け」

隆家に命じられて車は動き出し、裏門から未明の薄暗い路上に出ていった。

この日の朝方、邸の門前に〈放免〉をひしめくように引き連れた検非違使が現れた。

まず、中宮権大夫《ごんのだいぶ》が定子を説得して、しばらくの間、定子の身を中庭の車に移し参らせたうえで、検非違使が踏み込むことになった。

待たされて痺《しび》れを切らした検非違使が門から押し入ろうとした時、門内から隆家が悠然と現れ、

――車を
と命じた。検非違使たちが顔を見合わせた。隆家の処分は出雲への配流である。馬で行くものと思い、車は用意していなかった。

「馬で御出立くださいませ」

検非違使が頭を下げると、隆家は笑った。

「馬でなど行かぬ。車を持ってまいらねば、わしはどこへも行かぬ」

「急に申されてもご無理というものでございます」

隆家とのやり取りがある間、検非違使の中には邸内に入ろうとする者もいた。

「待て、わしの傍《そば》を通るなど無礼であろう」

隆家の咎《とが》め立てる声に検非違使の動きが止まった。隆家は、伊周と貴子ができるだけ遠くに逃げられるよう時を稼ごうとしていた。

検非違使は官庁にひとを走らせるなどして協議していたが、やがて粗末な網代車《あじろぐるま》を用意してきた。

「やっと来たか。これで、わしも出雲に参ることができる」

隆家は嘯《うそぶ》くと表情も変えず、車に乗り込んだ。隆家が車に座すと同時に、検非違使がどっと邸内に踏み込んだ。

待たされ続けて苛立《いらだ》っていただけに、床を引きはがし、壁を打ち壊す凄《すさ》まじい捜索を行ったが、伊周と貴子の姿はなかった。

「どこにもおわさぬ。逃げられたぞ」

検非違使は歯嚙《はが》みした。

検非違使の捜索が終わった後、定子は、

「髪を下ろします。支度を」

と清少納言に命じた。髪を切り仏門に入るというのだ。

清少納言は息を呑んだ。

「なんということを仰せになられますか」

「兄弟がかようなことになり、わたしの住まうところに検非違使が踏み込んだのです。もはや参内もかないますまい」

「されど、御出産を控えられた御身でございます。そのようなことは……」

うろたえる清少納言を定子は澄明な目で見据えた。

「わたしはそなたの所存を聞いているのではありません。もう決めたことです」

定子の言葉に清少納言は身をすくめて頭を下げた。

女房たちが用意をする間、定子は几帳の陰で静かに待った。

邸内は検非違使が捜索の際に荒らした物を片づける音で騒々しく、あわただしかった。隆家は伊周を逃がすため自ら捕まり、伊周は母とともに粗末な車に身を潜めて逃亡している。

これがかつて華やかに繁栄した関白家の一族の姿なのかと思うと、口惜しさに涙があふれそうになった。しかし、この嘆きを道長が知れば、してやったりと喜ぶだけだろう。

(そう思わせたくはない)

髪を下ろそうと決めたのは、道長と二条第への捜索を認めた一条天皇への抗議の気持を示すためだった。たとえ髪を下ろそうと、僧侶《そうりょ》が立ち会わぬ私的な得度であれば、子を産み落とした後には一条天皇のもとに戻ることもかなうだろう。天皇の寵愛を受けていることに定子は自信があった。

(髪を下ろしたわたしの姿をご覧になれば、帝は悔いてくださるに違いない)

そうなれば、伊周と隆家がたとえ配流になったとしても赦免される日がくるはずだ。まして皇子を産むことができれば、かつての関白家の繁栄が戻ってくるのではないか。定子はそう信じていた。

やがて清少納言が、

「用意がととのいましてございます」

と言上《ごんじょう》すると、定子は立ち上がった。胸には悲しみと憤りが渦巻いていたが、表情には出さず、毅然《きぜん》としていた。

定子は角盥《つのだらい》と受け箱が用意された場所に進むと剃刀《かみそり》を手にした。肩にかかる漆黒の髪に手をかけて自ら切り、〈尼削《あまそ》ぎ〉にした。

その様子を見守る女房たちの間からすすり泣きが洩れた。

（なぜ、このようなことになったのであろうか）

清少納言は、伏せた顔をしばらくあげることができなかった。

二条第から逃げた伊周らは、愛宕山《あたごやま》に向かった。だが、追手の気配を感じると、父道隆の木幡《こはた》の墓に参って心を休めた。さらにかつて大宰府に左遷されていた菅原道真《すがわらのみちざね》を祀《まつ》る北野社《きたの》に詣《もう》でたりした。その間に匿《かくま》ってくれる邸を探し続けたが、どこにも潜伏できるような場所はみつからなかった。

「もはや、逃げられないようです」

伊周は絶望した。貴子もまた、

「誰も助けてくれぬとは、何と薄情な」

と世間のつめたさを嘆いた。夫の関白道隆が生きていたころは、われ先にと貴子の機嫌を取り、頼みもしないことを懸命にしてくれたものだった。

だが、一家が悲運に落ちたいま、手を差し伸べてくれる者は誰もいなかった。追い討ちをかけるように、逃げるふたりの耳に定子が自ら髪を下ろしたという報《しら》せが伝わってきた。

「なんという、早まったことを」

貴子は嘆いたが、伊周は頭を振った。

「中宮様は、検非違使に邸に踏み込まれたことを憤られたのでしょう。これもわたしが引き起こしてしまったことなのです」

「だからと申して、御子を宿された身で」

「いえ、中宮様はすべてを諦《あきら》めたわけではないと存じます。たとえお姿が変わられましょうとも、必ずや再び帝のもとへ戻られることでしょう」

定子にはそれだけの強さがある、と伊周は思っている。そして同じ強さを隆家も持っているのだ。かつて誇った関白家の栄華を失おうとも、あのふたりはひととしての威を兼ね備えている。

それに比べて自分は、権勢を失ったとうろたえ逃げ惑い、泣き暮らすばかりだ。

ふたりのような強い生まれ性を持ち合わせなかったことを伊周は悲しんだ。

伊周が逃げ切れないと見て出頭したのは五月四日のことである。憔悴《しょうすい》し切った伊周は隆家同様、網代車で大宰府に送られることになった。

出立の時、貴子は伊周に取りすがって、

「わたしもともに参ります」

と泣いて人々の涙を誘ったが、山崎《やまざき》までの同行が認められただけで別れねばならず、悲嘆に暮れた。しかし、出立した伊周は途中で病気を言い立てて播磨《はりま》に留《とど》まった。隆家もまた、出雲への途次、但馬《たじま》に長逗留《とうりゅう》していた。このことを聞いた道長は、

「まあ、よい。捨て置け」

と伊周を播磨に、隆家を但馬に留め置くことを認めた。伊周、隆家に対する苛烈《かれつ》な追及を緩めたかに見えたが、実はこのころ道長の妻倫子《りんし》が出産間近だった。

「争いごとが長引いては生まれてくる子に障《さわ》りがあるやもしれぬ」

道長はあくまで自らの利害打算に長《た》けていた。

「そうか、隆家は、出雲に送られるのやな」

花山院は愉快そうに笑った。

「これで、気が休まられましたでしょうか」

瑠璃がうかがうような表情で花山院に顔を向けた。この日も中務と平子が花山院の傍らにいる。まだ日は高いが、花山院は上機嫌で中務に酒を注《つ》がせていた。

「ほんに、法皇様に逆ろうた罰にござりまするなあ」

中務が媚《こ》びるように言った。

「わしに矢を射かけるなど恐れを知らぬことをしたのや。かような目にあうのは当

たり前や」

花山院はそう言って盃《さかずき》を口に運んだが、ふと真顔になった。

「まだ、足りぬなあ」

「足りませぬか」

「たとえ出雲に配流になろうが、中宮の兄弟や。いずれ大赦で京に戻るやもしれぬではないか。それでは、わしの気はすまぬのや」

「それではいかが遊ばしますか」

瑠璃はひややかな目を花山院に向けた。相手がどれほど酔っているかを冷静に見極めようとする目だった。

「隆家めに地獄を見させてやらねばのう」

花山院はそう言うと立ち上がって広縁に出た。

——烏烈《うり》
ひと声叫ぶと、烏烈がいずこからともなく現れ、中庭に跪《ひざまず》いた。

「隆家への仕返しはまだ足りぬ。中宮が皇子を産めばすべては元に戻ってしまうであろう。さようなことにならぬようにいたすのや。隆家めを出雲より生きて京に戻らせるでない」

花山院の声は甲高く響き渡った。

「承ってございます」

烏烈は低い声で言って、ゆらりと陽炎《かげろう》のように立ち上がった。広縁に立つ花山院は、くくっと笑った。

「面白や。わが思うことはすべて叶《かな》おうぞ」

嘯く花山院の背を瑠璃はつめたく見つめていた。

八

六月に入って異変が起きた。八日の夜のことである。

定子の座所である二条北宮から突如、炎があがった。どこから出た火かわからなかったが、たちまち燃え広がり邸内は煙った。

「これは何としたこと」

女房たちが悲鳴をあげて騒ぐ中、清少納言はすぐに定子の寝所へと駆けつけた。

「火をご覧なさいませぬように」

妊婦が炎を見ると生まれてくる子に障りがあるという。清少納言の言葉に定子はうなずいて袖《そで》で顔を覆った。

「こちらへ」

炎のまわりは予想外に早い。清少納言は定子の手を引いて邸の外へ徒《かち》で逃げた。定子を車で避難させるつもりだった。

「何をしているのです。牛車《ぎっしゃ》を早く」

清少納言が叫ぶと、牛飼いの童が懸命な様子で車を引いてきた。定子を車に乗せながら、清少納言は炎に包まれた二条北宮を振り返った。

家臣や下僕たちが右往左往して火を消そうとしたり、物を持ち出そうとしたりしている。その中に下賤《げせん》の風体の者たちが紛《まぎ》れ込んでいることに清少納言は気づいた。その男たちは影のように素早い動きをしている。

（盗賊が火事にまぎれて財物を盗んでいるのではないか。ひょっとしたら、盗みが目当てで火をつけたのかもしれない）

と思ってぞっとした。しかし、中宮の座する邸に放火するほど大胆な盗賊がいるだろうか。このような狼藉《ろうぜき》を働くのは、いったい何者なのだろうか。確かめたいと思ったが、火の粉が降りかかってくる中、そんな余裕は無かった。

「急ぐのです」

清少納言は牛飼いの童を急き立《せ》てた。金砂《きんしゃ》のように火の粉が飛び散る路上を車は動き出した。

近くの邸の大屋根に瑠璃と烏烈が立っていた。

「中宮は逃れるぞ。放っておいてよいのか」

烏烈が低い声で訊いた。二条第に火を放ったのは烏烈だった。さらに烏烈の配下が邸の財物を奪っているところだ。

「よいのだ。花山院は中宮に皇子を産ませるな、と仰せであった。火事という不祥にあったのだ。中宮の運気は落ちるであろう」

瑠璃は平然として燃える二条第に目をやった。

広大な邸にあがる炎は、前関白道隆一族の繁栄を焼き尽くすかのように燃え盛っている。火災という凶事は中宮定子と伊周、隆家兄弟の前途も塞《ふさ》ぐことだろう。

それが花山院の望みだった。二条第を焼いているのは、伊周、隆家の祖父兼家にだまされて出家した花山院の呪いの火なのだ。

「これで、隆家も京に戻れぬであろうな」

烏烈は物憂げにつぶやいた。

「それが不満か？」

瑠璃がひややかに訊いた。

「戻ってくれば、わしの弓で討ち取ることができる。それができぬのが残念なのだ」

「隆家を討ち取るのはわたしかもしれぬ」

炎に赤く照らされた瑠璃が言った。

「なんだと――」

烏烈はぎょっとして瑠璃を見た。

「長《おさ》から、そう命じられた」

「お主《ぬし》、まさか――」

「定めのことは烏烈も知っておろう」

「やるつもりなのか」

烏烈の目がぎらりと光った。

「長の命じゃ。果たさねばならぬ」

平然と答える瑠璃の横顔を烏烈はじっと見つめていたが、その顔にはしだいに嫉《しっ》妬《と》の色が浮かんできた。

瑠璃は烏烈を見ようともしない。

定子は外祖父の高階成忠邸へいったん避難し、さらに伯父の高階明順《あきのぶ》邸へ移った。突然の出火は、伊周と隆家の捕縛に抗議するかのように髪を下ろした定子への道長の嫌がらせではないか、と噂された。

七月二十日、朝廷は伊周、隆家配流後の人事を決めた。

左大臣　藤原道長
右大臣　藤原顕光《あきみつ》
大納言　藤原公季《きんすえ》

このほか、道長の縁戚を昇進させて態勢を固めた。

だが、ひとびとを驚かせたのは藤原顕光が娘を入内させたばかりであり、藤原公季も娘の入内が決まっていたことである。

入内させた娘が皇子を産めば、帝の外戚として権勢の座に就くことができる。ふたりの娘の入内を積極的に勧めたのは道長だという。自分の娘をまだ入内させないうちに、他家の娘の入内を認めた道長は、

「さすがに、鷹揚《おうよう》である」

との評判を得た。このことを聞いた道長の妻倫子は口惜しがった。倫子は六月に次男を産んだばかりだ。

「姫はいまだ幼くはありますが、あと二、三年もすれば入内することができます。なぜ、いま他家の姫の入内を認められるのですか」

道長は顔をしかめて答えた。

「その二、三年が待てないのだ。中宮は十二月には出産されるであろう。もし皇子をお産みになれば、わが家にとっては万事休すなのだ。だが、皇女であったとしても帝の中宮への寵愛はいや増すに違いない。いまは帝のお気持を中宮から離しておかねばならない。そのためには危ういこともしなければならぬ」

定子が出産のため内裏から下がっている間に、一条天皇の寵愛を得る女人を増やしておこうというのが道長の考えだった。

一条天皇から定子を遠ざけることができれば、伊周、隆家が京に戻るのは難しくなる。他の家の姫の入内を認めたのは、前関白道隆一族の復活を妨げるためだった。

倫子はため息をついた。

「ですが、入内した姫たちが身籠られ、皇子が生まれたら、いかがなさいますのか」

「わが家の運を信じるしかない」

道長は自分に言い聞かせるように言った。長兄道隆、次兄道兼の相次ぐ死と姉詮子の思いがけない好意で権勢の座が転がり込んできた道長だけに、

（わしには運がある――）

と信じる気持は強かった。しかし、内心では薄氷の上を歩くような不安を抱えていたのである。


十月になった。

時雨《しぐれ》模様の日が続いている。

隆家はいまだに但馬にいた。出雲に送られる途中、但馬にさしかかった時、隆家は受領《ずりょう》（国司）の邸にずかずかと上がり込んだ。供の者があわてると、

「わしは病だ。しばし、ここに逗留する」

と告げた。隆家が強く言い張るのに誰も逆らうことができなかった。受領は驚きはしたが、京の貴公子が立ち寄ったことをひそかに喜んだ。

何といっても隆家は前関白の息子であり、ましてや中宮の弟なのだ。たとえ配流の身であろうともいずれ京に戻るに違いない。

滞在している間に娘を寝所に侍らせ、子ができれば思わぬ出世の機会をつかめるかもしれないのだ。だが、受領の思惑に反して隆家は女を近づけようとはしなかった。

「わしは独り寝がよい。構うな」

寝所に娘を侍らせようと計らうが、隆家はにべも無かった。

夜になれば受領邸から望める但馬の海を眺めながら酒を飲み、笛を吹くだけだった。

但馬は海岸が入り組んで奇岩が多く、月に照らされた夜の風景には凄愴《せいそう》な趣を感じて隆家は楽しんだ。

隆家が吹く笛は龍笛《りゅうてき》である。

高い音が響き、その音色は「舞い上がる龍の鳴き声」にたとえられる。その笛は夜空に凜冽《りんれつ》な音色を響き渡らせた。

ある夜、いつものように隆家が広縁《ひろえん》に座り酒と笛を楽しんでいると、隆家の笛に和する笛の音が聞こえてきた。隆家は耳をそばだてた。

（高麗笛《こまぶえ》だ――）

高麗笛は龍笛より小ぶりで、さらに高い音が出る。隆家の龍笛に高麗笛は巧みに合わせ、さらに導くかのように音色を響かせてくる。

（かような鄙《ひな》にも嗜《たしな》みのある者がいるのだな）

隆家は心に感応しつつ笛を吹いた。音が和し、重なりあう。青龍と白龍が絡みあいながら天を翔《かけ》るかのようだった。

やがて笛の音が細くなり、中庭に立烏帽子《たてえぼし》、白い直垂《ひたたれ》姿の者が立った。

高麗笛を手にした瑠璃だった。

「そなたの顔は見たことがある。花山院に仕えておった女だな」

隆家は苦笑した。花山院に仕える異様な者たちを見た夜のことを思い出した。

「さようにございます」

「花山院が何の御用であろうか」

「お話があって参上いたしました。そちらへ参ってもようございましょうや」

瑠璃は頭を下げて問いかけた。

「酒の相手でもいたすがよい。わしも訊きたいことがある」

瑠璃が広縁にあがってくると、隆家は盃を渡して瓶子《へいし》の酒を注いだ。瑠璃は押しいただいてひと息に飲んだ。

「話したいこととは何だ」

「伊周様がいかが遊ばされているかご存じでございましょうか」

瑠璃はうかがうように隆家を見た。

酒の匂《にお》いも加わって馥郁《ふくいく》とした香りが漂ってくる。

「播磨に留まっていると聞いたが」

「さにあらず。伊周様は母上様がお病気と聞かれ、京にひそかに戻られました」

「なに、母上はお病気なのか」

隆家は眉《まゆ》をひそめた。


貴子は悲嘆に暮れて過ごすうち、寝ついてしまった。このことを聞いた伊周はひそかに播磨を出て京に入った。定子の御座所に忍んでひさしぶりに貴子と対面した。

「伊周、よく戻ってくれました」

寝込んでいた貴子は身を起こした。伊周は涙ながらに言った。

「母上が病と聞き、居ても立ってもおられなくなりました。これからも京にいて母上の看病をいたします」

「それほどに、母を案じてくれますか」

貴子は涙にむせんだ。しかし、

「伊周が京に潜んでいる」

という密告が間もなく道長にもたらされた。すでに伊周の復権はないと見て道長に媚びる者が多くなっていた。

道長はすぐに伊周の捕縛を命じた。定子のもとに隠れていた伊周は再び捕らえられた。道長は、

「今度は容赦せぬ」

と、そのまま本来の配流地である大宰府に送ることを厳命した。

伊周は武勇の誉《ほま》れ高い平維時に護送されて、泣く泣く九州へ向かった。ようやく会えた伊周と再び引き離された貴子の嘆きは深かった。

「母上様はかような歌を詠まれたそうにございます」

瑠璃は膝を正して和歌を口にした。

夜の鶴《つる》みやこのうちにはなたれて
子を恋ひつゝもなきあかすかな

白楽天の漢詩「五弦弾《ごげんだん》」に、

――夜鶴《やかく》子を憶《おも》い籠中《ろうちゅう》に鳴く
とある。母が子を思う気持を表した「夜鶴」を詠み込んで、貴子は母の嘆きを訴えたのである。

隆家は目を閉じて盃をあおった。

貴子は子への愛情が深い。いまごろどのような思いでいるだろうか。止《や》むに止まれず京に戻った兄の気持がわかる。

「兄上はおやさしい人柄だからな」

隆家はつぶやくように言った。

「隆家様はいかがでございますか」

「わしは兄上とは違う。母上のもとには戻らず、敵に向かうのみじゃ」

「敵とは？」

「さしずめ、わしらを陥れた花山院様か道長叔父であろうか」

「さにあらず」

「なんだと」

「われらこそ、隆家様の敵かと――」

瑠璃の言葉を聞いて、隆家は盃を置いた。

「そのことよ、そなたに訊きたかったのは。そなたらは、刀伊《とい》であると聞いた。刀伊とは何だ」

「お教えいたしましょう。ただし、今宵ではありません。きょうより七夜、隆家様のもとに通いまする。そして七夜目に刀伊の物語をいたします」

隆家は首をかしげた。

「わしのもとへ通うだと。何のためだ」

「わたしと契っていただきとうございます」

「馬鹿《ばか》な、なぜ、わしがそなたと契らねばならぬのだ」

「われらの長にさようにいたせ、と命じられてございます」

「だから、何のためだと訊いておる」

隆家が睨《にら》むと、瑠璃は艶《あで》やかに笑った。

「国を統《す》べるに足る高貴で猛《たけ》き血が欲しいのでございます」

「わしとは関《かか》わりのないことだ」

隆家は立ち上がった。

「お逃げになりまするか」

瑠璃がひややかに言うと、奥に行きかけた隆家は振り向いた。

「なぜ、逃げねばならぬ」

「われらはこの国の者にはあらず。それゆえ、この国の者と契った後は、その者を殺すことを定めといたしております」

「ほう、わしと契ったうえで殺すというのか」

隆家は笑みを浮かべた。

「隆家様が命を惜《お》しゅう思われますなら、通いはいたしませぬ」

「ならば、通え。ただし、契るかどうかは、その時のわしの気持しだいだ。それでも七夜通った以上はわしを殺さねばならぬのが、そなたらの定めなのであろう」

「さようにございます。それでもよろしゅうございますか」

瑠璃の目に妖艶《ようえん》な色が浮かんだ。

「面白や――」

隆家は笑うと奥へ入っていった。ややためらったものの、瑠璃は隆家の後についていく。

この夜、安倍晴明は邸の庭に出て天体を観測していた。目を凝《こ》らし、夜空を眺めていた晴明が不意につぶやいた。

「危うきかな。〈犯《はん》〉が起きている」

〈犯〉とは天体の異常接近のことである。〈食〉は日食、月食などのように天体が重なり合うことだが、〈犯〉は星同士が近づくのだ。

「危ういのは、どの星だ」

晴明の背後で声がした。

「破軍《はぐん》――」

晴明は答えながら、振り向いた。乙黒法師が立っている。

「そうか、破軍星がな」

乙黒はうなずきながら、北天を見上げた。そこに柄杓《ひしゃく》の形をした北斗七星がある。

北斗の七星にはそれぞれ、

貧狼星《とんろうせい》

巨門星《きょもんせい》

禄存星《ろくそんせい》

文曲星《もんこくせい》

廉貞星《れんじょうせい》

武曲星《むこくせい》
破軍星
という呼び名がある。破軍星は、北斗七星の一番端の星のことだ。柄杓で言えば柄の先端にあたる。

中国の三国時代、諸葛孔明《しょかつこうめい》は破軍星によって戦陣を占ったという。破軍星の方角に向かって戦いを挑めば負け、破軍星を背に戦えば勝つと吉凶を定めたのだ。しかし、陰陽道《おんみょうどう》では、破軍星の指し示す方角は万事不吉としている。

「乙黒、そなたは宋《そう》に渡ったのではなかったか」

晴明は静かに訊いた。晴明は五年前、町中で乙黒と会ったことがある。その時、乙黒は辻《つじ》で算木《さんぎ》を投げて占いをしていた。通常、算木は机の上に置いて占うのだが、乙黒はひとの足下に無造作に投げるのだ。

晴明が通りかかると算木が飛ばされてきたが、地面に落ちるやいなや跳ね返って乙黒の手もとに戻った。

「これは、驚いた。算木を跳ね返すほどの霊力を持つ者は、陰陽師であろう。それもただの陰陽師ではないな。安倍晴明か」

乙黒が感嘆して言うと、晴明は黙って見据えた。その視線はしだいに鋭さを増し、乙黒のすべてを見抜くかのような鋭利さであった。

乙黒は手をあげて、制した。

「待て、わしは乙黒法師というが、この国を出て宋へ行きたいと願っている者だ。わしの宿命を見定めるのは勘弁してくれぬか」

「そうか。ならば、早く宋に渡るがよい。そなたがこの国におれば禍《わざわい》を呼ぶことになろう」

晴明はそう言い置いて立ち去ったのである。

乙黒はにやりと笑った。

「渡ろうと思ったが、面白い男に会ったゆえ、いまだにこの国にいるのだ」

「面白い男？」

「安倍晴明にはわかっているはずだ。いまもその男の持つ星を占っていたではないか」

「藤原隆家様──」

「そうだ。隆家が生まれた夜、破軍星に異変があったのを安倍晴明は見たはずだが」

乙黒の問いに答えず、晴明は問うた。

「隆家様に近づいて何をしようとしているのだ」

「わしが何かをするのではない。あの男が何かをするのだ。呼び寄せられたとでも言えようか。あの男の持つ破軍の星にな」

晴明は再び空を見上げた。

「危うきかな破軍星――」

冷え冷えと凍てついた空に冷たい光を放つ星がまたたいた。


奇妙な夜が続いていた。

最初の夜、瑠璃は隆家について寝所に入った。すると隆家は、

「笛でも聞かせろ」

と言って、すぐに横になった。瑠璃が笛を吹くと、いつの間にか隆家はすこやかな寝息を立てて寝てしまった。瑠璃はしばらく隆家の寝顔を燭台の明かりで見ていたが、やがて立烏帽子を取り、直垂を脱いで隆家の傍らに寝た。それでも隆家は目覚めず、身動きもしなかった。瑠璃は暗い天井を見上げたまま一夜を過ごし、明け方に姿を消した。

それから、夜毎《よごと》、同じことが繰り返された。

二夜、三夜、そして四夜目も。

隆家は酒を飲み瑠璃に笛を吹かせると、それだけで満足したように寝てしまう。寝入った隆家の顔を見つめる瑠璃の表情に憤りがあった。

五夜目——。

瑠璃は寝ている隆家に体を寄せたが、撥《は》ね除《の》けられた。

「わしは気持が向かぬ女とは契らぬ」

背を向けたまま隆家はひややかに言った。瑠璃は隆家の背を見つめて唇を噛んだ。こんなことは初めてだった。

花山院は中務、平子の母子を傍に侍らせながら、時に瑠璃にも欲望の目を向けてきた。

（それなのに、この男は——）

隆家のような男に会ったことはいまだかつて無かった。

六夜目——。

瑠璃は一晩中、まんじりともせず、隆家を見つめ続けた。瑠璃は表情に何の感情も表さず、ある決意だけを浮かべていた。

七夜目——。

この日は珍しく隆家が笛を吹いた。瑠璃も笛の音を重ね合わせた。龍笛と高麗笛の音色が夜の静寂《しじま》に流れていく。

「今宵が最後だな」

笛を吹き終わった隆家がぽつりと言った。七夜を過ぎれば瑠璃は隆家を殺そうとするだろう。

「とうとう、契ってはくださいませんでしたな」

瑠璃の声にはわずかに怨《えん》ずる色が籠っている。

「通えば、同じことであろう。ひとは寝ている間に魂が彷徨《さまよ》うものだという。男と女が夜をともにすれば、肌はふれずとも魂は睦《むつ》み合い、通うのではないか」

瑠璃ははっとして、

「されば夜をともにした間、わたくしたちの魂は睦み合っていた、と言われますのか」

と言い、隆家の顔をあおぎ見た。胸の奥が震えていた。

「そうだ。天上界でな。夜毎わしは天上界でそなたを抱いていた」

隆家は笑顔になった。瑠璃の顔に見る見る血の気が差した。

隆家という男がわかった気がする。

関白家に生まれながら、無類の乱暴者と言われているが、隆家にはまぎれもないひととしての位の高さがある。

「そのことをお聞きして、ようございました」

瑠璃は懐に手を入れると、鮫皮黒漆拵《さめがわくろうるしごしらえ》の短刀を取り出し、引き抜いて自分の喉《のど》に向けた。

「何をいたすつもりだ。その短刀はわしを刺すつもりで懐にしのばせておるのだ、と思うておったが」

隆家は平然と言った。

「わたくしにも意地がございます。まことに契ることなく、あなた様を討つなどできませぬ」

瑠璃はひと息に言い終え、喉に短刀を突き立てようとした。

「よさぬか」

隆家は飛びかかって、その腕を押さえた。

「なぜ、止められまするか。われらはあなた様の敵でございますぞ」

必死に隆家の腕を振りほどこうとする瑠璃の髪が乱れた。

「わしが契ればそなたは死なぬのか」

隆家は瑠璃の目を見て語りかけた。

「そうなれば、あなた様を討たねばなりませぬ」

「ならば契ろう」

隆家は笑って、瑠璃の懐に手を差し入れた。あっと瑠璃の口から吐息が洩《も》れた。短刀がことりと音をたてて床に落ちた。黒髪が薄縁《うすべり》に流れ、白い肌が燭台の淡い光に輝いた。


夜が明けるころ、隆家は寝床に横たわったまま傍らの瑠璃に訊いた。

「そなたは七日目に刀伊の物語をいたすと言うたな」

「申し上げました。いまこそ、お話しいたしましょう」

目に艶《つや》やかな光を宿して、瑠璃は隆家に顔を向けた。

「では、訊こう。刀伊とは何なのだ」

「といとは高麗《こうらい》の言葉にて北狄《ほくてき》、すなわち北の蛮族のことを言い表します。われらは高麗の北に住む女真族《じょしん》――」

「その女真族がなぜこの国に来たのだ」

「われらの国は七十年前に亡《ほろ》びましたが、その昔、たびたびこの国に使者を送っておりました。この国からもわれらの国に使者が遣わされました。それゆえ、この国の言葉を知っております」

「そなたたちは何者なのだ」

隆家は起き上がって瑠璃の肩に手をかけた。瑠璃は隆家の背に手をまわして囁《ささや》いた。

「われらは渤海《ぼっかい》国の末裔《まつえい》にございます」

――渤海国
聞いたこともない名が隆家の耳に響いた。

九

「渤海国とは何だ」

隆家が首をかしげると、瑠璃は艶然《えんぜん》と微笑んだ。

「隆家様は、高句麗《こうくり》をご存じでございましょうか」

「知っておる。かつてわが国が朝鮮で戦った強国だ」

高句麗は北方騎馬民族の系譜を継ぐといわれ、朝鮮半島中南部から北の大陸まで広大な版図を持ち、日本ともしばしば熾烈《しれつ》な戦いを繰り広げた。

「その高句麗は唐によって亡ぼされましたが、唐は高句麗の復興を恐れて、王族を営州というところに流したそうです。しかし、高句麗滅亡から三十年の後、王族とこれに従う靺鞨《まっかつ》族が反乱を起こし、高句麗の領土であった土地に戻って国を興しました。それが渤海国の始まりでございます」

文武《もんむ》天皇二年（六九八）のことで、新たな国の名は、

――震《しん》（振）

といった。唐は幾度か震の制圧を試みたが、高句麗の領土の北半分を押さえるにいたった震は手強《てごわ》かった。このため唐は宥和《ゆうわ》策に転じて、震王を渤海王としてあらためて封じることにした。渤海とは、中国の山東半島と遼東半島に囲まれた海の名だという。

その後、渤海国は唐に留学生を派遣するなどして文化を取り入れ、二百三十年近く繁栄する。その間、日本にも三十数回にわたって使節を派遣し、日本からも十五回、使者が赴いたという。

渤海国からの最初の使節が訪れたのは神亀《じんき》四年（七二七）だった。毛皮を主な土産《みやげ》として船は北陸道に着いた。

唐の文化を取り入れた渤海国は第一級の教養人を日本に派遣した。日本側は鴻臚《こうろ》館《かん》で歓待し、饗宴《きょうえん》では菅原道真らと漢詩のやり取りを行った。渤海国の文化は爛熟《らんじゅく》し、唐の記録にも、その繁栄ぶりは、

——海東の盛国

と記されている。だが、西に契丹《きったん》が勃興《ぼっこう》すると、繁栄を謳歌《おうか》していた渤海国はもろくも敗れ、日本の醍醐《だいご》天皇の御代、延長《えんちょう》四年（九二六）に滅亡したという。

「しかし、それほど頻繁に交流しながら、わたしたちが知らないとはどういうわけだ」

「渤海国の民は靺鞨族と申し、猟をもっぱらにする者たちでございましたから、渤海国の山野にとどまり、国を立てることはありませんでした。そのひとびとがやがて女真と呼ばれるようになったのでございます」

「そうか。その女真であるそなたたちが、なぜ、この国へ来たのだ」

「かつて高句麗が亡《ほろ》びた時、高句麗のひとびとはこの国へ渡り、高麗人《こまびと》と呼ばれたそうですが、われらが参ったのも同じことでございます」

「しかし、そなたらは土地を欲しがる様子もなく、住みつこうとしておらぬように見える。さらに、花山《かざん》法皇に仕えて、何やら怪しい動きをしているようだが、何を

企《たくら》んでおるのだ」

隆家が睨み据えると、瑠璃はくっくっと笑った。

「渤海国が亡びた時、ひとりの使者がこの国へ参りました。名を裴璆《はいきゅう》と申します。その父裴頲《はいはい》は二度にわたって使節として訪れ、いずれの時も菅原道真公と詩文を交わしたひとだそうでございます」

裴頲は道真の詩才に感嘆しつつ、

——我家に千里の駒《こま》有り
と負けじと自慢した。息子の裴璆も道真に劣らぬ学識を持っているというのだ。裴頲は息子の学才に期待しており、いずれ、日本への使節となる日がくると思っていたのだろう。後に実際、裴璆もまた二度、使節となり、奇《く》しくも応接役となった菅原道真の子淳茂《あつしげ》らと詩文のやり取りを行ったのである。

親子二代にもわたる使節となった裴璆は、渤海国が亡びて三年後にも日本へ使節として訪れた。だが、この時は渤海国を亡ぼした契丹が建てた東丹《とうたん》国の使者としてだった。

裴璆は亡国の遺臣でありながら、その学才を買われて東丹国に召し出されたのである。裴璆は面識があった応接役に会うと、ほっとしたように涙を浮かべた。

「いかがされました」

応接役が驚いて訊くと、裴璆は涙ながらに答えた。

「以前、この国をお訪ねした時とあまりに身の上が変わってしまったことが嘆かわしいのです。わたしは、戦乱で家族とは離れ離れになり、いまは憎むべき敵国に仕えることになりました」

不運を嘆き、訴える裴璆の話を聞きながら、応接役の顔はしだいに強張っていった。息を詰めて裴璆の秀麗な顔をうかがい見た。

（裴璆は、このまま日本へ亡命しようとしているのではないだろうか）

もし、そうであるのなら、日本は新興の東丹国との間に厄介なもめ事を抱えることになる。東丹国は当然、裴璆の引き渡しを求めるだろうし、窮鳥を懐に入れた日本はこれに応じるわけにはいかず、話がこじれれば武力衝突にもなりかねない。

応接役から裴璆の様子を聞いた朝廷では、ただちに追い返すべきだとの意見がまとまった。裴璆に対し文書で、かつては渤海国の臣でありながら、降《くだ》った後には敵国の臣となり、さらにはいま仕えている国を誹謗《ひぼう》するのは怪《け》しからぬと非難した。

そのうえで、東丹国との国交を拒否して裴璆を追い返した。

厄介事にふれずにすませたのだ。

裴璆にしてみれば、馴染《なじ》みのあった日本側との交流に期待したのだろうが、思いがけない非情な対応を受けたのである。

「裴璆は東丹国の使節として使命が果たせなかったため、不遇のうちに亡くなったと聞いております」

「そなたは裴璆と関わりがあるのか」

瑠璃はにこりと笑った。

「わたくしのまことの名は裴瑠璃《はいるり》と申します。裴璆が戦乱で見失った家族はその後、靺鞨族とともに生き延びたのです」

「では、裴璆がつめたい仕打ちを受けた恨みを晴らしにこの国に参ったと」

隆家が問い質《ただ》すと、瑠璃は、

「今宵はここまでといたしましょう。わたくしはまだ、通うて参りますゆえ、この続きはゆるりとお聞かせいたしましょう」

とたおやかな声で告げた。

「なに、出雲までついて参ると申すか」

「いえ。隆家様はいずれ、京に戻られます。そのおりに」

「わしが京に戻るのはいつのことかわからぬぞ」

のんびりと笑う隆家に、しかし、瑠璃は頭《かぶり》を振って笑みを返した。

「わたくしが、必ずや隆家様を京に呼び戻してご覧にいれます」

「いかようにいたすのだ？」

おもむろに隆家は瑠璃の顔をのぞきこんだ。但馬の受領《ずりょう》邸にも難なく忍び込む瑠璃がどのようにして自分を京に呼び戻せるのか、興を覚えた。

「皇太后様に祟《たた》りまする。さすれば、隆家様、伊周様に恩赦の沙汰《さた》がありましょうほどに」

平然として瑠璃は答えた。

道長は伊周を失脚させるのに、詮子への呪詛《じゅそ》を使った。同じように呪詛が行われ、詮子が病となれば、病気平癒のために恩赦を行うしかなくなるというのだ。

「なるほどな。だが、それでは花山法皇は面白く思わないのではないか」

隆家は首をかしげた。なぜ、瑠璃がそれほどまでに自分を京に呼び戻したがるのかよくわからない。

「法皇様を喜ばせたいと思うたことは、ただの一度もございませぬ」

ため息ともつかぬ甘やかな息を吐き、瑠璃はしなやかな腕を隆家の肩に巻きつかせた。

夜の闇が濃くなっていく。

翌長徳三年（九九七）三月――

東三条院詮子は、鬱々《うつうつ》として気が晴れない日々を送っていた。

夜眠ることができなくなった。

食欲がなくなり、胸が苦しく日毎《ひごと》に苛立《いらだ》ちが募ってくる。何とはなしに激しやすくなり、時に涙が止まらないほど泣くことがあった。

僧侶や陰陽師を召し出し、読経、加持祈禱《かじきとう》を盛んにさせたが、効き目はなかった。体はしだいに痩《や》せていき、頰《ほお》がこけ、豊かだった髪が、梳《くしけず》るたびに抜け落ちるのを目にした詮子は、

――このまま死ぬのではないか

と恐ろしくなった。わたくしがこれほどの恐怖を覚えるというのに道長は何もしていない様子だ。誰のおかげで左大臣にまで昇ることができたか、よもや忘れてはおらぬであろうが。いよいよ食が喉を通らなくなった詮子は道長を呼んだ。あわてて駆けつけた道長に、詮子はひと言だけ、

「恩赦をいたすように」

と告げた。

「恩赦を？」

「安倍晴明がそう申したのじゃ。恩赦によって功徳を施すしか、病から逃れる術《すべ》はないとな」

道長はうなずきながらも困惑した表情を隠さない。

「恩赦ということになりますと、伊周と隆家を京に戻さねばなりませんが」

わかりきったことをおろおろと言う。詮子はじろりと道長を見た。

「決まっておろう。去年十月に貴子は亡くなった。しかし、いまだに伊周、隆家は配流地におる。そのことを貴子は恨みに思い、わたくしに祟っておるのじゃ」

「さようではございましょうが」

道長が逡巡《しゅんじゅん》するのも無理からぬものがあった。定子は昨年十二月に皇女《ひめみこ》を産んだものの、いまも宮中に戻らず、伯父高階明順の邸《やしき》〈小二条殿〉に住まったままだ。

伊周と隆家が赦免されて戻ってくれば、定子もまた宮中に戻るかもしれないのだ。そうなれば、定子は再び一条天皇の寵愛《ちょうあい》を得るであろうから、間もなく入内させようと考えている娘彰子《しょうし》の競争相手になるのではないか、と道長は恐れた。

あれこれ考えを巡らす道長を、詮子は容赦しなかった。

「早くいたさぬか。わたくしをこれ以上、苦しめるでない」

厳しく言われて道長は否応《いやおう》なく宮中に戻り、詮子の病気平癒のための恩赦を、一条天皇に奏上した。


「なに、隆家を京に呼び戻すやと」

この日、昼間から盃を傾けていた花山院は苦い顔をした。

「帝《みかど》には恩赦の願いをすぐにお許しになられたそうでございます。やはり、中宮定子様を内裏に戻されたいのでありましょう」

瑠璃はひややかに言った。

「それにしても、わずかに一年ではないか。わしに矢を射かけた罪の重さを帝は何と心得おるか」

「されど、帝からお許しが出た以上、もはや事は覆らぬと存じまする」

「だからこそ、出雲におる間に命を縮めておけ、とあれほど申したではないか」

花山院は苛立った目を瑠璃に向けた。

「申し訳ございませぬ。隆家は長く但馬に留《とど》まりましたゆえ、様子をうかがっております間にかようなことになってしまいました」

瑠璃は勿体《もったい》らしく頭を下げた。

「ならば、いまからでもよい。ただちに出雲へ走り、隆家を殺《あや》めよ」

激しく言い募る花山院の言葉を瑠璃は無表情に聞き流した。

詮子の病気平癒を願っての恩赦である以上、これに逆らうことは穏当ではない、と花山院にもわかるはずだ。しばし黙った後、

「わしに矢を射た者がわずか一年で許されたとあれば、これからわしは軽んじられることになりはせぬか」

とうなり声をあげて花山院は盃をあおった。熟柿《じゅくし》臭い息を吐きながら、ふらりと立ち上がる。

「いかがあそばしまするか」

瑠璃が手をついて訊《たず》ねると、花山院は鼻で嗤《わら》った。

「平子のもとへ参る。ほかにすることもないようや」

出ていきかけて、花山院はふと振り向いた。

「隆家のことや。京に戻れば必ず仕返しをしようとするやろなあ。さすがに、もう一度わしに手を出そうとは思わんやろから、狙われるのはそなたたちやな」

含み笑いしながら花山院は背を向けた。花山院の言う通り、隆家が京に戻れば、

また波乱が起きるに違いない。

隆家は、あれほど手酷《てひど》い攻撃を仕掛けた花山院に対し、何の報復もしないほど生ぬるい男ではない。矢を射かけたりはしないだろうが、花山院の面目を失墜させるようなことをするのではないか。

「隆家様が何をなされるか楽しみなことよ」

瑠璃は胸のうちでほくそ笑みながら、つぶやいた。


同じ日、市中の実家に引き籠っている清少納言のもとに定子からの手紙を長女《おさめ》（中宮職の下女）が持ってきた。

清少納言は、このころ定子に仕える女房たちの間であらぬ疑いをかけられ、出仕を控えていた。その疑いとは、

――左ノ大殿方の人知る筋にてあり（左大臣道長に通じている）

というものだった。

定子は皇女を産みながら、いまだに宮中に戻れずにいる不遇の身だった。そうしているうち、道長が才気煥発《かんぱつ》な清少納言を娘彰子の女房にしたいと望んでいるという噂が立ったのだ。

清少納言にしてみれば、身に覚えがないだけにことさらな弁明もしなかったことが、女房たちの間に噂を定着させてしまっていた。

清少納言が局《つぼね》から出てくると、それまでにぎやかに噂話をしていた女房たちが、さっと黙った。のけ者にしていると明らかに見て取れ、勝気な清少納言は実家に戻ったのである。

その後、定子からは何度か「参上するように」との使いが来たが、女房たちとの軋轢《あつれき》が深まるばかりだろうと思って出仕しなかった。

だが、この日、長女が持ってきた手紙はどこか違っている気がした。

急いで開いてみると、何も文字は書かれていない。ただ、山吹の花びら一枚が包まれていただけである。その花びらに、

――言はで思ふぞ
口には出さずに思っている、と書かれてあった。

定子の直筆であることは字を見てすぐにわかる。自ら出仕を控えたとはいえ、近頃ではお呼び出しも絶えたと淋しく思っていただけに、定子の心遣いが嬉《うれ》しかった。

衣服の山吹色は梔子《くちなし》を染料として染める。清少納言が周囲の中傷に対して、何も言わず「口無し」でいることを定子は理解している、と伝えてくれたのだ。

ご返事を差し上げなければ、と筆をとったが、〈言はで思ふぞ〉の上の句が思い出せない。

「わたしとしたことが、どうしたことだろう。古歌の中で誰もが覚えているはずの歌なのに。もうここまで出ているのだけれど」

思わずつぶやくと、傍らにいた女童《めのわらわ》が賢《さか》しらに、

「〈下ゆく水〉と申すのではありませんか」

と口にした。途端に和歌がすらすらと浮かんだ。

心には下ゆく水のわきかへり言はで思ふぞ言ふにまされる

心の内で水が湧《わ》き出《い》づるようにあふれる思いを口に出さず、心で思っていることこそ言葉に勝《まさ》っている、という歌である。

よく知っている歌なのに、どうして思い出せなかったのだろう。それほど、心が高ぶっていたのか。しかも女童に教えられるとは、なんとあきれ返ることよ。そう思うと滑稽《こっけい》で笑い出したくなったが、なぜか涙が出てくるのだった。

清少納言はご返事を差し上げ、しばらくしてから小二条殿に参上した。以前より

つつましい物腰で几帳《きちょう》に隠れるようにして控えていたところ、定子はすぐに気がついて、

「あれは今参り（新参）の者ですか」

とおかしげに微笑んだ。そのひと言で気が楽になった清少納言が進み出ると、

「そなたに贈った歌はあまり好ましくはないのですが、こういう時の気持をうまく言い表していると思ったのですよ」

定子は以前と変わらぬ様子で話しかけた。清少納言は嬉しくなって、贈られた歌の上の句がどうしても思い出せず女童に教えてもらった、と面白おかしく話した。

「そういうことはあるものですよ」

定子もうちとけて、近頃、女房たちと謎かけ話をした時の滑稽な話を聞かせてくださる。まわりの女房たちも笑い崩れると、定子は清少納言を手で差し招いた。

傍らに寄った清少納言に、定子は扇で口元を隠し、ひそやかな声で、

「帝には恩赦をくだされまして、伊周殿と隆家殿を都にお呼び戻しになさるご意向なのですよ」

と囁《ささや》いた。清少納言の顔がぱっと明るくなった。

「それは、まことでございまするか」

「帝はかねてから、去年のことは花山院様の不行跡によるものとお思いになり、伊周殿と隆家殿の流罪についてご不満だったのです。それゆえ、このたび、皇太后様の病平癒のため恩赦をされることになったのです」

「それはよろしゅうございました」

清少納言は袖で涙を押さえながら頭を下げた。

定子が皇女を産んだ身でありながら、いまも宮中に戻れずにいるのは、いったん髪を下ろしたからでもあるが、何より兄弟の伊周、隆家が流罪となり、後ろ盾になる者がいないためだった。

「帝は恩赦の後、わたしもお召し出しになるおつもりです。そうなれば、わたしの傍《そば》に心強い者がいてもらわねばなりません。そなたに里にいられては困るのですよ」

定子の言葉に清少納言ははっとして顔をあげた。いまになって定子が宮中に戻ったとしても、すでに藤原公季《ふじわらのきんすえ》の娘義子《ぎし》、藤原顕光《あきみつ》の娘元子《げんし》が入内している。また、道長が娘の彰子を入内させる機会をうかがっていることは誰もが知っていた。道長の遠謀にとって最大の邪魔者が定子なのだ。

定子が再び入内することは、苦難の道を強いられることになるのは明らかだった。

しかし、定子はその道から逃げようとはしていない。

清少納言は膝を進めた。

「里に戻るなど、心得違いをいたしておりました。これからは何があろうとも、お傍を離れず、お仕えいたします」

「そなたの気持は、聞かずともわたしにはわかっていましたよ」

定子は美しい笑みを浮かべた。

この日の夜、花山院の奥殿で頼勢《らいせい》が瑠璃を問い詰めていた。傍らには烏《う》烈《り》も控えている。

「どういうことでござる。隆家が恩赦になるとは」

頼勢が苦々しげに言った。

「花山院にも申し上げたが、帝の決められたことゆえ、われらにはどうにもできぬではないか」

「とぼけたことを申されるな。そなたが東三条院に忍び込み、床下に厭物《ようもつ》を仕掛けたことは知っておる。皇太后に呪詛を仕掛けられる者はそなたしかおらぬ」

「そう思うなら、そう思っておればよい」

瑠璃は退屈そうに言い返した。頼勢は当惑した顔になって、烏烈に目を遣《や》った。

烏烈はにやりとして、

「隆家が戻ったところで、何か困ることでもあるのか」

「われらが法皇に仕えておるのは何のためだ。宮中に勢威を持つ藤原家を倒し、取って代わるためではないか。そのために、邪魔な隆家を出雲に追い払ったのだ。戻ってこられては面倒なことになる」

「隆家が戻ってくれれば、わしが射殺してやる。それでよかろう」

烏烈はちらりと瑠璃を見た。

「よいな。わしは必ず隆家を殺すぞ」

瑠璃はゆっくりと烏烈に顔を向けた。

「そなたに殺せるであろうか」

「なんだと」

「言ったはずです。命を奪うのはわたしだと」

「それは言い逃れであろう。まぎれもなくそなたは隆家に懸想しておる。隆家を殺すなどできるはずがない」

瑠璃は白い歯を見せて笑った。

「さようにに疑うであろうと思って、長《おさ》を呼んでおいた」

「なに、長を？」

「わたしは、長の命によって隆家に近づいた。これからどうするかは長に決めてもらおう」

何かの気配を感じたのか、烏烈がふと顔をあげた。

「お見えになったようだ」

わずかに風が通り過ぎた。燭台《しょくだい》の火が揺れて、ふっと消えた。

あたりは薄闇に覆われ、月明かりがわずかに差し込んでいる。誰も灯《あか》りを点《とも》そうとはしない。

黒い影が中庭に立ち、階《きざはし》からゆっくりと上ってきて、三人の前に袖を翻して座った。

「隆家が戻って参ります。いかがいたしましょうや」

瑠璃が手をつかえて訊いた。

「この国の強き者の血が欲しや。されど、血を得たならば、その後はいらぬ。邪魔になるだけであろうぞ」

黒い影はかすれた声で言った。

烏烈が顔を向けた。

「されば、瑠璃が通いし後なれば、殺してかまいませぬな」

「焦らずともよい。隆家が京に戻れば、必ず花山院への報復を企て、お前たちの前に現れるはずだ。だが、お前には隆家を殺せまい」

黒い影は含み笑いした。烏烈はむっとした。

「わたしには、殺せぬと言われまするか」

「隆家を殺すのは瑠璃であろう。いや、ひょっとして瑠璃の子かもしれぬ――」

瑠璃は目を閉じて、つめたい表情のまま静かに聞いていた。隆家と通じて生まれる瑠璃の子が、隆家を殺すというのであろうか。部屋の奥へと徐々に差し込んでくる月の光が瑠璃を青白く照らした。


四月十六日――四月の二度目の酉《とり》の日である。

朝廷から賀茂別雷社《かもわけいかずちしゃ》（上賀茂社）、賀茂御祖社《かもみおやしゃ》（下鴨社《しもがも》）に祭使を遣わす賀茂祭が行われた。この日、祭使の行列が一条大路を東に賀茂川に向かって進むと、沿道で見物の車やひとびとがひしめき合った。

夕刻になって喧騒《けんそう》が鎮まったころであった。花山院が邸で中務を傍らに侍《はべ》らして酒を飲んでいたところ、中庭に頼勢が駆け込んできた。

「何事や――」

花山院は鬱陶《うっとう》しそうに声をあげた。頼勢は大きな声で、

「ただいま、使いから戻った下人が申しまするには、隆家様の車が近衛《このえ》大路をこちらに向かって進んでおるとのことでございます」

「なんやと」

花山院は立ち上がって、階まで出てきた。

「隆家め、もはや京に戻ったとな」

すでに恩赦は発せられ、大宰府《だざいふ》の伊周、出雲の隆家のもとに使者が遣わされている。そろそろ戻っても不思議ではないが、それにしてもやや早いようだ。

日が暮れかかってはいても、まだ夕刻である。流罪となった身が都に戻るからには、浄闇《じょうあん》の夜を選ぶべきだろう。しかも、花山院の門前を通り過ぎようとするのは、あまりに大胆な振舞いではないか。

花山院は激怒した。

「隆家をそのままに通してはならぬ。必ず、打ち懲《こ》らしめよ」

頼勢は頭を下げてただちに北門に向かった。そこには、鉄環《かなわ》をはめた五尺の杖《つえ》

〈兵仗《ひょうじょう》〉を持った法師姿の従者たち四十人が並び立っていた。頼勢は〈兵仗〉を一本手に取り、

「参るぞ。容赦するな」

と声をかけ、北門から真っ先に飛び出した。近衛大路を牛車がゆっくりと進んでくるのが見えた。下人が、

「あの車にございます。隆家卿《きょう》が乗っておわしますのは」

と告げた。頼勢はうなり声をあげて駆け出し、従者たちも続いた。

「花山院様の門前を通り過ぎることは許さぬ」

頼勢は叫んで、手を振り上げた。それを合図に法師姿の従者たちがいっせいに石を投げ始めた。拳《こぶし》ほどもある石が霰《あられ》のように車を襲った。

牛飼いや従者たちが悲鳴をあげて逃げようとするのを、頼勢が〈兵仗〉で打ちすえる。法師姿の従者たちもこれに倣《なら》って、十人ほどの従者たちを追い散らした。

投石によって牛が傷だらけになり、血を流してうめいた。車の御簾《みす》は破れ、立板や格子が歪《ゆが》んで、轅《ながえ》が折れた。その凄《すさ》まじい様子を横目に見ながら、頼勢は車に近寄り、御簾を引きちぎった。

「出でおいでなされ、隆家様」

大声でわめき、車の中をのぞき込んだ頼勢は、あっと息を呑んだ。車の中にいたのはふたりの若い貴公子で隆家ではなかった。貴公子たちは青ざめた顔で、

「なにゆえこのような乱暴をいたすのや」

「われらは、左大臣道長様の土御門《つちみかど》の御邸をお訪ねして帰る途中じゃ。かようなことをされる覚えはないぞ」

と口ぐちに恐れおののいて言った。車に乗っていたのは藤原公任《きんとう》と藤原斉信《ただのぶ》で、ふたりとも参議の身分だった。

（しまった。間違えたか）

頼勢は愕然《がくぜん》とした。しかし、下人が隆家とこのふたりの公家《くげ》を間違えたとも思えない。隆家は実際に車で近くまで来ていたのではないか。

「罠《わな》にはまったか」

頼勢はうめいた。

花山院門前の騒動について藤原実資は、その日記『小右記《しょうゆうき》』に、

――其の間の濫行《らんこう》は云《い》うべからず
と記した。花山院の乱暴は、その日のうちに朝廷に伝わったのである。

十

この日の夜、隆家は小二条殿に人知れず入った。

「京に戻ったことを朝廷に届ける前に、なしたいことがあるのです」

隆家は、定子と清少納言の前でくつろぎながら話した。

「なされたいこととは何であろう」

おっとりと首をかしげて定子が訊いた。

「わたしたちが都を追い出されたのは、花山院様との喧嘩《けんか》が源でございます。そのおかげで、三条の邸に検非違使《けびいし》が踏み込むという恥辱を受けました。この辱めを晴らすためには、花山院様にもおなじ目にあっていただかねばなりません」

「それでは法皇様のお邸に検非違使を踏み込ませようというのですか」

定子は清少納言と顔を見合わせた。

「さようです。夕刻に近衛大路で花山院様の下人に車の中からわざとわたしの顔を見せてやりました。花山院様は門前を通りかかった車をわたしの車と間違えて散々に乱暴いたしたようでございます。このことが帝のお耳に届けば、おそらく放ってはおかれぬでしょう」

　隆家が白い歯を見せて笑うと、定子は扇で口を覆った。

「隆家殿は、出雲に行かれて、ひとが悪くなられましたね」

「いえいえ、花山院様との喧嘩騒ぎも、これぐらいでやめたいと思うております。それよりも大きな敵がおるらしいのです」

　清少納言が口を開いた。

「それは左大臣様のことでしょうか」

「いや、道長叔父ではない。もっと大きな敵なのです」

　言葉を途切らせ、隆家は暗い中庭に目を遣った。初夏の気だるいような風が、時おり吹き抜けている。

「わたしは出雲にいる間、海を見つめておりました。そして海の向こうにある国のことを考えたのです。海の向こうから、この国へ交易に来る商人がおりますが、国を奪いに襲ってくる者もおるかもしれません」

「まさか、そのようなことが――」

　定子は思いも寄らないという顔をした。隆家は頭を振った。

「さような者が法皇様の邸にはひそんでおります。その者たちを懲らしめておかねば後々、この国の障りになりましょう」

「隆家殿はさようなことを考えられるようになられましたか。さても、流罪も無駄ではなかったようですね」

定子が微笑むと、清少納言もうなずいた。

「まことにもって……」

貴顕《きけん》の子に生まれ、挫《くじ》けることを知らなかった隆家にとって、出雲への配流は思いがけない修養になったのかもしれない。

隆家のととのった顔立ちは伊周にも劣らない光を備え、物腰や話し方にも以前には無かった落ち着きが見受けられる。

清少納言はそんな隆家を眩《まぶ》しいものを見るように目を細めた。


翌日——

この日は賀茂祭に遣わされた祭使の一行が賀茂社から戻る〈還立《かえりだち》〉の日だった。

前日同様におびただしい見物人が出ていた。

〈還立〉の日は前日と違う道筋を通って、斎院の御所がある紫野に戻る。このため紫野には貴族の車を始め、武士、僧侶《そうりょ》から庶民までがつめかけ黒山の人だかりとなった。

その中に花山院の車もあった。

前日、門前を通った貴公子ふたりの乗った車に投石する乱暴を働いたばかりなのだ。慎んでいなければならないところを、

「何やら、気がくさくさするのや」

と言い出した花山院は、〈還立〉を見物に出てきたのである。しかも、蜜柑《みかん》を紐《ひも》でつないだ数珠《じゅず》を長々と車の御簾の外に御指貫《さしぬき》とともにたらすという異風な体裁《ていさい》をしていた。これを見たひとびとは、誰もが、

――法皇様のお車ぞ
と伸びあがって物見した。

その様子を面白いと思ったらしい花山院は、車をゆっくりと進ませた。車の傍らに弓を携えた烏烈が従い、後ろに頼勢始め法師姿の従者たちが〈兵仗〉を手にぞろぞろと練り歩いた。

その行列は祭使よりも余程目立っていた。ところが、花山院が得意になって車を進めるうち、藤原行成《ゆきなり》の使者が来て、

「検非違使が昨日、乱暴を働いた者どもを捕らえるため、出張って参ります。早く

ご帰還ください」

と告げた。

「なに、わしの従者を検非違使が捕まえるというのか」

花山院は目をむいた。

仮にも法皇の従者である。検非違使といえども指一本ふれることなど許されないはずだ。しかし、一条天皇は詮子の病平癒のためとはいえ、花山院に矢を射た伊周と隆家の流罪をわずか一年で許したのである。

(帝はわしに含むところがあるのかもしれない)

だとすると、賀茂祭の見物人が見ている前で従者を検非違使に捕らえさせ、花山院に恥をかかせるということもやりかねない。

「帰るぞ――」

花山院が御簾の外へ声をかけた時、見物人の間からどよめきとも悲鳴ともつかぬ声があがった。

「検非違使じゃ。検非違使が来たぞ」

ざわめきが波のように伝わってくる。車の傍らにいた烏烈が大声をあげた。

「検非違使め、われらを捕らえるつもりだぞ」

検非違使の配下である〈放免《ほうめん》〉たちが恐ろしげな顔つきで車に駆け寄ってくる。その様を見た法師姿の従者たちは、たちまち〈兵仗〉を放り出し、蜘蛛《くも》の子を散らすように逃げ始めた。

「逃げるな。〈放免〉など、何を恐れることがあろうか。これを見よ」

烏烈は怒鳴って矢を放った。〈放免〉が三人、またたく間に倒れた。

「おうっ」

頼勢が雄叫《おたけ》びをあげ、〈兵仗〉を振りかざして〈放免〉に向かっていった。頼勢は風車のように〈兵仗〉を振りまわし、〈放免〉をなぎ倒した。数人が頭から血を流して倒れ、さらに十数人が手足の骨を折られて転げた。

烏烈は次々に矢を放って検非違使を射すくめた。検非違使たちがたまらずに退く。頼勢は逃げ遅れた見物人も見境なく打ちすえた。〈兵仗〉が振りまわされるたびに、ひとびとが血へどを吐いて倒れた。荒れ狂う烏烈と頼勢は死人の山を築くかに見えた。恐れをなした検非違使たちが遠巻きにした時、

「もはや、それぐらいにいたしておけ」

見物のひとびとの間から、白馬に乗った隆家が現れて声を発した。指貫姿で黄金作りの太刀を腰に吊《つ》っている。馬の口取りをしているのは、平致光だった。

「昨日はよくもだましたな」

頼勢が吠《ほ》えるように言った。

「何を言う。だましだまされるのは、おたがい様であろう。腹を立てるとは見苦しい」

「ならば、もう何も言うまい。この〈兵仗〉にてお命を戴《いただ》きましょう」

頼勢は頭上で〈兵仗〉を回した。

烏烈が叫んだ。

「頼勢、用心いたせ。馬の蹄《ひづめ》にかける気だぞ」

「なんのこれしきの事、馬など恐れはせん」

大声で答えた頼勢は走り出した。

「参れ――」

隆家は馬腹を蹴《け》った。白馬は嘶《いなな》き疾駆した。頼勢は馬上の隆家に向かって〈兵仗〉を打ち振った。その瞬間、馬は跳躍して頼勢を飛び越えた。

頼勢の烏帽子がはね飛んだ。棒立ちになった頼勢をそのままに、隆家を乗せた馬はさらに駆け回る。烏烈は馬が眼前に迫るとあわてて矢を射た。かっ、と隆家は太刀で矢を斬《き》り払い、馬上から烏烈に斬りつけた。

血が奔《はし》った。烏烈は肩先を斬られて、地面に転倒した。馬上の隆家を凄《すさ》まじい目で睨《にら》み付け、立ち上がるや否や群衆の中に駆けこんで逃げた。

隆家の馬も走り去り、その後を致光が追った。

あっという間の出来事に、頼勢が立ちつくしたまま呆然《ぼうぜん》としているのを見て、遠巻きにしていた検非違使たちが恐る恐る近寄った。

頼勢はにやりと笑った。

検非違使たちは、頼勢の不気味な笑い顔を目にして悲鳴を上げていっせいに退いた。その時、額からすーっと血を流し、頼勢はぐらりと揺れて仰向《あおむ》けに倒れた。

検非違使たちがあわてて駆け寄ってみると、目を開けたまま頼勢は事切れていた。

その様子を見た花山院は、怯《おび》えた声で、

「早《はよ》う、早う。帰るのや」

と牛飼いを急《せ》き立てた。引き連れてきた従者たちは検非違使の姿を見るなり、花山院を見捨てて逃げていた。いまや花山院の車を守るのは数人のみである。

〈還立〉の見物人たちが、あまた眺める中、検非違使に追い立てられるようにわずかな供だけで車を急がせることは、花山院にとって恥辱だった。

さらには検非違使の〈放免〉たちが車を押し包むようにしてついてくるのだ。さながら地獄の鬼に送られる亡者の車の如《ごと》き様相を呈していた。

車の中の花山院は青ざめ、額に汗を浮かべていた。何より恐ろしかったのは巨漢の頼勢を馬上から一太刀で斬り捨て、烏烈の矢を物ともしなかった隆家の武勇だった。

（あの男は何も恐れぬ。誰であろうと相手構わず、気に入らねば斬り捨てるだろう）

たったいま見た光景が恐怖となって胸に重くのしかかってくる。やがて、邸に着いた花山院は何事か口の中でつぶやきつつ、よろよろと奥へ入っていく。

この日、検非違使は警護と逃げた従者たちの捜索のためと称して、花山院の邸を取り囲んだ。法皇の邸が検非違使によって囲まれるなど前代未聞の不祥事だった。

そのことはただちに貴族たちの間に知れ渡った。

花山院は生涯ぬぐえぬ、屈辱を味わったのだ。

隆家が朝廷に帰洛《きらく》を届け出たのは、四月二十一日のことだった。伊周は、このころ九州で流行《はや》っていた疫病がおさまるのを待っており、入京するのは十二月に入ってからである。

六月二十二日、定子は小二条殿から職御曹司《しきのみぞうし》に還御《かんぎょ》して再入内した。職御曹司は中宮職の建物ではあるが、内裏の東門（建春門）を出たところにあり、そのまま進めば大内裏の陽明門に行きあたる。古びて馴染《なじ》めない建物で、母屋《もや》には、

――鬼が住んでいる

などと言われている。母屋は締切りにして、定子の御座《おまし》は南側に設《しつら》えられた。南の廂間《ひさしのま》に御帳台《みちょうだい》（寝所）を置き、さらに外側の又廂《またびさし》を女房たちの詰所とした。

再入内とはいえ、内裏の内には入れず、しかも、鬼が住むという母屋の下屋《げや》の、参内するひとびとが足繁《あししげ》く通る場所で暮らすことになったのである。

「これは、また何ということでございましょうか」

清少納言が嘆くと、定子は泰然として、

「帝のお傍近くに戻れたのです。そのことを喜びましょう」

と言った。その言葉に清少納言も深くうなずいた。

定子の不屈の魂は女房たちの気持を明るくした。小二条殿にいたころから、女房たちは内裏に住まえなくとも裳《も》、唐衣《からぎぬ》の模様なども季節を外さず、気をゆるめることなく仕えてきたのである。

職御曹司では、参内するひとびとが多く通り過ぎることから、その前駆の声を聞

き分けた女房たちが、

「いまのは、あの方よ」

「いいえ、違います」

などと競い合っては打ち興じる声がにぎわしい。

さらに有明の月が美しいころ、定子は夜が明けぬうちに起き出し、女房たちと庭に出てまだ空にかかっている月を楽しんだ。

うっすらと夜が明け初《そ》めるころには、内裏の東門まで行き、朝早く参内するひとびとと行き合ううち、女房たちは、

「月を見ておりました」

などと殿上人《てんじょうびと》たちと自然に言葉をかけあい、歌を交わすなどして親しくなった。

やがて参内するひとびとは、しだいに定子のもとへ顔を出すようになっていった。

定子は中宮としての華やかさを自《おの》ずから取り戻しつつあった。それには、機知に富んだ会話では並ぶ者のない清少納言の働きも大いに役立っていたのである。

十月一日、朝廷では〈孟冬《もうとう》の旬《しゅん》〉という儀式が行われた。四月の〈孟夏の旬〉とともに年二回行われる年中行事で合わせて二孟の旬といい、帝が紫宸殿《ししんでん》に臨み、群

臣と宴を催す。四月には、臣下に扇が下賜《かし》されるが、十月は氷魚《ひお》（稚鮎《ちあゆ》）を振る舞われる。

夜になって、一条天皇が御座所に戻られた後も宴が続けられていると、東門のあたりで騒がしい声がした。

何事かと宴席に並ぶひとびとが訝《いぶか》しんでいるところに、官人が庭に駆け入ってきて、大宰府からの〈飛駅《ひえき》〉が到着したことを告げた。〈飛駅〉とは国家の重大事に派遣される急使である。

「何事じゃ」

道長が、酔った足取りで階《きざはし》まで出て解文《げぶみ》（報告書）を受け取った。急ぎ開いて篝火《かがりび》にかざして読んだ後、青ざめた道長はよろけて、階を二、三段降りた。

「何事でございますか」

藤原顕光と公季があわてて階に駆け寄った。道長は酔いの醒《さ》めた顔で、

「外敵じゃ」

とうめくように言った。

「外敵ですと？」

顕光と公季は、いま聞いたことがまことだろうかと、確かめ合うように顔を見交

わした。この夜の〈飛駅〉について、『百錬抄《ひゃくれんしょう》』では、長徳三年十月一日のこととして、

——大宰府飛駅到来。申高麗人虜掠鎮西之由

高麗が九州を襲い、ひとびとを捕虜としたという報《しら》せが入ったと記している。

この時、実際に襲ったのは高麗ではなく、〈南蛮〉と呼ばれた奄美《あまみ》の海賊だった。海賊は壱岐《いき》、対馬《つしま》から筑前《ちくぜん》、筑後《ちくご》、薩摩《さつま》まで九州各地を荒らして男女三百人を連れ去ったのである。だが、このころ、

「高麗国が兵船五百隻を出して日本に向かっている」

という浮説があった。道長が恐れたのはこの浮説だった。海賊による九州地方の被害は、これまでにも何度かあった。高麗の使者と称する者がこの年、大宰府に来ていたが、使者がもたらした書状の内容が傲慢《ごうまん》なことや、書状を携えてきたのが日本人であったことなどから、道長は偽使者だろうと決めつけて相手にしなかった。

（あれが本物だったとして、使者を相手にしなかったことを怒って高麗が軍船を送ってきたのであれば、大変なことになる）

自分はとんでもない失態を演じたのではないか、と道長は恐れた。しかし、解文の内容を知った他の公卿《くぎょう》たちの顔には、却《かえ》って安堵《あんど》の色が浮かんだ。遠い九州での

被害を真剣に考える者はいなかった。皆の怠惰な様子を見て、道長も気持が落ち着いてきたが、同時に、

（このまま放っておいて、よいのだろうか）

と別な不安が頭をもたげてきた。

この国を外敵が襲うということはありえないことではない。その時にどうしたらよいのか、道長には皆目、見当がつかなかった。

取りあえず、一条天皇に大宰府からの報告を奏上しよう、と思った。時刻はすでに丑《うし》ノ二刻（午前三時ごろ）になっていたが、やむを得なかった。

一条天皇は道長の報告を聞くと眉を曇らせた。

「それは国家の大事である。皆でよく話し合うように」

「さように仕《つかまつ》りまする」

道長は御前を下がりながら、この時になって、体がひどく重いのに気づいた。宴が長引き、酒を飲み過ぎていたのだ。それでも、公卿たちと対策を話し合わねばならないのかと思うと気が重かった。宴の座に戻ってみると、どの公卿も皆、眠そうな顔をしている。中には寝入っている者までいた。一座は弛緩《しかん》した空気に覆われ、とても外敵に備える話などできそうになかった。

道長はふと隆家の姿を探した。

(あの男なら、この難しい話ができるのではないか)

と思ったが、隆家の姿はここになかった。隆家は近々、兵部卿《ひょうぶきょう》に任じられることになっているが、遠慮してこの場に出てこなかったのだろう。

道長は落胆するとともに、隆家を頼りにする気持が湧いたことを訝しく思った。

道長にとって伊周、隆家兄弟はいまもなお警戒すべき政敵なのだ。

(しかし、もし外敵が襲ってきたら、ためらわずに戦う者は隆家だけとしか思えない)

道長には、この場にいない隆家の存在が重く大きく、光を帯びた存在に感じられるのだった。


この夜、隆家は三条の邸でひとり酒を飲んでいた。

いつの間にか目の前に乙黒が座り、自らの懐から盃を取り出して勝手に瓶子《へいし》の酒を注《つ》いで飲んでいる。

「ひさしぶりであったな」

隆家は落ち着いた声で話しかけた。

「そうだな」

乙黒は無愛想に答えて盃に口をつけた後、

「わしは宋に渡ることにした」

大きく息を吐いてつぶやいた。

「そうか、とうとう行くのか。うらやましいことだ」

「うらやましいか？」

「そうだ。四月以来、花山院様はおとなしゅうなられて、面白うない。わしの敵は海の向こうにおるように思えるが、海を渡ることができねば、ひたすら敵が来るのを待つしかないからな」

「ふむ、敵が海を渡ってくるとわかっているのか」

「なにやら、そんな気がする」

隆家は酒をごくりと飲み込み、不意にははっと笑い声をあげた。

「何がおかしい」

「お主《ぬし》の顔だ」

「わしの顔が？」

乙黒は怪訝《けげん》な顔をした。

「ずっと気になっておったが、ようやくわかったぞ。お主は瑠璃に似ている。瑠璃とは血縁か？」

隆家は鋭い目で乙黒を見据えた。但馬で瑠璃と会った時から感じていたことだった。そう考えれば、事あるごとに乙黒がまつわりついてきたことや、〈刀伊《とい》〉について、妙に知っていたことなども納得できる。

乙黒はにやりと笑った。

「わしの真の名は裴乙黒《はいおとぐろ》。渤海国の滅亡後、この国に憧《あこが》れながら、追い返された裴一族の長であり、瑠璃の実の兄だ」

「なるほど。それで、わしに近づいたのか」

驚きを隠して隆家は盃を口に運んだ。

「わしらは花山院の力を借りて、この国をわれらの物にしようと謀った。さらに、この国を治めるに足る勇武にして高貴な血をわが一族に入れたいと思い、瑠璃をお前に近づけたのだ」

「そういうことであったか」

隆家は表情を変えなかった。

「ところが、花山院は紫野で頼勢が討たれてからすっかり気力を失ってしまった。

これからは仏にすがって生きていくであろうよ」

面白くなさそうな顔をして乙黒が言った。

「つまるところ、お主たちは行き場を失ったというわけだな」

「いかにもな。それゆえ、わしは宋に渡ることに決めたのだ」

「となると、この後瑠璃はわしのもとに通わぬのだろうか」

つぶやくように隆家が口にした。京に戻った隆家のもとに瑠璃は何度か訪れていた。顔を合わせるたびに思いが深まり、情が通いあう心持がしていた。

「瑠璃は烏烈とともに故郷の地へ帰った。彼《か》の地にてお前の子を産む」

「瑠璃はわしの子を身籠ったと？」

「瑠璃はおそらく男子を産むであろう。破軍の星を持ち、戦って負けることの無い勇者となる子をな」

うんうんとうなずいて乙黒は嬉しげに言った。瑠璃が身籠ったと知った時、星を見て占ったのだという。

「その子をいかがいたすつもりだ」

「おとなになれば、わが一族の長となろう。そして女真を率いて、この国に攻め寄せるやもしれぬな。おそらく、その時、補佐するのは烏烈であろうか――」

乙黒の目はひややかな光を帯びている。

「それが、わしの敵か――」

「そうだ。面白いであろう。二十年後、お前と瓜《うり》ふたつの者がこの国を亡ぼしにやってくるのだぞ。それを迎え撃てる者はお前しかおるまい」

不気味な笑い声を立てて乙黒は立ち上がった。

「今宵はそのことを告げに来てやったのだ」

声はすれども、乙黒の姿は闇に滲《にじ》んで溶けるように消えた。

いまのは幻だったのだろうかと訝しみつつ、隆家はしばらく黙したまま宙を見据えていた。

「瑠璃よ、もう会うことはかなうまいか。やはり、わしには戦いしかないようだな」

――その通りだ
隆家のつぶやきに応じて乙黒の声が聞こえた気がした。雲間からのぞいた月が三条邸の庭を冴《さ》え冴《ざ》えと照らしている。

第二部　風雲波濤篇

一

長保《ちょうほう》二年（一〇〇〇）五月――

藤原隆家《ふじわらのたかいえ》の前に縮れ毛の女が座っている。このころ、女の美しさは髪にあった。豊かな髪を持つことが美女の条件である。だから、この女も懸命に髪を梳《くしけず》って縮れを伸ばそうと努めたであろうが、生まれつきの髪の質を変えることなどできようはずもない。しかし、女は風体を気遣う様子もなく、伊周《これちか》と隆家を相手に物語を読み聞かせている。

傍らには清少納言《せいしょうなごん》も控え、耳をそばだてていた。大内裏《だいだいり》の職御曹司《しきのみぞうし》の母屋《もや》にある塗籠《ぬりごめ》（四方を白壁で囲まれた部屋）に四人は籠《こも》っている。日頃塗籠は物置か寝所として使われることが多く、戸口からわずかに光が差すだけの薄暗い部屋だ。

古びた母屋は、鬼が住むなどと言われ、日頃は使っていない。ところが、この日、清少納言が隆家と伊周に会わせたい女がいるからと塗籠の錠を開けさせたのである。ひと目を憚《はばか》らねばならないのには理由がある。

前年の長保元年十一月、道長《みちなが》の娘彰子《しょうし》が入内《じゅだい》した。同じ月、中宮定子《ちゅうぐうていし》は敦康《あつやす》親王を出産している。伊周が失脚して後ろ盾を失った定子ではあったが、すでに脩子《しゅうし》内親王を産んでおり、さらに皇子が生まれたことは大きかった。入内したといっても、彰子はまだ十二歳である。出産などとても期待できない年齢である。

これに焦った道長は、

——二后《にごう》並立
という思い切った手を打ってきた。つまり、定子を皇后とし、彰子を中宮として立后させるという離れ業を使ったのである。もともと中宮とは皇后の別称である。天皇の正妻がふたり並び立つという未《いま》だかつてない異常な事態が生まれたのだ。朝廷内には疑問視する声もあがったが、道長は強引に押し切った。定子は一条院の北の対《たい》、彰子は清涼殿の藤壺《ふじつぼ》に入った。

定子と彰子の間に緊張が漂う微妙な時期だけに、清少納言は誰の目にもふれない方がいいと思い塗籠を使うことにしたのである。

すでに夕刻になり、女は燭台《しょくだい》の灯《あか》りを頼りによどみなく物語を読みあげていく。

光源氏《ひかるげんじ》という十七歳の貴公子が主人公の話だった。

五月雨《さみだれ》が降る一夜、源氏のもとに宮中の宿直《とのい》をしている若い廷臣たちが女性の品評に花を咲かせる「雨夜の品定め」から話は始まる。

女の容貌《ようぼう》や才気、性格などを若い貴族たちが言い合うのを傍らで源氏は黙って聞いている。胸の内に昂《たかぶ》る恋の思いを気取られぬよう用心するかのように。

翌日、源氏は紀伊守《きいのかみ》別邸を〈方違《かたたが》え〉のため訪れた。このころの貴族は他出する時、その方角が占いで悪いと出た場合、吉方位の邸《やしき》に一泊して方角を変え、本来訪れようとしている邸に行くのである。

その家には、たまたま紀伊守の父の後妻である空蟬《うつせみ》が来合わせていた。恋の話を聞いたばかりの光源氏は、戸惑う空蟬に激しく迫って一夜を過ごす。空蟬は最後まで心を許そうとしなかった。

天性の美貌と高貴な身分に恵まれた源氏は、これまで女に拒まれたことがなかったがゆえに、却《かえ》って頑《かたく》なに自分を守ろうとする空蟬に心惹《ひ》かれるものを感じた。なおも思いを遂げようと訪《おとな》う源氏を空蟬は二度と近づけない。空蟬の胸に源氏を慕わしいと思う気持はあるのだが、一夜の恋と定めておのれの分を守ろうとする。

夏の宵《よい》、空蟬が継娘《ままむすめ》と碁を打つ姿を垣間《かいま》見た源氏は、恋心を募らせてふたりが寝る部屋に忍び入る。気配を察した空蟬は生絹《すずし》の単衣《ひとえ》を着ただけで寝所を逃れ出た。源氏は言い寄った女が空蟬ではないと気づいたが、そうとも言えず、やさしい言葉をかけて継娘と情を通じる。

夜明けになって、源氏は、まるで蟬の脱《ぬ》け殻のようにも感じられる空蟬が脱ぎ捨てた薄衣《うすぎぬ》を抱いて帰るのだった。

物語を聞きながら、しだいに頰《ほお》を紅潮させた伊周は、女が空蟬の物語を語り終えると、遠くを見つめる眼差《まなざ》しをしてため息をついた。

「本当にそんな風になるのだよ。わたしにも覚えのあることだ」

うっとりとした声で言う。伊周にも人妻のもとへ通った覚えがあるらしく、父親譲りの美貌に雅《みやび》な愁いを湛《たた》えて夢見心地《ごこち》の表情をしている。

隆家は苦笑して、女を見つめた。

女は藤原為時《ふじわらのためとき》の娘である。為時は大学で学んで文章生《もんじょうしょう》となり、菅原文時《すがわらのふみとき》の門で詩《し》賦《ふ》文学を学んだ学者だった。女は幼いころ、為時が女の兄に『史記』を口授するのを聞いて兄よりも早く暗唱した。このため為時が、

——この娘が男でないのは自分に幸が無いのだと惜しんだほどの才媛《さいえん》だという。この時代、中流以上の家の女子が、漢書、仏典、史書を読み、詩歌に親しむことは珍しくなかった。

女は、当時としてはやや遅い二十歳《はたち》を過ぎて右衛門権佐《うえもんのごんのすけ》藤原宣孝《のぶたか》と結婚し、昨年一女を儲《もう》けたが、親子ほど年の離れた夫の体調が近頃優れないことを案じているという。そのため女官になることを望んでいるらしいのだ。

清少納言は引き合わせる前に女の内実を伊周と隆家にそっと伝えていた。女が女房勤めに向いているかどうか前もって試問した方がいいと思い、伊周、隆家に立ち会ってもらったのだ。なぜであるかと言えば、女は詩歌ではなく物語を書く才を披露したいと言い出し、書き溜《た》めた物語を持参して職御曹司に来たからである。

物語の中で、人妻である空蟬のもとに貴公子が訪れ、その求愛を拒むという話には胸に秘められた女自身の夢が隠されているように感じられる。

学識があるだけに堅苦しい考えにとらわれて人づきあいもよくなさそうな女は、機知に富んで明るく社交上手な清少納言とは性格が真反対に見える。こんな風で果たして宮廷勤めができるであろうか、と隆家は考え込んだ。

「いかがでございましょうや」

清少納言が意見を求めると、伊周が笑って、

「かような物語を紡《つむ》ぎだせる女房がお傍《そば》にあれば皇后様のお慰めになろう」

と答えた。それを聞いた清少納言がわずかに眉《まゆ》をひそめるのを見て、

「ただいまの物語は、兄上が身に覚えのある話ではなかろうかと思えるほど見事なものであったが、わしの物語があるとすればどのような話になるであろう」

隆家の試すような視線を女は平然と受けた。表情も変えずに、

「さようでございますね。ならばこのような話はいかがでございましょうや」

と応じて物語を語り始めた。


源氏は病で臥《ふ》せっていると聞いた乳母《めのと》を見舞った。

乳母は年老いて尼となり、五条あたりに住んでいる。源氏の訪れに乳母は涙を流して喜んだ。ところが、源氏は訪れた時から隣の家がどうにも気にかかった。

新しい檜垣《ひがき》をめぐらし、半蔀《はじとみ》を四、五間上げて白い簾《すだれ》をかけていた隣の家の簾越しに女の姿がちらりと見えたのだ。板囲いには蔓草《つるくさ》が伸び、夕顔《ゆうがお》の花が咲いている。

源氏は胸の内で女を夕顔と名づけた。興をそそられた源氏は、素性を隠したまま夕顔のもとに通うようになる。

夕顔は素直で人を疑うことを知らない。この時期、源氏は年上の女性、六条御息所《ろくじょうのみやすどころ》との関わりを心に重く感じており、夕顔といると心が安らいだ。

源氏は夕顔を六条あたりの廃院に連れ出した。この邸は住むひともなく、渡殿《わたどの》に番人の院守《いんもり》がいるばかりだ。荒れ果てた物寂しい廃院で夕顔をいとおしんだ源氏が、うとうととまどろむうちに、美しい女が枕《まくら》もとに立ち、

「なぜわたしのもとに来られず、かようにつまらぬ女とお過ごしになられているのですか」

とうらめしげな顔で言い夕顔に手をかけて起こそうとした。源氏は悪霊に取りつかれた気がして、はっと目覚めた。灯りが消えて真っ暗闇である。源氏はさっと刀を抜いて供の者に、

「渡殿に行き、紙燭《しそく》を持って参れ」

と命じた。だが、供の者は、

「こんなに暗いのに、どうして参れましょう」

と震えるだけで動こうとしない。

「子供のようなことを言う」

源氏は笑って手を叩《たた》いたが、山彦《やまびこ》が答えるように気味悪く響くばかりだ。しかた

なく源氏は自ら闇の中を渡殿まで行った。宿直《とのい》の者らに紙燭を持たせ、さらに魔除《まよ》けのため弓の弦《つる》を鳴らさせつつ戻ってきてみれば、夕顔がうつぶせになって倒れ、その傍らで供の者が震えている。源氏が手を当て、

「どうしてそのように怖がられるのですか。わたしがいるではありませんか」

と言いながら抱き起こすが、夕顔はぐったりとしたままだ。

どうしたのだろうと気になり夕顔の顔を見ようと紙燭を持ってこさせた時、夢で見た美しい女の姿が、源氏の前にふっと現れ、すぐに消えた。不安になって夕顔の体をゆすったりするが、すでに冷たくなって息もしていない。

夕顔は物の怪《け》に襲われて急死していたのである。


「何とも恐ろしげな物語を披露されますね」

清少納言がひややかに遮《さえぎ》った。女は興味深げな表情で清少納言の顔を見た。

「この物語のどこがいけないのでしょうか」

女は落ち着いた声で問うた。

清少納言は居丈高に言葉を続けた。

「いけませぬとも。皇后様は昨年皇子様をお産みになったばかりですよ。死人《しびと》の話

を忌むのは当たり前のことです。それをわきまえず、物の怪や妖《あや》しき死人の物語をいたすとは、いかなる所存ですか」

女はしばらく考えた後、頭を下げ、

「わたくしの考えがいたらず、申し訳ございませぬ」

と詫《わ》びたが、どこか首肯《しゅこう》していないと感じさせる気配があった。隆家は笑って、

「悪いと思っておらぬなら、詫びることはない。それより、いまの物語はいかにもわしに起こりそうな話で大層面白かったが、そなた、いかようにして、かような物語を思いつくのであろうか」

と訊《き》いた。すると、女は理知に富んだ目で隆家を見つめた。

「わたくしの父藤原為時が四年前、越前守《えちぜんのかみ》に任じられたのはご存じでございましょうか」

伊周が皮肉な表情で口を挟んだ。

「おお、知っているとも。帝《みかど》の温情であったそうな」

為時は若いころから学問に励み、長年式部丞《しきぶのじょう》を務めていたが、大国の越前守に任じられることを望んでいた。ところが長徳《ちょうとく》二年（九九六）の除目《じもく》で任じられたのは小国の淡路守《あわじのかみ》だった。落胆した為時は悲嘆を漢詩にした。その一節、

苦学ノ寒夜ハ紅涙巾《キン》ヲ盈《ミタ》シ
除目ノ春ノ朝《アシタ》ハ蒼天眼《マナコ》ニ在リ

を目にして同情を覚えた一条《いちじょう》天皇は、為時を越前守に任ずるよう道長に命じたのだ。もっともこの時、為時を越前守に任じたのには、もうひとつの理由があった。

前年の長徳元年九月、朱仁聡《しゅじんそう》ら七十余人の宋の商人が若狭国《わかさのくに》に来航して交易を求めた。朝廷では対応に困って宋人たちを越前国に移していた。

一条天皇には、宋の商人たちに日本の学者を会わせ、詩文を交換させたいとの考えがあった。為時は越前国に赴く早々朱仁聡らと面談し、詩の素養がある羌世昌《きょうせいしょう》という商人と詩を唱和して交流したのである。

「わたくしも父とともに越前に参り、宋の人々と会ったのでございます」

宋の商人の中には日本語を解する者もおり、さらには筆談でも意思の疎通をはかることができた。女は傍らにいて、時には自ら訊きたいことなど父を介して問うたりした。

女の漢籍の素養は、筆談で宋人の話を解することができるほどであった。

「父親が受領《ずりょう》に任じられようが、家の者は京に留《とど》まることができたであろうに、そなたが越前までついていったのは宋人を目にしたかったからではないか」

隆家が訊くと、女は微笑してうなずいた。

「その通りにございます。いかに漢籍を読みましょうとも、唐土《もろこし》のひとから直《じか》に言葉を聞かねば、まことにわかったとは言えませぬ」

女はちらりと清少納言に視線を走らせて言う。清少納言が日頃漢文の知識を誇っていることをあてこするかのような物言いだ。だが、清少納言は素知らぬ顔をしたまま眉ひとつ動かさない。女は落ち着いて話を続ける。

「そのおりわたくしは宋の商人たちより、隆家様のことを耳にいたしたのでございます」

「どのようなことを聞いたのだ？」

隆家は眉をひそめた。

「宋の商人たちは越前に参ってから後も、しばしば、若狭へ戻って役人たちを困らせておりました。若狭と但馬《たじま》は近《ちこ》うございますゆえ、そのころ但馬におられた隆家様の消息をうかがい知ることができたのでございます。隆家様のもとに渤海《ぼっかい》国の末《まつ》裔《えい》である女人が通っておられると宋人たちが噂《うわさ》いたしておりました」

隆家は、瑠璃《るり》が通っていたことが宋人の耳に入っていたとは、と驚いた。しかも女は瑠璃のことを〈渤海国の末裔〉と平然と口にした。女の博覧強記《はくらんきょうき》には恐るべきものがある。

「そなた、渤海国を存じておるのか。わしは知らなかったぞ」

「史書に書かれております」

「しかし、わしのもとにそのような女が通ったとして何か不都合でもあると言うのか」

　隆家が訊くと、女は微笑した。

「仁和帝《にんなのみかど》の故事を思い出しまして」

　仁和帝とは光孝《こうこう》天皇のことである。光孝天皇は、さかのぼること百十六年前に即位した。

　――少《わか》くして聡明、好みて経史を読む。容止閑雅、謙恭和潤、慈仁寛広、九族を親愛す。性、風流多く、尤《もっと》も人事に長ず
　と評されたが、即位した時、五十五歳という異例の高齢だった。だが、渤海国の大使が当時親王だった光孝天皇を見て、

「この方は尊い顔をしておられる。将来、皇位につかれるであろう」

と占ったという。

「〈渤海国の末裔〉である女が通われたとは、まことにめでたきこと、と思ったのでございます」

女の言葉に隆家は苦笑した。

「それはわしには関わりのない話だ」

「さようではございましょうが、わたくしが源氏の君の幼きころの話を思いめぐらしておりましたところ、ようよう思いつくことができましたのは、隆家様のもとに渤海国の末裔が通ったと聞き及んだからでございます」

「それが、そなたの物語といかように関わるというのだ」

隆家は興味深げに女を見た。

「はい、源氏の君は七歳のみぎり鴻臚館《こうろかん》に行かれ、高麗人《こまびと》の相人《そうにん》より将来を占われるのでございます」

鴻臚館は古代より外交使節の接待を行うために設けられてきた館である。筑紫《ちくし》、難波《なにわ》などに造られ、平安京ではもっぱら渤海国の使者をもてなすために使われた。

女は目を閉じて続きを語る。

――国の祖と成て、帝王の上なき位に上るべき相おはします人の、そなたにて見れば乱れ憂ふることやあらむ。おほやけのかためと成て、天下をたすくる方にて見れば、又その相たがふべし

王朝を開き、帝となるべき相だが、そのようなひととして占うと治世が乱れ、憂慮すべきことが起きるかもしれない。しかし、朝廷の柱石《ちゅうせき》として天下を援《たす》ける方だとして見ればまた違ってくる、と相人は源氏の君に告げる。

「貴相ではあるが、帝に即位すれば、天下が乱れる。摂政関白《せっしょうかんぱく》ならば、違う運命を生きるというのか」

深く考える様子で隆家は言った。

「さようにございます。隆家様もまさにそのような相かと存じます」

女は隆家に向かって恭しく頭を下げた。伊周が声を立てて笑った。

「ははっ、隆家がそのような貴相であるとすれば、めでたいことではあるな」

つられて清少納言が忍び笑いを洩らすと伊周は眉をひそめた。

「これ、清少納言、はしたない」

「いえ、この女子はめでたきことを申しておるようでございますが、実は不吉な行

く末を申しておるのでございます」

「なんだと」

伊周のととのった顔が曇った。

「仁和帝には、臣籍に降《くだ》られた源 光《みなもとのひかる》というご兄弟がおわしましたことを、ご存じでおられましょうか」

「源光……光源氏か？」

「まさしくさようでございます。されど、源光様は鷹狩《たかがり》をなされたおり、塹壕《ざんごう》の泥沼に落ちてお亡くなりになられ、ご遺骸《いがい》も見つからぬとか。源光様は菅原道真様を妬《ねた》むあまり、陥れられたゆえ、怨霊《おんりょう》となられた道真様の祟《たた》りだと世人は噂したそうでございます」

清少納言の言葉に女が身じろぎした。

「源氏の君は物語の中におわします。源光様のことではございませぬ」

「さようか。なれど、仁和帝の故事を物語に用いるからには、さよう思われてもいたしかたありますまい」

清少納言の物言いは鋭かった。女は意に介しないという表情で清少納言を見返す。

「どうやらあなた様は、わたくしを嫌っておられるようですね」

「さようなことはございませぬ。そなたの才識、まさに恐るべしと思うております。かほどの者が女子にもいたと知り、嬉《うれ》しくさえあります。されど――」

清少納言は、うかがうようにじっと女を見つめた後、口を開いた。

「そなたは皇后様のお傍《そば》にお仕えしたいと願うておられるのではないでしょう。ご自分の物語を書くため宮中に入り、見聞を広めたいと思うておられるだけではないのですか。それでは皇后様に近づけるわけには参りませぬ」

驚いたように目を丸くして女はつぶやいた。

「さすがは才気すぐれた清少納言様。わかりました。皇后様にお仕えいたすことは諦めまするが、おっしゃった中でひとつだけ違うところがありますゆえ、申し上げます」

とんでもないことを言い出す女だ、と清少納言はきっと睨《にら》み据えた。

「わたくしが書きたいと存じましたのは、宮中のことではなく、中関白家《なかの》の方々の物語でございます」

言い置いて女は頭を下げ、静かに塗籠から出ていった。

女が去ると、隆家は笑った。

「なるほど、清少納言の申す通りだ。女子にもあのような者がおるのだな。しかし、あれほど才ある者がお傍にあれば、皇后様の御身の回りもより華やぐであろうに」

「さようでしょうか。あの女子にふさわしい場所は別にございましょう」

「彰子中宮のところか」

隆家が面白がった顔で訊くと、清少納言は黙ってうなずいた。

だが、本心からそう思っているわけではなかった。実は定子はまた懐妊していて、間もなく出産のために退出しなければならないのである。

定子は敦康親王を産む際、中宮大進平生昌《ちゅうぐうのだいしんたいらのなりまさ》の邸に入った。生昌は裕福ではあったが中級の官僚であり、本来、中宮を迎えるだけの身分ではなかった。

このため定子の輿《こし》が入る門を格式に沿った〈四足門〉に建て替えたが、清少納言ら女房たちが入る北門までは手がまわらなかった。

北門からは車が入らず、清少納言たちは歩いて邸に入るというみじめな思いをしたのだ。しかも、道長は同じ日に宇治《うじ》の別業《べつぎょう》（別荘）に出かけることにしたため公《く》卿《ぎょう》たちは皆道長に従って宇治に行き、定子に供奉《ぐぶ》する公卿がおらず、急きょ手配しなければならなくなった。ことあるごとに道長から意地の悪い仕打ちをされ、定子は苦渋を味わわされていた。

そのことを最も憤っていたのが清少納言だった。

定子はまた平生昌の邸に入らなければならないが、今回もみじめな思いをさせられるに違いない。

（そんなところをあの女子には見せたくない）

定子はどのような逆境にもめげず、弱音を吐くこともなく愚痴をこぼしもしない。それだけに清少納言は定子を守りたいという気持が募るのだ。

もしもあの女が定子の身近に仕えることになれば、すべてを物語として書いてしまうだろう。定子の気高さだけならまだしも、その悲しみや不幸をも、あの女は筆にするに違いない。それは美しい物語となるであろうが、ひとびとから定子が憐《あわ》れまれるなど清少納言には堪《た》え難いことだ。

（そんなことは断じてさせぬ。定子様の美しさや華やかさ、そして匂《にお》やかなお幸せに包まれた姿こそ伝えねばならない）

あの女が物語を紡ぐならば、清少納言も負けじと定子や中関白家のひとびとの繁栄を筆にするつもりだった。しかし、女が読み上げた物語に不吉な暗示が潜んでいたことに不安を覚えた。何かが起きるのではないか。清少納言はひそかに怯えた。

この年の八月、定子は出産準備のため内裏を退出し、平生昌邸に入った。年も暮れた十二月十五日の夜、定子は皇女を出産した。ことのほか安産で、三人目の子を産めたことに定子はほっと安堵《あんど》する思いがした。

　敦康親王に続いての出産はさすがに不安が大きかったのだ。赤子の泣き声を聞いた定子は、産後のぼんやりとした頭でなぜか、藤原為時の娘が女房になることを望んだという話を思い出した。

　伊周が聞かせてくれた女が作ったという物語は哀れを催す美しさが感じられて読んでみたい気がする。

（清少納言はどうして断ってしまったのだろう）

　勝気な清少納言は才識に優れた女に出会って思わず張り合ってしまったのではないか、と思っておかしかった。それだけではない、ということもわかっている。清少納言は皇后であるわたしを大切な宝玉のように思ってくれている。誰にも汚されたくないのだろう。

（その心底は嬉しいけれど、誰もがするようにわたしも泣いたり、笑ったり、美しいものに心を動かしたりしたいのですよ）

　定子は胸の中で清少納言に呼びかけ、微笑《ほほえ》んだ。その時、下腹部に激痛が走った。思わず眉をひそめ、声をあげそうになったが堪《こら》えた。苦しみに耐えねばならない。

いつもそうしているのだから。

しかし、その間にも体は冷えてくる。手足の先がつめたくなっていくように感じる。

（わたしの体が何だかおかしい。どうしたことだろう）

そう思った時、不意に胸の奥深く悲しみにとらわれた。別れねばならないのだ。三人のわが子と。そして伊周や隆家、清少納言とも。

清少納言の泣き伏す姿が脳裏に浮かんだ。

「そのように泣くものではありませんよ」

定子は細い声でつぶやいた。


伊周は産所の隣室に詰めていたが、ふと定子の声を耳にした。異常を感じて産室をのぞくと灯りが消えている。暗がりの中で燭台に火を点《とも》し定子の顔をのぞき込んだ伊周は声にならない悲鳴をあげた。定子の息はすでに絶えている。中関白家を守ってきた定子は、想いを遺《のこ》したままこの世を去ったのである。

伊周は号泣して定子の亡骸《なきがら》に取りすがった。

「兄上、どうしてもやるつもりか」

「やらねば、敦康親王様の身が危《あや》ういのだ」

伊周は血走った目を隆家に向けた。

寛弘《かんこう》四年（一〇〇七）七月のことである。定子の死から七年がたっていた。伊周は三十四歳、隆家は二十九歳になっている。殺気だった伊周が企てているのは、

──道長暗殺
だった。隆家は伊周の顔を見つめながら、

（ここまで兄が思い込むのも無理のないことかもしれぬ）

と胸中でつぶやいた。

定子の没後、一条天皇は伊周を復権させていた。一条天皇にとって第一皇子の敦康親王の伯父《おじ》であることを慮《おもんばか》ったのである。

長年道長をかばい続けた東三条院詮子《せんし》は、定子皇后が亡くなった一年後の長保三年閏《うるう》十二月にこの世を去っていた。

一条天皇にとっては頭上の重石《おもし》がとれたかのように気がつまることがなくなった。二年前の寛弘二年三月、天皇と敦康親王の対面式に次いで脩子《しゅうし》内親王の着裳《ちゃくも》の儀が行われると伊周は宮中の席次を〈大臣下大納言上《だいじんのしもだいなごんのかみ》〉として以前のように昇殿を許された。一方、隆家も長保四年（一〇〇二）には権中納言《ごんのちゅうなごん》に任じられ、翌年、侍従を兼ねると従三位《じゅさんみ》から正三位《しょうさんみ》に昇叙された。

敦康親王はいま彰子中宮に引き取られ、藤壺で育てられている。彰子は愛情を持って接しているようだが、道長は心中穏やかでない。

彰子が男子を産めば、その皇子を皇太子にする腹づもりで、常にひややかな視線を敦康親王に向けているのだ。そんな道長が近頃、思い立ったのが、御岳詣《みたけもう》でだった。御岳詣でとは、吉野《よしの》の山奥にある金峯山寺《きんぷせんじ》に詣でることである。

金峯山寺は伝説的に語られる役行者《えんのぎょうじゃ》が創建したと伝えられる。本尊は役行者が、金峯山に千日の間籠って修行した際に感得《つ》したといわれる蔵王権現《ざおうごんげん》である。

蔵王権現の像は頭髪が逆立ち、目は吊り上がり、口を大きく開いて忿怒《ふんぬ》の相を表している。さらに火焔《かえん》を背負って右足を高く上げ虚空を踏むという異形の姿だ。

御岳詣でを行うには役行者にならい少なくとも三七日《みなぬか》（二十一日）、多ければ千日の精進潔斎《しょうじんけっさい》をしなければならないとされていた。さらにその間は毎日、夜明けに金峯山の方角に向かって百度の礼拝をするのである。安逸な暮らしに慣れた貴族にとって粗衣粗食、禁欲に耐え、さらに荒行めいた礼拝まで行うのは難事だった。

だが、道長は八月に詣でるため、この年閏五月から室町の源高雅《たかまさ》の邸で百日の精進に入っていた。道長にはかつてない苦行である。それほどまでして御岳詣でをするのは、彰子の懐妊を祈願してのことだ、とまわりでは見ていた。だが伊周は、

「それだけではないはずだ」

と言い出したのである。

「左府があれほど御岳詣でをしようとするのは、敦康親王様を調伏《ちょうぶく》し、お命を縮め参らせるつもりがあるのだ」

伊周は思いつめた顔で言う。確かに、彰子の懐妊を祈るためというには御岳詣でには大げさに過ぎるように感ずる。

蔵王権現は魔障降伏《ましょうごうぶく》の相を示している。打ち鎮《しず》めたい魔や障害が道長にはあるらしい。だとすると、それは道長にとって最も邪魔な敦康親王といえようか。

伊周の憶測にも一理はある。

道長が御岳詣でをする八月が近づくにつれ、伊周は疑惑を募らせ、昔から中関白家に仕える平致光《たいらのむねみつ》の父致頼《むねより》に相談を持ちかけた。

この当時、武士は貴族を襲うことにさほどのためらいを感じることはなかった。かつて源頼信《よりのぶ》は仕えていた藤原道兼《みちかね》を関白にするため、伊周たちの父道隆《みちたか》の暗殺を企てたことがある。これを知った頼信の兄頼光《よりみつ》が、

「そのようなことをしても、仕えている主人がまた誰かに殺されるだけのことだ」

と強く押し止《とど》めたため、ようやく思いとどまったという。

致頼は長徳四年（九九八）、平維衡《これひら》と伊勢《いせ》で合戦を繰り広げ、朝廷に咎《とが》められたが、非を認めず、過状（詫び状）も出さなかった。このため隠岐《おき》に流罪となったが、二年後の長保三年（一〇〇一）にようやく許され、京へ戻った。

それだけに朝廷一の権力者道長に対して不満を抱いていた。致頼は源満仲《みつなか》、頼光らとともに〈天下之一物〉と称《たた》えられる勇猛な武将だけに、伊周が道長暗殺の話を持ちかけると、

「それは面白きことでござる」

と乗り気になったのである。

伊周から道長暗殺の企《たくら》みを聞いた隆家は、

（これは止めても無駄だ）

と思い、伊周と致頼、致光に同行することにした。

八月二日のことである。

この日、道長は丑《うし》の刻（午前二時）に高雅の邸を出発して、賀茂《かも》川から船で下り、奈良で一泊した後、吉野へ向かった。

金峯山寺に奉納するため、法華経《ほけきょう》、阿弥陀経《あみだきょう》、弥勒経《みろくきょう》、般若心経《はんにゃしんぎょう》を金泥で書写しており、これらを入れた経筒を大事に携えていた。

九日には山の麓《ふもと》に着き、雨の中を山頂目指して登り始めた。道長は輿《こし》に乗ったが、供の者たちは徒《かち》でぬかるむ山道に難渋した。

三十人の兵を率いた致頼と伊周、隆家は山の中腹にある宝塔院で待ち伏せていた。

黒々とした雲が山頂を覆い、雨が降りしきる。時おり、狼《おおかみ》の遠吠《とおぼ》えが聞こえた。紀伊半島の熊野《くまの》から吉野にいたる長大な山系は大峰山《おおみねさん》と呼ばれ、修験道《しゅげんどう》の修行の場だが狼が生息していた。やがて、致光が山道を駆けあがってきて、

「左府の行列は間もなく近づいて参りますぞ」

と告げた。すでに頭に白髪を置いているが、六尺を超す屈強な体つきで眼光の鋭い致頼が、

「行列の供はどれほどだ」

と訊くと、致光は即座に答えた。

「およそ、七十人ほどかと」

「そうか。ならば、わが手勢で左府を討ち取るのはたやすいな」

致頼はこともなげに言う。道長の供の人数が自らが率いる兵の倍だと聞いても恐れる気配はなかった。伊周は興奮した面持ちで、

「よし、きょうこそ、積年の恨みを晴らしてやるぞ」

と口走った。

隆家は首をかしげて、狼の遠吠えに耳をすましていたが、不意に、

「兄上、左府を討つのはたやすかろうが、それがわかっただけで、もうよいのではないか。この山は神域ゆえ、争い事を持ちこんでは畏《おそ》れ多かろう」

と口にした。伊周は驚いて振り向いた。

「隆家、何をいまさら言い出すのだ。そなたらしくもない」

致頼も大柄な体を身じろぎさせた。

「隆家様ともあろう御方が臆《おく》されましたか」

「黙れ。わしに考えあってのことだ」

隆家は致頼を一喝してから、伊周に向かい、

「左府が敦康親王様を呪詛《じゅそ》するのを妨げればよいのでござろう。わしにおまかせあ

れ」

と言うと、致光に「ついて参れ」と命じてそのまましゃ降りの中、山道を駆け下りていった。伊周は呆然《ぼうぜん》として見送るばかりだった。

道長の行列がゆっくりと上がってきた。輿の中で道長は蒸し暑さと息苦しさに閉口して、簾を上げさせた。雨はすでに小降りになっており、輿の中までは降り込まない。

「やれやれ。御岳詣でとはこれほどの難行苦行だったとはのう」

道長は思わずつぶやいた。精進したため豊かだった頬がこけ、目の下にもくまができている。これほどの思いをして金峯山寺に詣でるのは、彰子の懐妊、皇子誕生と邪魔になる敦康親王の調伏という悲願を果たすためだった。

（わしがこれほどの苦労をいたすのや。願いが聞き届けられぬわけがない）

道長はそう信じているが、亡くなった定子のことを思うと少し不安を覚えるのも無理からぬものがある。道長のために苦しんだ定子の怨霊が彰子の前途に暗雲を投げかけているような気がして、いても立ってもいられなくなる。

彰子には定子のような生涯をたどらせたくないという思いから、道長は御岳詣で

を思い立ったのだ。道長があれこれ物思いにふけっていると、供の者が輿の傍に来て、

「左大臣様、前方に怪しげなる方がおられます」

と困惑した声で告げた。

「怪しい奴《やつ》とは、何者じゃ」

道長が面倒臭そうに訊くと、供の者は声をひそめた。

「それが権中納言藤原隆家様にございます」

「なんだと――」

道長は輿から身を乗り出した。すると山道の脇に烏帽子《えぼし》、狩衣《かりぎぬ》姿で腰に黄金造りの太刀を佩《は》いた隆家が立っているのが見えた。傍らに武士が控え、その足元に茶色い獣《けもの》が横たわっている。

「御岳詣でに供奉されるためお見えになったのでしょうか」

供の者は前方の隆家に目を遣《や》った。道長はあわてて言った。

「さようなことを隆家がするわけがない。あの男は名うての乱暴者で何をしでかすかわからん。決して声をかけるでない。知らぬ顔をして通り過ぎよ」

道長の言いつけはすぐに先駆けの者に伝えられた。供の者たちは皆怯えたように

目を伏せ、息を凝らして隆家の前を通り過ぎた。道長は簾を下ろし、素知らぬ顔で前を向いたままだ。輿がすぐ傍まで近づいた時、隆家はにこりと笑い、振り向いて致光に声をかけた。

「用意いたしたものを投げよ」

致光は足元の獣をかつぎあげると、道長の輿の上に向かって放り投げた。供の者たちは恐れをなして立ち止まる。

致光が投げたのは狼の死体だった。先ほど、隆家は狼を餌《えさ》でおびき出して仕留めていたのだ。輿の上で音がしたのに驚いた道長が簾をかき上げた瞬間、隆家は跳躍して刀を振るった。ばさり、と音がして狼の首と胴が両断され、道長の輿に血を降り注ぎながら地面に落ちていった。

道長は、ひいっ、と悲鳴のような声を洩らした。簾を上げた時、血しぶきが道長の顔に飛び散った気がしてあわててぬぐうと手が赤く染まった。

「ああ、これではせっかくの精進が無駄になる」

道長が手を見て恨めしげに嘆息した時には隆家と致光は姿を消していた。

道長は間もなく宝塔院に着いたが、伊周と致頼は輿が血に汚されているのを見ると、襲わずに引き揚げた。いかに道長が精進潔斎して詣でようが、不浄の血を浴びてしまっては蔵王権現の霊験《れいげん》を得られることはない、と考えたからである。

伊周と隆家が道長の暗殺を企てたという噂は間もなく都に広がった。朝廷では、十三日に道長の安否を確かめるため頭中将《とうのちゅうじょう》源頼定《よりさだ》を勅使として派遣した。だが、ひとびとの心配をよそに道長は京に戻ってきた。

ひどく不機嫌な様子だったが、山道で隆家に不埒《ふらち》な振舞いを働かれたことは口にしなかった。

道長はあの後、何事もなかったかのように山頂の金峯山寺に詣でた。法要を行い、経筒を埋め、金銅の灯籠《とうろう》を立てて帰ってきたのである。だが、詣でる途中で狼の血に汚されていただけに、御利益《ごりやく》があるとは、とても思えなかった。

「わしの願いは到底かなわぬであろうな」

道長は妻の倫子《りんし》に洩らして、ひそかに嘆いた。ところが、道長には強運があった。敦康親王に祟りの兆候は表れなかったものの、彰子は間もなく懐妊したのである。

翌寛弘五年九月、彰子は出産のため土御門《つちみかど》の里邸にいた。十日の夜がほのぼのと明け初《そ》めるころに、御座所に白木の御帳台《みちょうだい》が設《しつら》えられた。

道長始め、女房たちがあわただしく動いて御帳台に垂絹《たれぎぬ》を掛けたり、次々と寝具類を持ち運んだりした。

女房たちの中に藤原為時の娘である女もいた。女は道長に物語を書く才を認められ、三年前の寛弘二年から彰子に仕えている。

女房勤めの傍ら、光源氏の物語を書き続け、彰子や一条天皇に献じてきた。女の書く『源氏物語』は宮中のひとびとから人気を博した。

一条天皇は史書に詳しい女をたわむれに〈日本紀の局《にほんぎのつぼね》〉と呼んだ。彰子づきの女房たちの間では、女の父親が長く式部丞を務めたことから藤式部《とうのしきぶ》、あるいは源氏物語の登場人物にあやかって、

――紫《むらさき》式部
と呼ばれている。

御帳台の東面の間には紫式部始め、主上《しゅじょう》付きの女房たちが次々に伺候《しこう》した。

西面の間では、几帳《きちょう》を立て、修験者たちが祈禱《きとう》の声をあげ、南面の間では僧正や僧都《そうず》たちが並んで読経し、安産を祈願した。女房たちは、襖障子《ふすま》と御帳台との間に四十人余り詰め、ひしめいて身動きできないことから、のぼせる者もいた。

十一日の明け方には道長も訪れて、僧たちとともに読経する声が響き渡ると、感極まった女房たちは皆涙を堪《こら》えることができなかった。

詰めているのは、大納言の君、宮の内侍《ないし》、弁の内侍、中務《なかつかさ》の君、大輔《たいふ》の命婦《みょうぶ》など長年彰子に仕えてきた女房たちばかりで、いかにも気がかりそうに心配している様子だった。

やがて昼過ぎに無事、皇子が生まれると、広い邸のあちこちで読経の声が高まり、喜びの声が湧いた。日頃、美しく化粧が行き届いている女房たちも泣き腫《は》らして、涙で化粧がくずれた顔を見合わせて笑った。

紫式部もまた興奮の中にいたが、ふと、

(ここにいるひとたちは誰も定子皇后のことなど思い出しもしないのだ)

と思うと心がひえる気がした。皆が喜んでいるのは仕える主人が皇子誕生によって、さらに栄えることが約束されたからだ。自分たちにとっても得になることだから心から喜べるのではないだろうか。

そんな思いは、出産を遂げた彰子が内裏へ還御するころにまた浮かんできた。

彰子は、還御する際、「『源氏物語』を冊子にいたしたものを帝にお見せしたい」と言い出した。このため女房たちは手分けして大わらわで冊子を作らねばならなかった。

夜が明けるとすぐに伺候して、色とりどりの紙を選びととのえ、それに物語の元本を添えて、あちこちに清書を依頼する手紙を書いて送った。その一方で、清書された物語を綴《と》じ合わせて製本するのだ。

紫式部も上等の薄様《うすよう》の紙や筆、墨、硯《すずり》などを与えられて清書に励んだ。そんなおり、不意に清少納言を思い出すことがあった。

紫式部は清少納言が好きではなかった。

――清少納言こそ、したり顔にいみじう侍《はべ》りける人。さばかりさかしだち真名書きちらして侍るほどもいとたらぬこと多かり

清少納言は漢籍の知識をしたり顔でひけらかすが、たいしたことはない、と日記にも痛烈に悪口を書いた。だが、定子の没後、里に帰った清少納言が記した『枕草子《まくらのそうし》』はひとびとの評判になり、読み継がれている。

それには、清少納言の機知と観察眼がきらめく文章が記されているが、加えて伊周、隆家も登場して中関白家の栄華が描かれ、何より定子が理想の女人として称えられているのだ。

『枕草子』は、定子の在《あ》りし日の姿を世に遺そうと清少納言が世に問うた書なのかもしれない。一方で、彰子が皇子を産んで誇らかに還御する際に美しく製本されようとしている『源氏物語』は、彰子の勝利を寿《ことほ》ぐ凱歌《がいか》の書であるとも言えようか。

「しかし、わたしが清少納言に勝ったわけではない」

紫式部は冷静に胸の内でつぶやいた。

『枕草子』は定子への思いに貫かれた親愛の書だが、『源氏物語』の主人公光源氏は、義母藤壺と密通しさらに女人の愛を求めて彷徨《さまよ》い、政治的に失脚して失意を味わう。

政界に返り咲き栄華を極めるものの、藤壺との間に生まれた子が帝になるという罪の重さに人知れず懊悩《おうのう》を深める。

言わば、不信と裏切り、愛欲に満ちた光源氏の生涯が描かれ、同時に主人公に振りまわされる女たちを描いた物語でもある。どのように華やかに見えようとも、『源氏物語』の底に流れるのは女たちの悲しみの声だ。

そんなことを考えていると、我にもあらず、気がふさぎ込み思いが乱れる。長年、所在無いままに物思いし、花の色を楽しみ鳥のさえずりに耳を傾けたりしてきたが、いまは季節が移るたびに変わる空や月の光、霜や雪を見ても、季節の訪れを知る程度で、わが身はどうなるのだろうかという不安に苛《さいな》まれている。行く末の心細さはいかばかりかわかりはしない。

紫式部は美しく製本された『源氏物語』を手に取って眺めた。

かつてのように面白く読むことができない。それがなぜなのかはわかっていた。

この年七月に彰子が土御門の里邸に戻っていたころのある夜、紫式部が寝ていた渡殿の戸をほとほとと叩く者があった。

道長だとわかっていたが、開けなかった。翌朝、道長から戸を開けなかったことを恨む歌が届き、その後忍んできた道長を紫式部は拒めなかった。夫の藤原宣孝《のぶたか》はすでに亡くなっている。権力者の道長に抗《あらが》うことなど許されるものではない。

道長は現世で光源氏のような栄華の中にいる。だが、その心映えは光源氏のように美しさを持っていない。そのことを紫式部は口惜しく残念に思った。

だからこそ書き綴《つづ》った『源氏物語』は、せめて光源氏のやさしさに心を癒《いや》されたいと願う紫式部の夢物語でもあった。

（そんな殿方はいるのだろうか。いや、いて欲しいものだけれど）

伊周の美しさと優しさ、そして隆家の毅然《きぜん》とした強さを兼ね備えた男こそが光源氏そのひとではないか。中関白家の物語を書くことができるのであれば、描きたいと思うのは、隆家の清々《すがすが》しい生き方の他《ほか》にない。

『源氏物語』には、〈桐壺《きりつぼ》〉、〈空蟬〉、〈若菜《わかな》〉などの章があるが、もうひとつだけ、未《いま》だに書いていない章がある。できるならば隆家のことを書きたいと思って想を練

っているところだ。それは、

——輝く日の宮

の章である。

紫式部はため息とともに『源氏物語』を置いた。

彰子に皇子が生まれたからには、道長の繁栄はこれからも続くに違いない。中関白家を書くことは許されないのだ、とわかっていた。

紫式部が彰子のもとを辞したのは、三年後の寛弘八年のことである。

同じ年、海をへだてた大陸の沿海州、女真族《じょしん》の地でひとりの少年が母のもとから巣立とうとしていた。

「どうしても行くのですか」

布で作られた女真の衣服を着た母は少年に言った。

女真族の住居は、塚状の穴居式《けっきょ》で梯子《はしご》を使って家の中に下りる。少年は犬の皮で作られた衣服を着て家の前に立ち、母親と向かい合っていた。

手に弓を持ち、背に矢筒を負っている。女真族の弓は三尺ほどの長さで鏃《やじり》は石を使う。鏃には毒を塗っており、刺さった者は助からない。

「女真は国を持たない。他の国を攻め取り、財宝とひとを得て国を立てるしかない」

少年はきっぱりと言った。

「戦《いくさ》をして国を奪えば、ひとの怨《うら》みを買いますよ」

母親が諭すと、少年はむきになって言い返した。

「そんな風だから、いままで女真は荒れ地に豚と犬を飼って暮らしてきたのです。しかし、このままでは駄目だとわたしは思う。女真にかつての渤海国の華やぎをもたらしたいのです」

母親は眉をひそめた。

「烏烈《うり》がそのようなことを教えたのですね」

「そうです。烏烈はわたしに弓と国を立てる希望を教えてくれました。烏烈はいま部族をまとめ、わたしを長《おさ》にすると言っています。わたしが行けば部族はまとまり、戦に向かえるのです」

「烏烈が望んでいるのは、国を立てることではありません。ひとりの男を殺したいだけです」

一陣の風が吹きつけ、荒野に土煙があがった。すでに日が傾き始めている。

少年は勢い込んでうなずいた。

「烏烈が殺したいと思っている男とは、海の向こうの国にいるという、わたしの父親ですか」

母親、瑠璃《るり》は静かにうなずいた。瑠璃は日本から女真の地に戻ると男児を産んで、

――烏雅《うや》
と名づけた。烏雅はこの年、十四歳である。色白で小柄だが、敏捷《びんしょう》で弓矢や馬術では部族の大人たちをしのぐ腕前だった。

性格も豪胆で、すでに部族同士の争いに出ては周囲を驚かす手柄を立てていた。

部族のひとびとは烏雅が異国の貴族の血を引くということに神秘を感じ、

「烏雅は破軍《はぐん》の星のもとに生まれた」

という烏烈の言葉を信じていた。

「あなたは、烏烈とともに父親を殺すつもりですか」

瑠璃は哀《かな》しげに訊いた。烏雅は頭《かぶり》を振った。

「わかりません。しかし、あの強い烏烈が、父には負けたそうです。それほど強い父にならば会って腕を競ってみたいのです」

烏雅が戦に出たいと願うのは、本当のわけは父に会いたいという思いなのかもし

れない。

「では、どうあっても行くのですね」

「はい。何年かかるかわかりませんが、いつか海を越えて父に会います。ですが、もし父がわたしの思っているような勇者でなかったとしたら、わたしの弓で射殺すかもしれません」

真剣な表情で烏雅は瑠璃に告げた。瑠璃は微笑んだ。

「その前に父の矢があなたの胸を射抜いていることでしょう。自分の前に立ちはだかる敵には容赦しない方ですから」

「まことですか」

瑠璃の言葉に烏雅の顔は輝いた。それほどの剛の者が父だとすれば、どうしても会ってみたいと思ったのだ。

その時、馬蹄《ばてい》の音が響いてきた。烏雅はさっと振り向いた。夕日に赤く染まった荒野を二頭の馬が土煙をあげて疾駆してくる。

騎上のふたりが烏雅たちと対立している部族の者だということはすぐに見て取れた。烏雅は走って家の前につないでいた馬に飛び乗った。

「先日の争いでわたしにやられた奴らです。仕返しに来たのでしょう」

烏雅は馬の手綱を取りながら、

「隠れていてください。すぐに仕留めます」

と母親に言い置き、馬をあおって二頭の騎馬に向かって走らせた。瑠璃は隠れようとはせず、じっと立ちつくして烏雅の後ろ姿を見つめた。

二頭の馬に乗った男たちは、烏雅が迫ってくるのを見て弓に矢をつがえた。騎射に手慣れているだけに馬上での姿勢も崩れない。右の男が先に矢を放ち、左の男がひと呼吸ずらして射た。

烏雅は弓を構えながら、疾駆する馬上で大きく体を傾けた。右側に伏せて馬首に隠れて矢を放ち、すぐさま左側に体を伏せる。相手が射た矢を避けると同時に、ふたりの男に向かって、矢継ぎ早に矢を射ていた。

烏雅の馬が二頭の間を駆け抜けた時、ふたりの男がどっと落馬した。胸板に矢が突き立って地面に転がっている。

烏雅は手綱を取って馬の興奮を静めながら弓を頭上に大きく掲げ、瑠璃に向かって振って見せた。白い歯を見せて笑っている。その姿は、かつて瑠璃が見た隆家の姿そのままだった。

三

寛弘《かんこう》八年（一〇一一）六月――

前年より病床についていた一条天皇は、東宮の居貞親王《いやさだ》に譲位し、三条天皇《さんじょう》が即位した。

三条天皇は一条天皇の従兄《いとこ》で四歳上の三十六歳。遅すぎる即位だった。その容貌《ようぼう》は左大臣道長の父であり、三条天皇にとっては外祖父にあたる藤原兼家によく似ていると言われていた。

即位後の十一月、大嘗祭《だいじょうさい》が行われたが、この時、朝廷のひとびとの関心は、藤原隆家が出てくるであろうか、ということにあった。

大嘗祭の儀式は早朝から夜を徹して厳かに行われる。その後に節会《せちえ》という参列の臣下を交えた祝賀の儀式がある。節会は、大饗《おおあえ》とも言われ、新天皇が臣下に酒食を振る舞い、祝いの舞や歌が披露される。この席に朝臣《あそみ》はこぞって出席するが、隆家が出てくるかどうかひとびとは危ぶんだ。

前年の正月、隆家の兄伊周《これちか》は病でこの世を去っていた。寛弘六年に彰子《しょうし》中宮と敦《あつ》成親《ひら》王に対する呪詛《じゅそ》事件が発覚した際、伊周は共謀の疑いをかけられ、朝参を停止された。その後、朝参は許されたが、失意の中で亡くなった。享年三十七歳。

さらに一条天皇も退位後、半月もたたない六月二十二日に崩御した。隆家は一条天皇が退位するにあたって、定子が産んだ敦康親王を三条天皇の東宮（皇太子）として指名することを願っていた。それが亡き定子や伊周の望みだったからだ。だが、病床にあった一条天皇は、伺候した隆家に、

「それはかなわぬようだ」

とため息まじりに言った。一条天皇にしても第一皇子の敦康親王を三条天皇の東宮として、いずれ帝位につかせたいとの思《おぼ》し召《め》しであったが、道長が承知しないことは目に見えていた。

道長の反対を押し切って敦康親王を東宮に立てたりすれば、道長は嫌がらせを繰り返すに違いない。一条天皇が没すれば、里方の力が弱い敦康親王は追い詰められ、不幸な境遇になるのは明らかだった。

一条天皇が東宮として指名したのは、道長の娘彰子が産んだ敦成親王だった。敦康親王が東宮に指名されないことを知った隆家が、

「なんというふがいない人非人《にんぴにん》か」

と謗ったと噂になった。天皇に対して「人非人」とはあまりに畏れを知らない暴言であると囁《ささや》かれたが、無論、隆家が罵《ののし》ったのは一条天皇ではなく、道長であることは誰もが知っていた。

敦康親王が東宮となる望みを断たれたことで、中関白家がかつての栄華を取り戻す願いは砕かれた。定子、伊周亡き後、中関白家の誇りを守って生きている隆家は、傷心のあまり大嘗祭にも姿を見せないのではないか、と朝廷のひとびとは思ったのである。

ところが、道長始め朝臣が居並ぶ前に姿を見せた隆家は、けざやかな掻練襲《かいねりがさね》を着ていた。〈掻練〉は練った絹であり、掻練襲は表裏とも砧《きぬた》で打って光沢を出した紅綾《あや》の下襲《したがさね》である。

通常、節会や行幸《ぎょうこう》に供奉《ぐぶ》する際に掻練襲は用いないことになっているし、冬から春にかけての色目である。だが、隆家はあえて用い、しかも、その下に青の単衣《ひとえ》を着ていた。このため秋に用いることが多い、表は紅、裏は青の〈紅葉襲《もみじがさね》〉のように見えた。さらに袴《はかま》は竜胆《りんどう》の二重《ふたえ》織物という目もさめるような盛装である。

隆家はこの年、三十三歳。匂い立つような華やかな姿だった。その様子を御簾《みす》の陰から見た三条天皇はにこやかにうなずいた。

実は、三条天皇は道長とそりが合わず、即位して早々、軋轢《あつれき》が生じていた。しかし、いまの朝廷で道長に追従しない者は数少ない。隆家の傍若無人な気骨が三条天皇には頼もしく思えたのである。

一方で道長は隆家の姿を苦々しく見つめていた。

（隆家め、伊周が死んだ後も、気力を失っておらぬな。いずれ帝《みかど》に味方してわしに歯向かうのではないか）

道長と三条天皇の反目は立后問題にあった。東宮として過ごした時期が長かった三条天皇には道長の二女妍子《けんし》始め、妻と呼ぶべき女人が数人いた。

中でも寵愛《ちょうあい》が深かったのは、故大納言《だいなごん》藤原済時《なりとき》の娘娍子《せいし》だった。だが、権勢を誇る道長を父に持つ妍子と十六年前に父済時が亡くなっている娍子では、その勢力に大きなへだたりがあった。すでに妍子が中宮となることは決まっている。しかし、三条天皇は娍子もまた皇后に立てたいと思っていた。

道長自身がかつて彰子のために強引に行った、

――二后並立

である。道長は自らがかつて行ったことだけに、表向きこれを了承していたが、腹の底では不満に思っていた。その態度がしばしば垣間《かいま》見られるだけに、三条天皇もまた道長への反発を強めていたのだ。

道長にしてみれば、朝廷の百官、ことごとく自分になびくと思っていたところ、ただひとり毅然《きぜん》としてへつらおうとしない隆家だけが目ざわりだった。

(あ奴《やつ》をどうしたものか)

道長は、艶《あで》やかに、光り輝くような隆家の姿を眺めながら考えるのだった。

翌寛弘九年二月、妍子は中宮に立った。これに遅れて二カ月後の四月、娍子が皇后に立てられることになった。定子と彰子の時のように一帝に二后が立つのである。中宮に立って後、東三条の里邸に下がっていた妍子が参内する日取りを、道長は四月二十七日とした。

この日は娍子の立后の日と定められていた。明らかに道長の嫌がらせである。

朝臣たちは妍子の参内の供をするために東三条邸に馳《は》せ参じ、娍子の立后の儀式には出ようとしなかった。これによって本来は大臣が主宰する儀式は、道長にかつて媚《こ》びたことがない硬骨の公卿《くぎょう》として知られる藤原実資《さねすけ》が行うよう命じられた。実資は公卿たちを呼び戻そうと使いの者を東三条邸に出した。ところが東三条邸に集まった公卿たちは使者の口上を聞いて嘲笑《ちょうしょう》するだけで動こうとはしなかった。

結局、立后の儀式はわずかな公卿の出席だけで行われることになったが、その時、敢然と姿を見せたのは隆家だった。ことの外、さびしい立后の儀式になっただけに、隆家が出たことは三条天皇を喜ばせた。

「隆家、頼みに思っておるぞ」

三条天皇の言葉は実資を通じて伝えられたが、隆家は微笑しただけで、何も言わなかった。三条天皇の即位と敦成親王の東宮決定によって、中関白家復権の望みを断たれた隆家は、三条天皇に対して何の思い入れもなかった。ただ、道長の横暴が腹にすえかねて立后式に出ただけのことである。しかし、三条天皇は隆家に期待するところが大きかったらしく、従二位中納言、按察使《あぜち》だった隆家を皇后宮大夫《こうごうぐうのだいぶ》に任じた。

隆家は苦笑しつつこれを受けたが、翌長和《ちょうわ》二年（一〇一三）二月になって、目の病を理由に皇后宮大夫を辞した。

道長に抗してはいるが、道長と反目する三条天皇につくわけでもない隆家が何を考えているのか、宮中のひとびとには謎めいて見えた。

この年の八月、道長は土御門《つちみかど》邸で開いた酒宴に隆家を招いた。最初、隆家は応じようとしなかったが、何度も使者を送ると、ようやく重い腰をあげて土御門邸にやってきた。

すでに宴はたけなわで、公卿たちは酔い痴《し》れて衣の紐《ひも》も解き、しどけない様子で酒を酌み交わしていた。ところが隆家が広間に入ってくるなり、あわてて居住まいを正すのだ。その様子を見た道長は眉をひそめた。

(なんということだ。皆、隆家の威を恐れておるやに見える)

道長は声を大きくして、

「早くお召し物の紐を解きなされ。そのように堅苦しくしていては、せっかくの興が醒《さ》めてしまいますぞ」

と隆家に呼びかけた。しかし、隆家は冷然と座ったままで姿勢を崩そうともしない。皇后宮大夫を辞めるにあたっては、目の病を称していたが、病んでいるようには見えない澄んだ目をしている。

まわりの弛緩《しかん》した空気が隆家の気合によって撥《は》ね除《の》けられたかのようにぴりりと引き締まった。場のなりゆきに反発したのか、酔った公卿のひとりが、

「どれ、わたしが紐をお解きいたしましょう」

とふらふらと隆家の傍《そば》に寄り、衣の紐に手をかけようとした。すると、隆家はその手を払いのけ、

「この隆家はそなたのような酔いどれに、かような真似《まね》をされる身ではない」

と荒々しく言い放った。手を払われた公卿ははずみで尻餅《しりもち》をつき、怯《おび》えた表情になった。一座の公卿たちは青ざめて凍りついた。

道長の酒宴でこれほど傍若無人に振る舞ってはただではすまないだろう、とその場に居合わせた者は皆思った。自分たちもとばっちりを受けては大変だと思っているのがありありと顔に浮かんでいる。

座がしんと静まり返った時、道長の甲高い笑い声が響いた。

「まあまあ、そのような冗談はなしにいたそうではないか。さあ、その紐はわたしが解きましょうぞ」

呂律《ろれつ》の回らぬ物言いをして道長は酔った足取りで隆家に近づき、胡坐《あぐら》をかいて手を伸ばした。宮中第一の権力者である道長が手ずから紐を解こうというのである。

隆家は苦笑した。

「なるほど、かようにまでしてもらってはやむを得ませんな」

道長が紐を解くのにまかせ、自らは目の前の盃《さかずき》を取って口に運んだ。道長の様子は主人に仕える家僕のようだ。

しかし、そんなことは気にした素振りも見せず、道長は隆家の耳に口を寄せて、

「かつてそなたが出雲に流されたのは、わたしが奏請したのだと世間では噂しておりますが、それは違いますぞ。すべては帝の思し召しだったのじゃ。このこと、神仏にかけて嘘偽《うそ》りはございません」

と囁《ささや》いた。道長は隆家を屈服させるのを諦《あきら》め、その心を得ようというつもりらしい。隆家はじろりと道長を見たが、何も言わなかった。ただ、再び盃を口に運んだ時、

「兄上もかようなひとに振りまわされ、お気の毒であった」

とつぶやいた。せっかく甘言を弄《ろう》したのに効き目が無かったと知った道長は、鼻白んだ顔をするばかりだった。すると、隆家は道長に顔を向けて、囁き返した。

「実は、わたしは鎮西《ちんぜい》の大宰府《だざいふ》に参りたいのです」

道長は目を瞠《みは》った。

「大宰権帥《だざいのごんのそち》になりたいと言われるのか？　なにゆえまた急にそんなことを思い立たれた」

道長は声をひそめて訊いた。大宰権帥は収入も多く、なることを希望する者が多い官職である。だが、隆家がいまさら富のために大宰府に赴くとは思えない。

「眼病の薬を得るためです。大宰府には宋《そう》人の腕のいい医者がおるそうです」

「さて――」

道長は疑わしげに隆家のきらきらとよく光る目を見た。とても眼病には見えないと思って黙っていると、隆家は白い歯を見せて笑った。

「叔父上は長徳《ちょうとく》三年に大宰府から飛駅《ひえき》が来たことを覚えておいでか」

長徳三年（九九七）と言えば、隆家と伊周が流罪を許され、京に戻った年である。確かにあの年、〈南蛮〉が九州を襲い、ひとびとを捕虜としたという報《しら》せが大宰府から入った。

〈南蛮〉と呼ばれたのは奄美《あまみ》の海賊であり、壱岐《いき》、対馬《つしま》から筑前《ちくぜん》、筑後《ちくご》、薩摩《さつま》まで九州各地を荒らして男女三百人を連れ去ったのだ。

「覚えておる。あのころ、高麗が兵船五百隻を出して日本に向かっているという噂もあったな」

道長は酔いが醒めた顔で答えた。

当時、この国を外敵が襲ってくるということはありえた。その時にはどうしたらよいものか、と考えたことも思い出した。

隆家はうなずいた。

「わたしのもとに、異国の者が大挙して九州を襲うかもしれぬと申してきた者がおります。その話がまことならば、わたしが自ら迎え討ちたいと思ったのです。都でちまちまと争い事をしているのはわたしの性に合いません。強い敵と弓矢を持って命がけの戦いがしてみたいのです」

隆家は鋭い目で道長を見つめた。

「そうか――」

道長はごくりと唾《つば》を飲み込んだ。

隆家は幼少のころから、

「どこかに強い敵はおらぬか」

と言うのが口癖だったのは道長も聞いていた。花山院《かざんいん》と熾烈《しれつ》な争いをすることになったのも、ひとつには隆家の並はずれた闘争心のためだったのではないか。

その隆家が外敵に備えるため九州に赴きたいのであれば、道長としては思わぬ厄介払いができるというものだ。たったいま、騒動を避けたいがため、隆家の紐を自分の手で解くという屈辱的なことをしたばかりだけに、物怪《もっけ》の幸いというものだ。

隆家が京にいなければ、その間に三条天皇を抑え込んで、外孫の敦成親王に譲位させることができる。そうなれば、念願の摂政《せっしょう》、さらには太政大臣となることができるのだ。しかし、どうも話がうまくできすぎているような気がして道長は不安を覚えた。

なにより気がかりなのは、隆家が言うように外敵が襲来するという事態になった時の対応策だ。

これまで、朝廷で権勢の座に昇ることだけに腐心してきた道長には、そのような異常事態に対処する心構えはなかった。もし、外敵が攻めてきて、京にまで押し寄せることになったらどうすればよいものか。

（まさか、そんなことが起きるはずがない）

道長はあわてて頭を振って不吉な妄想をはらった。外敵が襲ってくるなど考えたくもない。災害や不運に見舞われないよう願うのと同様に、そんなことは起きないでくれと胸の中で強く念じるだけだった。

心を落ち着けてから、隆家を見つめ返して、

「異国の者が襲ってくるというのは浮説に過ぎぬとわしは思う。さようなことは決してないであろうが、大納言殿が大宰府に赴かれるのはよいことではあるまいか」

と道長は微笑を浮かべて口にした。

「ならば、お許しいただけまするか」

隆家は口辺に笑みを浮かべた。

「大宰大弐《だいに》の平親信《たいらのちかのぶ》が来年には辞めたいと申してきておる。その後任ということでどうであろうか」

ゆったりとした表情で道長が応えると、隆家は軽く頭を下げて、

「ならば、さようにお取り計らい願います」

と言い残して、すっと立ち上がった。道長が解いたはずの紐は、いつの間にかしっかりと結ばれていた。

隆家はそのまま辞して車に乗り、土御門邸から出ていった。隆家が去った宴席は何とはなしに大きな存在に去られてしまったかのような空虚感が漂った。道長は手を叩いて、

「いかがいたしたのだ。皆々、湿っぽくなっては困るぞ」

と声をかけ、ひときわ大きな笑い声をあげた。すると他の公卿たちも口々に冗談を言い合い、にぎわしさが戻ってきた。

道長は座に戻って、盃を口に運びながら胸の中でつぶやいた。

(そうか、隆家め、大宰権帥になりたいがゆえに、今宵《こよい》、わしのもとに来おったのか)

そうとわかっておれば、もっと横柄《おうへい》な態度で接してやったものを、と口惜しかっ

た。それにしても隆家が言った異国の敵とは、とまたぞろ考え始めて、急いでその考えを打ち消した。

そんな心配はこの道長がせずともよいことだ、と無理やり不安を押し込めるうちに、和歌が口をついて出た。


此の世をば我世とぞ思ふ望月の欠けたることもなしと思へば

これを聞いた公卿たちが、やんやと拍手喝采《はくしゅかっさい》した。そうだ、隆家が京からいなくなれば、自分の権勢をさらに大きくすることができる。

満月のように欠けることのない力を握れるのだ。思うと同時にはっと思い至った。

(満ちた月はやがて欠けていく——)

だとすると、いま口ずさんだ歌は、権勢がやがて失われていくと予兆してしまったことになるのではないか。いや、それより、外敵の侵入によって、満ちている月が欠けさせられるのではないか、と不安はさらに広がっていくのだった。

隆家は間もなく三条の邸《やしき》に戻った。

寝殿の居室に燭台《しょくだい》が灯《とも》り、明かりの下で男が床に紙を広げて見入っている。頭巾《ずきん》をかぶり、袖の長い宋人の衣服を着た男だ。

「乙黒か――」

声をかけつつ隆家は男の傍に座った。

「久方ぶりだな。きょうは何用で参ったのだ。そなたが申し越した通り、わしを大宰権帥にするよう左大臣に頼んだぞ」

「それはよかった。ところで、わしは名を変えた。宋の医者恵情《えじょう》と呼ばれておる」

乙黒はむくりと顔をあげた。

「宋に行ったからといって、ひとが変わるものではあるまい。いま何と名のっていようが、わしにとってお前は乙黒であることに変わりはない」

「そうか。ならば、そう呼べばよい」

乙黒はにやりと笑うと、再びうつむいた。膝元に硯《すずり》を置いている。指に墨をつけ、紙の上をなでた。細い線がすーっと引かれる。

指がゆったり動くにつれ、くねくねと曲がった黒い線が紙の上に描かれた。ひと呼吸置いて乙黒は紙面の左下に、

――宋

と書いた。続いて紙の右半分に描かれた波打つ線の真ん中に、

――高麗

と記した。

「いま、女真は高麗の港を襲って財物やひとを奪っておる」

と言うと、さらに紙面の上の方に、

――契丹《きったん》

と書き加えた。乙黒が書いたのは、宋から高麗、さらに宋に迫る北方騎馬民族の国を示す地図だった。隆家は興味深げに目を光らせてのぞきこんだ。

「われらの祖、渤海国を亡《ほろ》ぼしたのは、この契丹だ。遼《りょう》という国名を称しているが、南下して燕雲《えんうん》十六州をすでに得ておる。さらに九年前には宋に侵攻した。宋はこれを恐れて和睦《わぼく》を求め、〈澶淵《せんえん》の盟〉を結んで契丹に毎年絹二十万匹、銀十万両を贈ることを約した」

乙黒の説明に隆家は皮肉な笑みを浮かべた。

「つまり、宋は契丹に屈したのだな」

「宋には財貨がある。金でもって、戦も、領土を割譲することもしなくてすむのなら安いと思ったのであろう」

「金で和平を買うか。この国でもやりそうなことだな」

「そうだ。だが、それを繰り返していれば、しだいに国は亡びていくことになる。金を得た契丹にしても、何もせずに年毎《としごと》に、富が転がり込んでくれば、しだいに武力は弱くなろう」

「ならば、女真は契丹を討つのか」

隆家はきらりと目を光らせた。

「わしはそうしたいと思っておる。渤海国を亡ぼした契丹を倒してこそ、われら女真の国を建てることができるのだからな」

「だが、女真、いや高麗では刀伊《とい》と呼ばれるそなたの一族は、わが国に攻め寄せてくるとお主は言ったではないか」

「契丹はまだ強い。契丹と戦うより、高麗からさらに南下して押し寄せる方が国を奪えるかもしれぬ」

乙黒はまた紙の上をなで、高麗という字を囲んだ波線の下にいびつな円を描き、その下に、

――九州
と書いた。乙黒の描く地図をじっと見つめていた隆家が口を開いた。

「しかし、高麗を攻め取った方が容易《たやす》いのではないか」

「渤海国はもともと高句麗《こうくり》の遺民が靺鞨《まっかつ》族に君臨してできた国であった。高句麗遺民は唐に学んで詩文に長じ、靺鞨族は狩猟で暮らしを立てたがゆえ、武勇に優れていた」

「ほう、そうなのか」

「渤海国滅亡後、渤海王族の末裔《まつえい》の中には高麗に仕えて契丹と戦った者も多い。わしの祖は高句麗遺民であったが高麗には行かず、靺鞨族に身を投じたのだ。それゆえ、港を襲い財物を奪うのはかまわぬが、高麗を攻め取ろうとは思わぬ」

いかめしい顔つきで言う乙黒に、隆家はくっ、くっと喉《のど》の奥で笑った。

「それで、わが国を狙ったのであろう。いささか勝手に過ぎるのではないか」

「戦などというものは、もとより勝手なものだ」

乙黒はおもむろに墨を指につけ、

――大宰府
と書いてにやりと笑った。

「お前が大宰府に行けば、いずれ瑠璃とお前の子である烏雅と戦うことになるが、その覚悟はあるのか」

と言いながら乙黒は酷薄な目を隆家に向けた。

「それが、天の定めならばやむを得まい。わしは目の前に立ちはだかる敵は、たとえわが子であっても討ち果たす」

隆家がきっぱり答えると、乙黒はわが意を得たりとでも言うようにうなずいた。

「よし。それでこそ、わしがわざわざ伝えに来た甲斐《かい》があったというものだ。大宰府へ行き、刀伊の襲来に備えよ」

「待て、その前に聞いておこう。刀伊が来ることをなぜわしに報せたのだ?」

隆家は乙黒を睨《にら》みつけた。

「言ったはずだ。女真は契丹を討つべきだとわしは思っているとな。だが、烏雅はわしの言うことを聞かぬ。それゆえ、烏雅にとって、最も手強《てごわ》い敵を用意したのだ。烏雅がお前に勝てるなら、この国を奪うことができるであろう。勝てなければ、女真が向かう先は契丹しかないと知ることになる」

「それを知る時にはわしの矢がその烏雅という若者の胸を射ておるかもしれぬぞ」

隆家はひややかに言った。

「そうとは限るまい。烏雅もお前と同じ破軍の星を持っているのだからな」

肩を揺らして哄笑《こうしょう》する乙黒に、

「そうか――」

ひと言言い置いて立ち上がり、隆家は部屋の隅に立ててある几帳《きちょう》に近づいた。几帳に隠すように黄金作りの太刀が置かれている。

隆家は几帳の陰で太刀の柄《つか》に手をかけると、振り向きざま跳躍して乙黒に斬りかかった。乙黒の顔を真っ二つに割ったと思った瞬間、太刀は空を斬った。

乙黒の姿はすでになく、床に残された紙が風になびいてふわりと浮きあがった。そのまま中庭まで漂っていって不意に炎を発して燃え上がった。

「隆家よ。九州で待っておるぞ」

乙黒の声が闇の彼方《かなた》から響いてきた。


隆家は翌長和三年十一月、大宰権帥に任じられたが、実際大宰府に出立したのは、さらに翌年の長和四年四月二十一日のことである。

隆家はこの日、参内して大宰府への赴任を奏上し、正二位に叙せられてから出発した。ちなみに、この時、大宰府で隆家の指揮下に入ることになったのは、かねてから中関白家に仕えていた平致光のほか、〈藤原純友《すみとも》の乱〉の際に活躍した大蔵春《おおくらのはる》実《ざね》の孫、

――大蔵種材《たねき》
〈平将門《まさかど》の乱〉で将門を討った平貞盛《さだもり》の弟繁盛《しげもり》の孫、
――平為賢《ためかた》
のほかに武芸者との名が高い、
――藤原蔵規《まさのり》
――藤原明範《あきのり》
ら不思議に武勇に長《た》けた者がそろっていた。隆家は馬で進みながら、騎馬で従う致光に声をかけた。
「九州は武勇の者が多いと聞くが、まことか」
「昔より、武者の多い地だと聞き及びます」
致光は笑顔で答えた。
「そうか。ならば、随分と役に立つ侍も多いであろう。楽しみなことよ」
「さりながら、さぞや荒馬の如《ごと》き者たちぞろいでございましょうゆえ、乗りこなすのは並大抵ではないと存じまする」
「なに、荒馬ぶりでは、わしも負けはせぬ」
隆家はからりと笑った。

このころ、京では三条天皇が眼病を患い、執務もできないほど病が重くなっていた。道長はこれにつけ込み、念願の外戚の座を手に入れるため、なりふり構わず東宮敦成親王への譲位を三条天皇に迫っていた。

隆家はそんな権力争いに明け暮れる京に留《とど》まるより、刀伊を迎え討つため、九州に赴くことの方がはるかに爽快《そうかい》だと思っていた。

四

このころ、契丹は高麗への侵攻を繰り返していた。

日本の寛弘七年（一〇一〇）、契丹の聖宗《せいそう》は四十万の大軍を率いて高麗に侵入した。このため高麗朝廷は一時、南方へ避難し、都を契丹に占領される事態になった。その後、高麗は必死に抗戦したため、契丹は退かざるを得なかったが、諦めることなく、たびたび数十万の兵を送って侵攻を繰り返していたのだ。

隆家が大宰府に赴いた長和四年にも契丹は高麗に攻め入り、北部を荒らしていた。そのころ契丹の防戦に追われる高麗の港に女真の船が現れた。財物を奪い、ひとを拉致《らち》し、朝鮮半島の東海岸を荒らすとともに鬱陵島《うつりょう》に上陸して壊滅的な被害を与えていた。

女真の船は長さ八尋《ひろ》（約十二メートル）から十二尋（約十八メートル）もあり、三、四十の櫂《かい》で漕《こ》ぎ、海上をすべるように速く進むことができた。一隻に五、六十人が乗り組み、陸に上っては百人が一隊となる。皆、楯《たて》を持ち、二、三十人が鉾《ほこ》や太刀をきらめかせて進み、これに弓矢を持った七、八十人が従うという戦法だった。

突如、押し寄せた女真の海賊は十から二十隊が上陸して家々を焼き討ちして暴れまわった。女真の放つ矢は楯を突き抜け、ひとをも貫いた。その動きは敏捷《びんしょう》で隼《はやぶさ》のように岸壁を上下し、狼《おおかみ》のように山野を跋渉《ばっしょう》した。

馬や牛を斬って食い、犬を屠《ほふ》り、さらに老人や子供を斬殺《ざんさつ》し、壮年の男女は農奴とするため拉致して船に監禁した。強壮な者は使役したが、不用になれば海に投げ捨てる残虐さだった。

その狂暴ぶりに高麗の民は震えあがり、

——刀伊が来た
との報せが入ると、家財道具を抱えて逃げ惑っていたのである。

財物を奪って引き揚げる船上から烏雅は港を眺めた。すでに十八歳になり、色白のととのった顔立ちは変わらないが、筋骨はたくましい青年の風貌《ふうぼう》を備えている。

舷側《げんそく》に立った烏雅の視線の先にある港では、まだ、家々から黒煙が立ち昇ってい
た。十数隻の船が烏雅の乗った船に続き、それぞれの船からは、さらわれた高麗の
民たちの悲痛な泣き声が聞こえてくる。

「かようなことをいつまでやっても埒《らち》が明くまい」

烏雅は眉をひそめて、傍らの烏烈に言った。烏烈は潮焼けした浅黒い顔を烏雅に
向けた。頬に大きな刀傷が残る凄《すさ》まじい顔だ。

「なんの。まだまだ財物もひとも足りぬ。これではわれらに従う女真の者も集まら
ぬ」

「いまの人数で十分ではないか。早くあの国に攻め入ろうぞ」

烏烈はゆっくりと首を横に振った。

「いや、やるからには、備えをしっかりしておかねば、しくじるだけだ」

「それほど、わたしの父を恐れるのか」

嘲《あざけ》るような烏雅の言葉に、烏烈の顔は怒りに震えて、どす黒くなった。

「あの男を侮ってはならぬ」

烏烈が鋭い目で見据えると烏雅は、くっくっと笑った。

「そうか。ならば、みくびるのはやめよう。だが、われらも兵がこれだけ増えたのだ。そろそろ毒矢を使うのはやめたらどうか」

烏烈は目を剝《む》いた。

「なに、毒矢をやめるだと」

「そうだ。われらの志は渤海国の復興にあるのではないか。であるならば、いつまでも山野の獣を狩るように、ひとに毒矢を使っていては、われらになびく民はおるまい」

烏雅の声が聞こえたのか、物陰にいた髭面《ひげづら》の大男がむくりと立ち上がった。熊の毛皮を着て、手には大きな弓を持っている。腰に吊《つ》るした革の矢筒から一本の矢を取り出し、ゆっくりと弓の弦《つる》につがえて、烏雅に向けた。

「烏烈様がかばわれるゆえ、いままで我慢してきたが、毒矢を使うなとは何事だ」

烏雅は大男が自分に矢を向けるのを見ても顔色ひとつ変えない。

「わしは思ったことを言ったまでだ」

「何を言うか。わしらが焼き討ちに出ている間、船を降りようともしない貴様がさようなことを言うのは許さん」

大男は顔を赤くして怒鳴った。矢はぴたりと烏雅に狙いがつけられている。まわりの者たちは固唾《かたず》を呑《の》んで見守った。港を荒らし、何人も殺戮《さつりく》した後だからか、大男はことさらに気が荒れていた。たとえ頭目に対してであろうと、些細《ささい》なことででも喧嘩《けんか》をふっかけると皆知っていた。

烏烈は冷淡な眼差《まなざ》しを烏雅に向けるだけで何も言わない。一触即発の空気の中で、烏雅は口を開いた。

「わしは強い敵と戦うために家を出てきた。弱い民をなぶり殺しにするのは、わしの性に合わん」

「なにを生意気な」

大男は血走った目で烏雅を睨みつけ、

——死ねっ

とわめくと同時に、矢を放った。胸元を射抜かれたかに見えた瞬間、烏雅はくるりと身を翻した。すぐさま袖に突き刺さった矢を引き抜いて、烏雅は素早く大男に向かって投じた。

一瞬の早業だった。大男の胸に自らが射た矢が突き立っている。毒がたっぷりと塗られた矢だ。大男は甲高い悲鳴をあげて仰向《あおむ》けに倒れた。胸に突き刺さった矢がぶるぶると震える。大男はすぐに動かなくなり、顔は土気色になった。

烏雅は大男の傍らに立って無表情に見下ろした。顔を上げた時には堅固な意志を面に出して、

「よいか。今後、毒矢を使う者はこの男と同じ目にあうぞ。覚悟いたせ」

と毅然《きぜん》として叫んだ。まわりの女真たちは、あわててうなずき、

——おおう

と声を上げた。若き烏雅を自分たちの指導者として認めたのである。その様子を烏烈は淡々と眺めているだけだった。

隆家は、大宰府政庁内の館《やかた》の広間で昼寝をしていた。薄衣《うすぎぬ》を体の上に一枚かけ、烏帽子《えぼし》をかぶったまま横になってまどろんだ。

西海道九カ国を統括し、〈遠《とお》の朝廷《みかど》〉とも呼ばれる大宰府の政庁は広大で、蔵司、税司、薬司、客館、兵馬所、警固所などの建物があり、多くの官人が詰めているが、奥殿までひとの騒《ざわ》めきは届かない。

隆家は夢を見ていた。

夜半の海に浮かぶ船の上にいる夢だった。遠くに見える陸地では真っ赤な炎が燃え盛っている。その炎にひとの姿が浮き上がって見えた。

まだ若い伊周がひっそりと佇《たたず》んでいる。

かつて中関白家が華やいでいたころの伊周の姿がそこにあった。だが、伊周の表情には愁いがある。それがなぜなのか、隆家にはわかっていた。

伊周にとって晩年に当たるころ、身に覚えのない濡《ぬ》れ衣《ぎぬ》だったのだが、彰子中宮と敦成親王に対する呪詛事件に連座して朝参停止となった。

朝参停止は間もなく解かれたが、このことは伊周にひどく応《こた》えた。いつのころから痩《や》せて咳《せ》き込むようになり、そのまま寝ついてしまった。病平癒のため祈禱師《きとうし》が呼ばれたにも拘《かか》わらず、伊周はしだいに衰えていき、やがて蠟燭《ろうそく》が燃え尽きるかのように亡くなってしまった。

今わの際に、伊周は大納言源《みなもとの》重光《しげみつ》の娘との間に生まれたふたりの姫を呼んだ。枕元に座った姫たちに、

「こんな情け無い死に方をしなければならないとは、まことに悲しいことです。わたしが死んだら、あなた方はどうなってしまうかと思うと死んでも死に切れません。こんな思いをするくらいなら、あなた方がわたしより先に亡くなるよう神仏に願った方がよかったのかもしれない」

と泣く泣く伊周は語ったという。

そのことを思い出して隆家は胸が痛んだ。

(あのような亡くなり方をなさるはずのひとではなかった)

ぼんやりとかすんでゆく伊周の姿を見つつ、兄の無念を思いやった。道長と同様に華やかな生き方が似合うひとなのだ。それにしても定子もまた、なぜ、あのようにさびしい境遇に陥らねばならなかったのだろうか。そんなことを思うにつけ、隆家には京の都が虚《むな》しく思えてならなくなった。

(わしは、京のひとびとのように生きたくはない)

夢の中で隆家は伊周にそう呼びかけた。伊周は悲しげな顔を向けたが、やがてにこりと微笑《ほほえ》んだ。

――そうだ、隆家。そんな生き方がお前には似合う
伊周の声が聞こえた。

はっと目覚めた隆家があたりを見回すが、人の気配はない。燦々《さんさん》とした夏の日差しが広縁を照らしているばかりである。その時、広縁の向こうから、

「権帥《ごんのそち》様、お目覚めに候《そうろう》や」

と男の声がした。隆家がゆるりと立ち上がって広縁に出ると、白髪だが血色のいい武士が中庭に控えていた。傍らに平致光もいる。

武士は大蔵種材だった。すでに六十歳を過ぎているはずだが、壮者をしのぐ頑健な体格をしており、脂ぎった頬に白い虎髭を生やしている。種材は、

——純友を討ちたりし者の筋

として、〈承平天慶《じょうへいてんぎょう》の乱〉の際、博多湾に来襲して大宰府政庁を炎上させた藤原純友を、祖父が追討したことを日頃から誇りとしていた。それだけに勇ましいことが好きで、殿上人《てんじょうびと》でありながら勇武の評判がある隆家に興味を持っているようだ。

「地の者ら、お目通りを願っております。いかがなされまするか」

種材は大声で言上した。

「会おう」

隆家はあっさりと答えた。

大宰府の長官は大宰帥で親王が任命されるが、実際には赴任しないため政務は権帥が行う。権帥である隆家の権力は絶大で、〈遠の朝廷〉での帝であるとも言える。

だが、武士たちの態度にはどことなく不遜《ふそん》なところがある。種材は平伏したが、じろりと隆家を見上げて、

「さりながら、地の者らに調練のことを申し聞かせましたところ、不満を洩らす者もおりまする。いかがいたしましょうや」

隆家は、刀伊の来襲に備えて兵の調練を行うと通達していたが、武士たちはそのことに不満を抱いているらしい。殿上人の隆家が武技に口出すのを疎《うと》んじているのだろう。種材もまた腹の中ではそう思っているかもしれない。

「わしから直《じか》に言い聞かせよう」

隆家は皮肉な笑みを浮かべて言った。


やがて、武士たちが次々に中庭に入ってきて控えた。筑前志摩《しま》郡住人文屋忠光《ふんやのただみつ》、筑前怡土《いと》郡住人多治久明《たじのひさあき》ら十数人の在地武士たちだ。

どの男も日焼けして勇猛そうな面構えである。隆家は武士たちを見回すだけで言葉はかけず、致光に顔を向けて、

「用意をいたせ」

と命じた。致光はすぐさま鎧《よろい》をふたつくくりつけた棒を中庭に立てるよう下人たちに申し付け、さらに五人がかりで弓に弦《つる》を張らせた。弓をしならせ、弦を張るのに五人の力を必要とする強弓だった。

見ていた武士たちの目の色が変わった。

五人張りの弓を引ける武者はめったにいない。みしみしと弓をたわめ、五人で張

った弦から放たれる矢はどれほどの威力を持つだろうか、と興味深げに見守っている。

隆家は下人から弓を受け取り、きりきりと満月のように引き絞った。そのまま無造作に射ると、矢は凄まじい音を立てて鎧に突き刺さった。

種材が駆け寄って矢が鎧を貫き通しているのを確かめ、

「お見事でございます。鎧がふたつとも射抜かれておりますぞ」

と驚嘆の声をあげた。

おおっ、とため息まじりの声が武士たちの間から洩れた。隆家は平然として、

「驚くことはない。刀伊はこれ以上の力で矢を射るぞ。それほどの敵が襲ってくるのだ。あらかじめ調練をせぬわけにはいくまい」

と告げた。武士たちは顔を見合わせていたが、ほどなく、長老と見受けられる武士が言葉を発した。

「仰せのことはわかりましてございます。されど、その刀伊なる敵はいつ押し寄せて参るのでございましょうや」

「さて、たったいまかもしれぬが、三年先、五年先、あるいは十年先かもしれぬ」

隆家の言葉に武士たちの顔に困惑の色が広がった。

先ほどの武士が身を乗り出した。

「兵たちは、日頃は田畑を作らねばなりませぬ。さように先のことのために調練させておっては、田が荒れまする」

「農事は農事として行いながら調練を行き届かせるのが、武士たる者の心構えであろうぞ」

隆家は穏やかに武士たちを見まわした。だが、武士たちの中には目を伏せる者も多かった。すると、その中からひとりの若い武士が声を発した。

「対馬判官代長岑諸近《ほうがんだいながみねのもろちか》と申しまする。おうかがいしてよろしゅうございましょうや」

隆家はうなずいた。

「何なりと問え」

「刀伊なる賊が押し寄せるとの仰せでございまするが、まずはわが対馬に真っ先に来るのではありますまいか。われら対馬の者は、調練に加わることもできませぬ。刀伊が襲ってきた時はいかがいたせばよろしゅうございまするか」

「船を用意いたし、まず老人、女子供を逃がせ。そのほかの男は戦うのだ。それしか道はない」

隆家がきっぱりと答えると、諸近は納得した表情でうなずいた。隆家は武士たちの前に進み出た。

「外敵との戦は酷《むご》いものよ。出会うた者が戦うしかないのだ。しかも恩賞は無いものと心得よ」

隆家の意外な言葉に武士たちは動揺した。

「戦をして恩賞が無いとはどういうことであろう」

「馬鹿な。さようなことがあるはずがない」

「命がけで国を守るのではないか。恩賞も無くて戦えようか」

そんな言葉が囁《ささや》き交わされた。隆家はしばらく武士たちが言い騒ぐのを黙って聞いた後、口を開いた。

「刀伊が参った時、戦をいたす許しの伺いを京の朝廷に出す暇はあるまい。されば、われらは京の許しなく敵と戦うことになるであろう。それゆえ、朝廷は恩賞を出し渋るはずだ。京はさようなところだ」

ううむ、と武士たちのうなり声が満ち、中には隆家に憤った目を向ける者もいた。

隆家は落ち着いて話を続けた。

「京の許しを得てから戦おうとするなら、許しを待つ間にこの地は荒らされ、女子供は殺され、財物は奪われ、家は焼かれよう。それでよいと思う者は京からの許しを待て。だが、わしは待たぬ。わが前に敵が現れれば立ち向かうのみだ」

「それは、われらとて同じでござる。されど、恩賞も無しに、兵たちを死なせるわけには参りませぬ」

長老の武士がたまりかねたように言った。

「朝廷のために戦うのであればそうであろう。だが外敵が襲ってきた時、戦うのは、わが土地を、妻子や父母を守るためである。それはお前たちが最も大切にいたしておるものではないのか。それともお前たちは命を惜しんで、大切なものを守るために戦うと言わぬのか。それでも武士か」

隆家が一喝すると、中庭に控えた武士たちは静まり返った。しばらくして諸近が必死の面持で声をあげた。

「それがしは、おのれのために戦いまする」

隆家の言うことを理解し、異国の敵を防ぐことを決意したという表情をしている。するると、種材が気が昂《たかぶ》ったように顔を赤くして立ち上がり、

「面白や。かつての天慶の乱以上の戦ができそうであるな。長生きはするものぞ」

と怒鳴って、呵々大笑《かかたいしょう》した。武士たちにも、その興奮は伝わり、次々に、おう、

おう、と応じる声を発した。

隆家は莞爾《かんじ》として笑った。

「刀伊が押し寄せてくるならば、わしが真っ先駆けて敵に向かおうぞ。その時は皆、わが後に続け――」

「いかにも、つかまつろう」

種材が声をあげると、武士たちはそろって立ち上がり、鬨《とき》の声を上げた。大宰府政庁に男たちの雄叫《おたけ》びが木霊《こだま》するのだった。


四年がたった。

このころ道長はわが世の春を迎えていた。長和五年、それまで道長に抗《あらが》い続けていた三条天皇が遂に東宮敦成親王に譲位した。

後一条《ごいちじょう》天皇の即位とともに道長は摂政《せっしょう》となり、そして一年余りの後、摂政の座を長男の内大臣頼通《よりみち》に譲って一家の権勢を確かなものにしたのだ。

権力を握った道長に逆らう者は無くなり、三条天皇の皇子で東宮だった敦明《あつあきら》親王は突如、東宮を辞すると自ら申し出た。これを受けて道長は後一条天皇の弟であり、外孫にあたる敦良《あつよし》親王を東宮に立てることができた。

寛仁《かんにん》元年（一〇一七）十二月、太政大臣に任じられた道長は翌年にはこれを辞し、おのれの権勢を完璧《かんぺき》なものにするための工作に取りかかった。

寛仁二年に娘の威子《いし》を入内させ、後一条天皇の中宮としたのである。時に後一条天皇は十一歳、威子は九歳年上の二十歳《はたち》で、しかも血のつながった甥《おい》と叔母《おば》という婚姻を結ぶにはふさわしくない間柄であったにも拘《かか》わらず、道長は斟酌《しんしゃく》せずに押し切った。

威子の立后によって外孫を天皇、東宮に、娘を太皇太后《たいこうたいごう》、皇太后、中宮とした道長は、天皇の外戚となることを目指した歴代の藤原一族の中にあって、完全無欠に権力を掌握した。

威子の立后の儀式は十月十六日に行われた。この日、土御門邸では祝宴が行われたが、大臣ら公卿の大半が出席する盛会となった。

にぎやかに盃がまわされ、宴もたけなわになったころ、道長はふと、藤原実資《ふじわらのさねすけ》を招き寄せ、

「わたしの歌に返歌を寄せてもらえまいか」

と前置きして、かつて作った「此の世をば我世とぞ思ふ――」という和歌を披露した。

(この歌を詠んだ当時は、わしの地位はまだ盤石《ばんじゃく》ではなかった。だが、いまは違う。誰も脅かすことができないほど、わしは昇りつめたのだ)

昂揚《こうよう》した気分で、道長は会する公卿たちを見まわした。日頃、道長にへつらわない実資が気圧《けお》された様子で、

「これほどの名歌に返歌は無用でございましょう。一同で御歌を味わいとう存じます」

と言って頭を下げた。この言葉に応じて、公卿たちは声をそろえ、

――此の世をば我世とぞ思ふ望月の欠けたることもなしと思へば

と吟詠した。まさに頂点を極めた道長の権勢を称《たた》える唱和の声だった。

野望を達成し、満月のように満ち足りた道長は、翌寛仁三年三月に出家入道した。

道長が充足した思いにひたっていた四月十七日――。

朝廷で小除目《こじもく》が行われていた時、建春門の左衛門陣《さえもんのじん》に、大宰府からの飛駅使《ひえきし》が駆けこんできた。公卿たちが驚いて解文《げぶみ》を読むと、そこには、

――刀伊国の賊徒五十余艘《そう》来襲し壱岐守《いきのかみ》藤原理忠《まさただ》を殺し人民を略奪し筑前の恰土郡を侵した

とあった。

三月二十八日、突然五十艘の賊船が来襲し、壱岐島民三十六人が殺され、三百八十二人が捕らえられ、家四十五軒が焼かれたという。〈刀伊入寇《にゅうこう》〉が起こったのである。

このことが大宰府政庁に報じられた四月七日には、すでに賊船は博多湾に侵入し、九州本土を脅かしたという。

公卿たちはうろたえて立ち騒いだ。賊が九州を制すれば、海路、瀬戸内海を抜けて難波津《なにわづ》を襲い、さらに京にまで攻め寄せるかもしれないのだ。

朝廷ではただちに要所の警護、賊の追討などを命じた。さらに、種々の祈禱を行わせることにしたほか、山陰、山陽、南海、北陸道も警戒するよう命を下した。

刀伊が襲来したことは藤原実資を通じて土御門邸の道長にも伝えられていた。飛駅使の解文とは別に、実資のもとにも隆家から報せが届いていたからである。道長は実資の報告を聞いて思わず息を吞んだ。

隆家が言った通り、まことに異国の敵が押し寄せたのだ、と信じられぬ思いだった。しかも、この世はすべてわが物だ、と思えるほどに昇りつめることができたいまこの時になって襲ってくるとは何ということなのだろうか。

(満ちた月はやはり欠けるしかないのだろうか)

青ざめた道長が震える声で、

「隆家はどうしているのや」

と訊いた。実資は畏れ入って、

――自ら軍を率い、合戦すべし
と隆家は告げてきていると答えた。

「何ということや」

道長は大きく息を吐いて嘆いた。

大宰権帥が自ら兵を率いて戦うなど聞いたこともなかった。無謀な戦をして〈遠の朝廷〉である大宰府が崩壊すれば、朝廷は西国の支配力を一気に失うのである。

道長は恐る恐る訊いた。

「隆家は勝てるやろうか」

実資は首をかしげてから率直に言った。

「わかりませぬ」

道長は苦い顔になった。いまや、この国の命運は隆家にかかっていることを認めざるを得なかった。

隆家は賊の侵攻を知ると、京からの官符の到着を待たず、ただちに武士たちを招集して那珂《なか》郡に来た賊を防ぐことを命じ、自ら馬を疾駆させた。

従う者は大蔵種材、平為賢、平為忠《ためただ》、藤原明範、藤原助高《すけたか》、大蔵光弘《みつひろ》、藤原友近《ともちか》などである。

五

刀伊が対馬の国府《こう》に来襲したのは、三月末日のことだ。春の日差しが暖かい日だった。

紺碧《こんぺき》の海面に時おり白波が立ち、国府の海岸に打ち寄せていた。漁民が朝の漁から戻ったころ、沖に忽然《こつぜん》と船団が姿を現した。これを見た漁民が叫び声をあげ、聞きつけた百姓たちが近くの丘にあがって、

「あれは何だ」

「高麗の船か」

「海賊ではないか」

と言い合ううちに、五十隻あまりの船団は次々に湾内に侵入してきた。国府のひ

とびとが呆然《ぼうぜん》と見つめる中、船から降りてきたのは、毛皮の帽子をかぶり、長衣を着て、腰に矢筒を吊《つ》り、弓を手にした見慣れぬ異様な姿の男たちだった。中のひとりが鋭い声を上げると、先頭に楯《たて》と鉾《ほこ》や太刀を持った二、三十人が立ち、その後ろに弓矢を持った七、八十人が続いた。

百人ほどが一隊をつくり、そのような隊列が十数列もできた。再び、甲高い声が響くと同時に、それぞれの隊が港から村に向かって進み始めた。野獣のように敏捷《びんしょう》な動きだった。しかも、その人数は千を超えている。

ひとびとは驚いて逃げ惑った。その報《しら》せはすぐに国司《こくし》の館に届いた。報せを聞くや否《いな》や、国司は血相を変えた。

「えらいことや。ただちに大宰府に報告いたさねばならん」

と言いたてて、船を用意するよう下役人に命じた。それを聞いて、判官代《ほうがんだい》の長岑諸近があわてて駆け寄った。大鎧《おおよろい》をつけ、兜《かぶと》をかぶっている。

「しばらくお待ちください。かねてから船を用意しておりましたのは、賊が襲ってきた際、まず年寄りや女子供を逃がすためでございまするぞ」

諸近が声を励まして言うが、国司は目をきょときょとさせて言い募る。

「何を言うのや。まずは急いで京に報せるのが先や。そのために、わしは何を措《お》いても大宰府に行かねばならんのや。それが何より大事や」

かねてから諸近は刀伊来襲への備えを説いていたのだが、国司は耳を貸そうともしなかった。それなのに、諸近が緊急のためにと用意していた船に乗って真っ先に逃げ出そうとしているのだ。

――非情な
刀伊に襲われれば、領民はどのような目にあうかわからない。だが、国司はそれを見捨てようとしていた。国司は諸近が止めるのも構わず、わずかな供回りだけを連れて船に向かった。

やむを得ず、諸近はわずかな兵を集めて刀伊が上陸した浜へと馬に乗って向かった。従う者は四、五十人だけである。館近くの村では、すでに家に火が放たれたらしく黒煙が上っている。女子供の悲鳴が遠く聞こえもする。

刀伊の襲来による惨禍《さんか》が広がっていた。この時、対馬の銀鉱も刀伊によって焼かれた。対馬の銀鉱については、天武《てんむ》天皇三年（六七四）に銀が産出したと『日本書紀』にも記されている。

「急げ――」

怒鳴りつつ馬を走らせ、灌木《かんぼく》の茂みを縫うように坂を駆け降りる途中で刀伊の一隊と行き合った。

とっさに諸近が馬上で自ら矢を射ると、先頭にいた刀伊はさっと楯を並べた。諸近と従者の放った矢が次々と楯に刺さる。間髪を入れず楯の脇から白刃を振りかざした刀伊が駆け寄ってきた。

「射よ、射よ――」

諸近は大声で従者に命じて、さらに弓を引くが、楯の後方にいる刀伊が矢を射始め凄まじい勢いで続いて飛んでくる。これを楯で防ごうとするが、刀伊の矢は楯さえ貫いた。楯を構えながらも矢が刺さった従者たちはうめき声をあげて次々に倒れた。そこへ白刃をかかげた刀伊が雪崩《なだれ》を打って斬《き》り込んでくる。

「おのれ」

やおら諸近は弓を捨てて腰の刀を抜いて馬をあおり、立ち向かった。馬上から刀伊に向かって斬りつける。がっ、がっと金属を打ち鳴らす音が響き、火花が散った。刀伊のひとりは馬の蹄《ひづめ》にかかって倒れた。幾度となく刀伊の剣を弾《はじ》き返しはするが、刀伊の群れは際限なく押し寄せてくる。そのうち諸近は鎧の草摺《くさずり》を摑《つか》まれて引きずり下ろされた。たまらず諸近は馬から落ちた。地面に転ぶと同時に、くるりと向きを変えてひとりの胴をないだ。刀伊が悲鳴をあげて倒れた。

三人の刀伊が一度に斬りかかってくるのを見た諸近は、刀を振りまわしながら、ひとりの腕を摑んで投げ飛ばし、もうひとりの胸を刺した。

すると、三人目の刀伊が体当たりしてきた。弾みで坂になった灌木の茂みにごろごろと転げ落ちた際、紐《ひも》が切れて兜《かぶと》が脱げた諸近は石で頭を打ってしばらく起き上がれなかった。

ようやく灌木の間を這《は》い上がって見た光景に目を疑った。四、五十人の従者たちがことごとく血塗《ちまみ》れになって倒れているのだ。しかも、すでに刀伊は国司館へと向かっている。

「いかん、皆が危ない」

諸近は、ざんばら髪を振り乱して走り出した。国司館には諸近の老母や妻子たちが避難している。必死に駆けて、国司館が見えるところまでたどりついた時、炎上しているのが目に入って絶望的な気持になった。

黒煙が上る国司館の門に駆け寄ると、不気味な甲高い声がわき上がり、門内からばらばらと刀伊が出てきた。斬りかかってくる刀伊と刀を交えて三人を倒した時、庭の隅に大勢の女子供や年寄りが捕らわれているのが見えた。

刀伊の頭目らしい顔に刀傷のある男が出てきた。

烏烈である。

「刀を捨てろ。さもなくば捕らえた女子供を殺すぞ」

頭目は残忍な目をして言った。諸近は刀伊が自分の国の言葉を話したことに驚いた。

「貴様、言葉がわかるのか」

「昔、この国に来たことがある」

頭目はうるさげに言うと、目で配下の刀伊に合図した。配下が捕らわれた年寄りに向かって剣を振り上げた。地面に跪《ひざまず》いて怯《おび》えていたのは諸近の老母だった。

「待ってくれ。刀は捨てる」

諸近は無念そうにうめき声をあげ、刀を捨てて地面に胡坐《あぐら》をかいた。刀伊は飛びかかって諸近を引き据え、大鎧を脱がせて縄で縛りあげた。

「貴様は役に立ちそうだ。船に来てもらおうか」

頭目はにやりと笑うと歩き出した。やむなく諸近は引き立てられるまま従った。見ると、村から捕らえられた男女や子供も引き連れられてくる。取り囲まれながら、刀伊に殺された者たちの死骸《しがい》が横たわる浜辺へ出た。そこには十数隻の小舟が待っていた。沖に浮かぶ大船へ小舟で連れていくつもりのようだ。

同じころ刀伊の船は壱岐《いき》も襲っていた。壱岐の片苗《かたなえ》湾に侵入した船から刀伊は続々と上陸した。湾にほど近い丘の上に館を構えていた国司の壱岐守藤原理忠は、賊徒が襲来したという報せを聞くと、

「兵を集めよ」

と役人に指示した。駆けつけた兵百三十七人を率いた理忠は、館を出て刀伊を退けようとした。だが、丘から湾内を見下ろして息が止まりそうになった。異様な衣服を身にまとった刀伊の人数は千を超え、まさに雲霞《うんか》の如《ごと》き兵だった。それでも、理忠は怯《ひる》まず、弓を手に矢を射た。兵たちも続いて矢を放ち、刀伊を射すくめた後、

「駆けよ」

と理忠は兵に命じた。湾から上陸してくる刀伊の真っ只中に理忠は兵とともに突っ込んだ。しかし、刀伊の猛威は凄まじかった。兵が構えた楯は刀伊の矢に突き破られ、たちまち剣や鋒を振りかざした刀伊が理忠を襲った。

理忠は弓を射、さらに太刀を抜いて戦ったが、飢えた狼のように襲いかかる刀伊の剣は容赦なく理忠の首筋を刺し貫いた。理忠が仰向けに倒れ、これを助けようとした兵は次々に刀伊に討たれた。

刀伊は島内へと疾駆していく。その道筋には、討たれた武士や殺された島民の屍《しかばね》が累々《るいるい》と残されていった。

刀伊はさらに壱岐島分寺《とうぶんじ》をも襲った。寺では、講師常覚《じょうかく》が指揮して、住民とともに僧侶《そうりょ》たちが刀伊に抗し、三度にわたって退けた。だが寺に押し寄せる刀伊は数百におよび、常覚は大宰府に急報するため、ひとり寺を脱出した。

常覚が大宰府に着いて事態を告げたのは、四月七日のことだった。

この時、対馬国司も船で逃れて大宰府に着いていた。常覚が去った後、寺は陥落して焼かれ、僧たちは全滅した。壱岐島では、四百人の島民が殺されるか捕らえられるかして、残った者は三十五人に過ぎなかった。

常覚と対馬国司の急報を聞いた隆家は、ただちに京へ飛駅使を出して解文を送るとともに博多へと向かったのである。

隆家が博多の警固所に入ったのは、四月八日だった。

警固所は、古代から外国の訪問使を接待する鴻臚館《こうろかん》に付属して造られている。江戸時代に福岡城が築かれたあたりだ。

緋縅《ひおどし》の大鎧を着け、烏帽子《えぼし》をかぶった隆家が警固所に入ると同時に、志摩郡の文屋忠光から、七日に刀伊が筑前怡土《いと》郡に侵入して海岸線を荒らし、志摩、早良《さわら》郡で人畜を奪ったうえ民家を焼いたとの報せが来た。このため忠光が在地武士とともに出動し、数人討ち取ると、たまらず引き揚げたという。

刀伊を撃退したという報に隆家のまわりの武士たちは、おおっ、と歓声をあげた。だが、隆家は冷静だった。

「せっかく、攻め寄せてきたのだ。よもや、それだけで退《ひ》きはしまい。逃げ帰ったのは奴らの物見であろう。主な賊徒はどこにおるのだ」

隆家に問われて、使者はごくりと唾《つば》を飲み込んだ。

「そ、それが奴らはわれらの前から退くと博多にて、略奪を行ったあげく、博多湾の能古島《のこのしま》に本陣を構えた模様でございます。いまもなお壱岐、対馬から残りの船が能古島に参っておるようでございます」

「どれほどの人数だ」

「船は五十隻、賊徒の数は四、五千かと思われます」

兵数の多さを聞いて武士たちは目を剝いた。警固所に駆けつけた在地武士たちがそれぞれ率いる兵は多く見積もっても二、三百である。総数では刀伊に劣らないが、兵といっても日頃は田畑で働く農民なのだ。隆家が大宰府に赴任して以来、外敵に備えて鍛錬してきたが、実戦となると、どれほどの力が発揮できるか疑問だった。

「それほど多くの賊徒が押し寄せたのか」

「容易ならぬ敵じゃ」

どの顔にも緊張が走った。皆を見回して、

「賊徒がいくら多かろうとも、所詮《しょせん》は海賊ぞ。兵糧《ひょうろう》も無く、武器も少なかろう。島に籠《こも》れば立ち枯れするばかりじゃ。恐れるには及ばぬ」

と言う隆家の言葉に、平致光が膝《ひざ》を打った。

「さればこそ、賊徒どもは戦を急いで参ると存じます」

「そうじゃ。いますぐにでも押し寄せて参るであろう。それでこそ、わしも博多まで参った甲斐があるというものじゃ」

隆家は不敵な笑い声をあげた。その時、門から走り込んできた兵が、

「賊徒どもが博多の津に押し寄せ、筥崎宮《はこざきぐう》を焼き討ちいたそうとしております」

と大声で告げた。

筥崎宮は延喜《えんぎ》二十一年（九二一）、醍醐《だいご》天皇が博多湾傍《そば》に壮麗な社殿を建立し、延長《えんちょう》元年（九二三）に筑前大分宮《だいぶぐう》より遷座《せんざ》した。応神《おうじん》天皇を主祭神として、神功皇后《じんぐうこうごう》を祀《まつ》っている。博多にとっての守護神であり、賊徒に侵されるわけにはいかない。

隆家は、

「弓を持て」

と命じるや否や、門へ向かって駆け出した。従者があわてて弓矢を携え、馬を引いてくる。武士たちも馬を用意するよう供の者に告げた。

隆家は弓を手に馬に乗ると、ひと声、

「賊徒討つべし」

と叫んで馬に鞭《むち》を入れた。致光始め大蔵種材、平為賢、平為忠、藤原明範、藤原助高、大蔵光弘、藤原友近が隆家に続いて馬を駆った。従う者、およそ三百騎。

海岸沿いに馬を走らせるうちに、やがて焼き討ちをかけられて黒煙を上げている社殿に近い家々が見えてきた。数百の刀伊が民家を襲っている。

「射よ――」

隆家は叫ぶなり、馬上で弓をきりきりと引き絞った。馬を駆けさせつつ放った矢は、おりから松明《たいまつ》を掲げ社殿に火を放とうとしていた刀伊の背に突き立った。それを見た種材が、大声で、

「お見事なり」

と褒め称《たた》えながら、自らも矢を放った。隆家の手勢から放たれた矢は、次々と刀

伊を倒していった。その様子を見た刀伊が鋭い叫び声を上げ、それを合図に刀伊たちがそろって矢をつがえた。

「楯を持て」

隆家が命じると、従者たちが騎馬の前に五尺の大きな楯を連ねた。厚さ三寸の鉄鋲《てつびょう》が打たれた楯だ。刀伊の矢を防ぐため隆家がかねて作らせていた物だ。

さすがの刀伊の矢も、この楯を貫くことはできなかった。いっせいに刀伊が射た矢が楯に突き立つと、隆家は、

「進めっ」

と怒号して、楯を持った従者を先頭に馬を進め、さらに馬上から群れいる刀伊に向かって矢を射た。射すくめられた刀伊は弓を引くことを諦め、地を走って剣を振りかざし、押し寄せてきた。

隆家の手勢と刀伊は正面からぶつかり、白兵戦となった。隆家は大胆にも刀伊の群れの中に馬を乗り入れ、太刀を振るった。

「隆家様を討たすな」

危ぶんだ致光たちの騎馬が凄まじい勢いで刀伊を蹴散《けち》らし、隆家のまわりを固めた。そのまま刀伊を海辺へと押していく。じりじりと後退していた刀伊は浜辺へ出

ると背を向けて小舟へ向かって逃げ始めた。

「ひとりも逃がすな」

馬から飛び降りた隆家は、逃げる刀伊に追いすがり、片端から斬って捨てた。他の武士たちもそれぞれ刀伊に斬りつけ、浜辺の砂はたちまち血に染まった。やがて刀伊は小舟に乗って能古島目指して逃げ戻っていった。

種材が隆家に駆け寄り、

「やりましたぞ。奴らは恐れて逃げ惑うておりました」

と大声で言った。

「なんの、賊徒は小手調べをしたまでのことであろうぞ。あの島からわしらの隙《すき》をうかがうつもりじゃ」

隆家は血刀で沖に浮かぶ黒い島影を指した。

確かに島の周囲には、おびただしい船影が見える。筥崎浜に上陸したのは、その一部に過ぎなかったのは明らかだった。

この日の深夜、隆家は眠れぬまま大広間の広縁に出て瓶子《へいし》の酒を酌《く》んだ。庭先から門前にかけて赤々と篝《かがり》が焚《た》かれ、警衛の武士たちが刀伊の夜襲に備えている。

明日、刀伊と激烈な戦いをすることになるだろうと思うと、隆家の脳裏に様々なことが蘇《よみがえ》ってくる。

すでに父母を失い、伊周、定子という身近な同胞《はらから》も失った。若かりしころの隆家に予言を与えてくれた安倍晴明《あべのせいめい》は、十四年前の寛弘《かんこう》二年（一〇〇五）に亡くなり、〈闘乱〉を繰り返した花山院も寛弘五年に四十一歳で崩御されている。

（そう言えば、花山院が崩御されたのは、いまのわしと同じ年であられた……）

思いも寄らず感慨が湧いた。若くして退位し、その後は異様とも見える荒々しい暮らしぶりだった花山院に、ふと懐かしさを覚えた。

天皇に即位し、さらに法皇になった花山院に、不満などあるはずもないように世人には思えるが、この世にある間中、胸の内に荒涼たる風が吹き荒れていたのではないか。そのことがいまの隆家にはよくわかる。

（位が高くとも、そのことだけでひとの心は満たされるものではない）

昨今叔父の道長が栄華を極めているが、その心中はどうであろうか。競争相手を蹴倒して、その恨みを買い、自らを脅かす者が現れはせぬかと不安に苛《さいな》まれる。入内《じゅだい》した娘が産むのは男子であろうかと一喜一憂を繰り返し、およそ心が休まる日は無いだろう。それほどに心を砕いて権勢をほしいままにしようが、外敵が襲ってくれば、ひとたまりもなく国は亡びるかもしれないのだ。すべては失われ、ただひたすら自家の繁栄に腐心してきた醜態はさらけ出される。

（なんと虚《むな》しいことか――）

そう思いつつ盃《さかずき》を重ねるにつれ、しだいに刀伊との戦いへ向けて闘志が体に漲《みなぎ》ってくるのを感じた。

「わしがいま在《あ》るのは、すべて刀伊と戦うためであるのかもしれぬ」

隆家がつぶやくと、大広間の隅の暗がりから、

「たしかに、そうであろうな」

と男の声がした。隆家は驚かなかった。

「やはり、参ったか。乙黒――」

振り向きもせず、盃を口に運んだ。

「いかにもな」

乙黒は暗がりから這い出てくると、瓶子を取り、自らの懐から盃を取り出して酒を注《つ》いだ。

「今宵は何をしに参ったのだ」

「別れの酒を酌み交わしにきた」

「ほう、わしが刀伊との戦に敗れて死ぬとでも思うておるのか」

隆家はにこりと笑った。乙黒はゆっくりと頭《かぶり》を振った。

「刀伊の中には烏雅がおる。お主が負けるようであれば、わしはこの国にいたくない」

「わからぬことを言う。わしが負ければ、この国の少なくとも九州は刀伊のものになるやもしれぬではないか」

「それがつまらんのだ。わしは女真の国を建てたいが、それは海の向こうの地に建てるべきだ、とはっきり思うようになった」

「なぜ、いまさらさようなことを」

「国というものはな、おのれの先祖が生きてきた土地に建てるべきもので、他の民の領土を奪って建てても、それは国とは言えぬ。それだけに、おのれの祖先の地にある国を奪われてはならぬのだ」

「そうか。国は侵さず、侵されずか」

「それが、できるか。隆家よ――」

隆家の返答も聞かず、乙黒は言葉を言い置いたまま姿を消した。これが乙黒との別れであることは、隆家にはわかっていた。

同じ夜、能古島では烏雅が船上から暗い海を見つめていた。

能古島は博多湾に浮かぶ小島で古くは、

——残ノ島

などとも書かれた。『大宰管内志《だざいかんないし》』には、

——神功皇后異国より帰給ふ時、此島に住吉ノ神霊を残し留めて異国降伏を祈給ふ、因て残ノ島と云といへり

とある。その昔、神功皇后が異国降伏を祈ったというのだが、いま、その島に異国の者の集団である刀伊が押し寄せ、さらに博多をうかがい九州全土を脅かそうとしていた。

潮風が吹き寄せてくる。

「どうした、烏雅。寝られぬか」

烏烈が声をかけた。

「明日の戦いが楽しみだからな」

烏雅は海に目を向けたまま答えた。烏烈は舷側《げんそく》に近づいて吠《ほ》えるように言った。

「わしも血が昂《たかぶ》っておる。対馬で捕らえた者の話では、藤原隆家は大宰権帥として

われらを迎え討とうとしているようだ。奴に頼勢《らいせい》を殺された怨《うら》みをようやく晴らせるかと思うと、嬉《うれ》しゅうてならぬ」

「そうではあるまい」

烏雅はひややかに言い放った。

「なんだと――」

烏烈はじろりと烏雅を睨《にら》んだ。

「烏烈は、わしの母の心を奪った藤原隆家を妬《ねた》み、憎んでいるだけなのではないか」

「馬鹿なことを」

烏烈はかっと口を開けて嗤《わら》った。

「そうか。ならば、明日、隆家との戦いの場では、まず、わしに戦わせろ。烏烈は手を出すな。仲間を殺された怨みなら、誰が晴らそうと構わぬであろう」

烏雅は皮肉な目を烏烈に向けた。烏烈は押し黙って答えようとしない。海から風が吹き寄せて、人目を引く深い傷がある烏烈の顔の鬢《びん》をそよがせた。しばらく黙った後で、烏烈は口を開いた。

「それはできぬな。藤原隆家はわしが殺さねばならぬ」

烏烈の目は禍々《まがまが》しい光を帯びて鋭さを増した。口辺に笑みを浮かべた烏雅は、また海に視線を戻した。

六

四月九日――

陽《ひ》が赤々と昇った。

博多津に白波が打ち寄せている。早暁に、隆家は兵を率いて浜辺に出ていた。松林に分厚い楯を並べて砦《とりで》のようにしていた。その後ろに騎馬が控えている。

早朝の浜辺から沖を眺めている武士たちの間に緊張が高まった。

能古島から次々に押し寄せてくる刀伊の船は、海面を埋め尽くすかのように多い。海辺に近づいた先頭の船から刀伊は続々と上陸を始めた。

「隆家様――」

鎧兜《よろいかぶと》に身を固めた致光がうめき声をあげて、傍らの隆家を振り向いた。隆家は緋縅《ひおどし》の鎧はつけているものの、兜はかぶらず、立烏帽子のままだ。

眉ひとつ動かさず、刀伊に目を遣《や》りつつ、

「まだだ。射るでないぞ。引きつけよ」

と冷静に命じた。

波打ち際まで来た刀伊たちは、隆家の陣を指差し、何事か大声でわめいている。楯に隠れ、出ようとしないことを謗《そし》っているようだ。中には白い歯を見せて嗤う者もいる。

一団の後方にいた刀伊が、前に出て弓を引いた。正面に向かってではなく、上空へ向けて矢を射た。

矢は山なりの弧を描いて楯を越え、雨のように隆家の陣に降り注いだ。直線的に射たときのような勢いはないものの、鏃《やじり》が重いだけに落下すると鋭く兵たちに突き刺さった。悲鳴があがり、倒れる兵が相次いだ。武者たちの鎧にも矢が突き立っている。

武士たちはうかがうように目を向けるが、隆家は前方を睨んだままで、上空から降り注ぐ矢を太刀で斬り払うだけだった。

矢を射尽くした刀伊は、前方の男が大声をあげるのを合図に、楯の砦に向かって、突撃を開始した。砂の上を獣の敏捷さで駆け、あっという間に迫ってくる。

「射よ――」

隆家の号令で楯の隙間《すきま》から矢が射かけられた。正面から一直線に射られた矢が、次々に刀伊を倒していく。いましがたまで刀伊の矢に苦しめられていた兵たちの間から歓声があがり、弓を射る者はさらに身を乗り出して射た。

剽悍《ひょうかん》な刀伊は激怒して矢を恐れずに突っ込んでくるが、たちまちのうちに胸や脚を射抜かれて倒れた。しかし、刀伊の恐ろしさは仲間が倒れても、その死骸を平然と踏み越えて迫ってくるところだった。中には仲間の死骸を抱えて矢を防ぎながら突き進んでくる者もいた。矢傷を負い、流血で赤く染まった悪鬼の形相でなおも押し寄せてくる。

空の雲がしだいに厚くなってきた。血の臭《にお》いが満ちた浜辺に風が吹き付け、天がどんよりと薄暗くなってきた。

刀伊の先頭が楯に迫った時、隆家は、

「いざ、なで斬りにいたせ」

と叫んだ。

突風が吹いた。砂が風に舞い上がる。

――おうっ

じりじりと命令を待っていた種材は楯を押しのけて前に出ると、刀伊を迎え討った。刀や薙刀《なぎなた》と鋒、剣が撃ち合う音が響いた。

隆家も太刀を抜き放って刀伊と斬り結んだ。かかってくる刀伊をひとり、ふたりと斬り倒しながら、浜辺へと進んだ。

もはや浜は激しい戦闘の場へと変わっていた。種材は大薙刀を振りまわして刀伊を斬り捨てている。その様子を見ながら、隆家は傍らの致光に顔を向けて怒鳴った。

「致光、いまぞ」

「かしこまって候」

致光は目の前の刀伊を蹴倒すと片手に持っていた弓を構え箙《えびら》から矢を抜いた。

鏑矢《かぶらや》だった。矢の先端に木製の鏑が付けられている。鏑には穴が開けてあり、射られた矢は空中を長々と空気を裂く音を立てて飛ぶ。致光は海に向かって高々と鏑矢を射た。

——ぴょお
鏑矢の大きな音に、刀伊たちがぎょっとしていっせいに空を見上げた。

その時、松原に潜んでいた騎馬の一隊が駆け出した。伏兵として隆家が潜伏させていた騎馬隊だった。平為賢、平為忠、藤原明範、藤原助高らが馬を疾駆させていた。

刀伊は集団戦を得意とするとはいっても、ひと塊《かたまり》の隊ごとに戦うだけで、全体への備えはほとんどしない。

目の前の敵と戦う際、横から攻められればもろいはずだと見て、隆家はこの策を考えた。案の定、騎馬隊が横合いから攻めかかると、刀伊は防ぐこともできず、逃げ惑った。騎馬武者が何度も刀伊の群れに突っ込んで蹴散らしていく。

「いまぞ。海へ追い落とせ」

隆家が太刀を振るって指示した時、刀伊を追っていた騎馬武者がぐらりと体を傾けて、落馬した。その馬に背の高い刀伊がひらりと飛び乗った。手に弓を携《たずさ》えている。

空は暗雲が立ち込めてきていた。強風が浜辺に吹きつける。

刀伊は巧みに馬を操って浜を走らせ、隆家に向かって疾駆してくる。近づいた刀伊の顔を見た隆家ははっと目を見開いた。

馬上の刀伊は白面《はくめん》の若者であるうえに、自らに似た顔だ。

烏雅だった。

烏雅は隆家の面前に馬を寄せた。烏雅の乗った馬は、興奮してその場をぐるぐると回り、威嚇《いかく》するように前脚を掻《か》き立てる。烏雅は気の立った馬を難無く鎮《しず》め、馬の首をなでて落ち着かせた。

「瑠璃の子、烏雅だ」

烏雅は高々と告げた。

「瑠璃が産んだというわしの子か」

鋭い目で隆家は馬上の烏雅を見据えた。

「わしには母はおるが父はおらぬ。それゆえ、子として情けをかけてもらおうとは思っておらぬ。手合わせいたし、武勇を競うことだけが望みだ」

「そのような考えで他国を侵すとは、愚か者のすることじゃ」

隆家は吐き捨てるように言った。

「なんだと――」

烏雅は目を剥いた。

「武勇とは、ひとを守り、助けるものぞ。おのれの欲のためにひとを侵す者が、武勇を口にするなどおこがましい」

隆家の声は、刀伊と武士たちが激闘を繰り広げている周囲にまで響き渡った。烏雅の顔が強張《こわば》った。

「おのれ、許さぬ」

怒りを露《あら》わにした烏雅は、矢をつがえ、隆家の胸元を狙った。隆家は大きく両手を広げて声を発した。

「射てみよ。貴様の邪《よこしま》な矢が、わが胸に突き立つかどうか、やってみるがよい」

緋縅の鎧をつけた隆家は、横なぐりの風を受けながら仁王立ちになった。烏雅が憤怒の表情のまま弓を引き絞った時、

「待てっ」

顔に深い傷跡のある刀伊が烏雅と隆家の間に割って入った。

「邪魔立てするな」

烏雅が叫ぶと、烏烈は背を向けたまま首を横に振った。

「そうはいかぬ。わしは隆家を殺さねばならぬと昨夜言ったはずだ。頭《かしら》はわしなのだ。わしの言うことを聞け」

烏烈が言い含めるも、烏雅は矢を下ろさない。だが、すぐに射ようともしなかった。

「斬るのを妨げはせぬが、わしも退かぬ」

目を光らせて烏雅は言い募った。隆家はそんな烏雅を面白げに見遣《みや》りながら、

「烏烈か、ひさしいな」

と軽やかに声をかけた。烏烈は抜き身の剣を手にしてゆっくりと隆家に近づき、

「随分と長い間、この日を待った」

「そのことは乙黒から聞いている」

乙黒の名を聞くと、烏烈は唾を吐き捨てた。

「乙黒法師は昔こそわれらの長《おさ》であったが、その後、別々の道を歩んでおる。いまはその名も聞きたくない」

「そうか。仲違《なかたが》いいたしたか。されど、昨夜、乙黒はわしのもとに参った。いまもわしらの戦いをどこかで見ておろう」

隆家が言い終わらぬうちに、烏烈は風に乗ったかと見えるほど高く宙に跳んだ。砂塵《さじん》が舞う中を、真っ向から剣を振りおろして斬りつけてきた。

隆家は太刀で受けながら、素早く身を翻して烏烈の剣を避けた。

隆家に向かって烏雅がすかさず矢を射た。隆家は太刀で矢を斬り払う。さらに烏雅が立て続けに三本の矢を放ったが、矢はことごとく太刀で斬り落とされた。あでやかに舞うような隆家の剣技だった。烏雅が思わず見惚《みと》れていると、烏烈が苛立《いらだ》たしげに怒鳴った。

「烏雅、邪魔するな。わしの獲物ぞ」

死ねっ、と叫びながら、烏烈は凄まじい勢いで隆家に斬りつける。隆家が波打ち際に押され、足が波につかると、

「もはや、後はないな」

嬉しげに烏烈はわめいた。風がうなりを上げ荒波が押し寄せる。黒々とした雲が空を覆ってきた。

「後がないのはお前たちであろう」

隆家が高らかに告げた時、風がうなる音に鏑矢の音が重なって聞こえた。

風が吹き荒《すさ》び、びょお、びょお、びょおという数十本の鏑矢の音が混じって、一層不気味さが漂う。刀伊たちは不安げに空を見上げ、その目を海上に転じて、皆同時に息を呑んだ。

博多津の海岸に近づいていた刀伊の船を目指して、浜辺から小舟が十数隻、向かっていくのだ。しかも小舟に乗った武士たちは、それぞれ松明《たいまつ》を手にしている。赤く燃える松明の火が連なり、刀伊の船に襲いかかろうとしていた。

「貴様、われらの船を焼くつもりか」

烏烈が凄まじい形相で睨みつけるのを、隆家は笑って返した。

「お主らが、対馬、壱岐で散々にやってきたことではないか。いまさらうろたえる

ことはあるまい」

「あの船には、捕虜といたしたこの国の者たちも乗っているのだぞ。それでも船を焼くのか」

「いや、領民は海に飛び込めば舟にて助けるつもりだ。そのため近在の漁師の舟をかきあつめたのだ」

　隆家のひややかな言葉に、烏雅が大声で呼びかけた。

「烏烈、ここは退くのだ。船を焼かれては、どうにもならぬぞ」

　烏雅は返事も待たずに馬から飛び降りると、鋭い声をあげて刀伊たちに退くことを命じた。刀伊はその命令を待ちかねていたかのように、われ先にと海に入り、小舟に乗って沖の船に向かった。松明を掲げた武士たちはそんな刀伊を嘲《あざけ》るように追い立てていく。

「隆家、助かったと思うな。あらためてまた攻め寄せるぞ」

　烏烈も背を向けて海へと走った。それを見て、致光が追いかけようとしたが、隆家は制した。

「待て。奴らはまた押し寄せてくる。その都度、退けて、力を削《そ》ぐのだ。一度に討って取ろうと思うな」

「されど、このまま勢いに乗って賊徒の船を焼き払えば、刀伊はひとたまりもありますまい」

致光は猛《たけ》り立った。

「あれは、奴らを退かせるための脅しだ。見よ、雨が降ってきたぞ。これでは刀伊の船は焼けぬ」

風がさらに強まり、ぽつりぽつりと雨が降り出してきた。雨脚はさらに強くなり、小舟の武士たちが持つ松明の火を消していった。

強風のため、海が荒れたことから刀伊は船に引き揚げた。さらに十、十一日と風が激しく吹き、戦いは中断した。

十一日の夜、隆家は警固所で軍議を開いた。

「刀伊はまた襲ってくるであろう。その際には討ち退けるだけではなく、沖の船まで追いかけねばならぬ」

隆家が言うと、武士たちはうなずいて口をそろえた。

「いかにも、さように仕《つかまつ》ろう」

種材が身を乗り出した。

「刀伊の船を討つなら、松浦《まつら》の豪族に兵船の用意があるはずでございます。ただちに呼び寄せまするぞ」

心当たりがある様子で種材は言った。

「そういたせ。しかし、この風だ。すぐには博多津まで入れまいが」

「なんの、近くの入江まで来れば、刀伊との戦いが始まりしだい、すぐに馳《は》せ参じることができ申す」

種材は頼もしげに言い切った。隆家は笑って、

「それは頼もしや。されど、刀伊はこれより、どこに上陸を図ろうとするかわからぬ。海岸沿いを油断なく見張らねばならぬぞ」

と念押しした。すると致光が膝を進めて口を挟《はさ》んだ。

「さればでございます。兵船が到着する前に、風の合間を縫い、今宵にも小舟にて賊徒の船に夜襲を仕掛けてはいかがでありましょうか」

「この風でさようなことができるものなのか」

隆家が眉をひそめると、種材が声をあげた。

「できまする。われらの者は小舟での戦は心得てございます。ぜひ、お命じくださりませ」

そうか、とうなずいた隆家はふと考え込んだ。

「いかがされましたか」

致光がうかがうように訊くと、隆家は目を光らせて答えた。

「いや、われらと同じことを、刀伊も考えるやもしれぬと思うたのだ」

一同が顔を見合わせた時、門衛が血相を変えて駆けこんできた。

「大変でございます。賊徒が夜陰に乗じ、筥崎浜に上陸いたし、博多の家々に火を放ってございます」

「なに、この風の中を押し渡って参ったか」

隆家がうめくと、武士たちは総立ちになった。種材が大声を出した。

「よし、賊徒が来たのであれば、これを追い払い、さらに沖の船を焼き討ちにいたしましょうぞ」

だが、門衛は声をうわずらせて告げた。

「博多の町を焼いた賊徒は、奪った馬に乗り、こちらに向かっておるそうでございます」

刀伊が荒れる海を越えて渡ってきたのは、馬を奪うためだったのだ。隆家はからからと笑った。

「刀伊め、なかなかやるものじゃ」

「されど、奴らに馬を奪われては」

と致光が歯ぎしりした。

「もともと刀伊の者どもは、騎馬での戦を得意としておるそうじゃ。馬にて攻めてくれば、手強いやもしれぬ。だが、この強風の中で押し渡ってしまったのだ。やすやすとは船に戻れぬであろう。朝までしのげば、残らず討ち取ることができるぞ」

隆家はむしろ楽しげに言うと、警固所のまわりを兵で固めるよう指示した。夜の闇を疾駆する刀伊が襲ってくるのは間もなくのはずである。

夜空に風が巻いていた。

警固所の周囲を守る兵たちは吹き付けてくる風が散らす篝の火の粉を浴びながら薙刀や弓を構えて押し黙っていた。

篝の炎は風にあおられて高くなり、火の粉を金粉のように飛ばしている。ごうごう、と風の音が鳴り渡る中で馬蹄《ばてい》の響きを聞き分けた兵がいた。

「来るぞ――」

兵のひとりが叫んだ。見ると闇の中に赤い火がちらちらと揺れている。数十の赤い火が列となって連なっている。松明の炎のようだ。馬上の刀伊はそれぞれ松明をかかげているらしい。一匹の大きな赤い獣が襲ってくるように焔《ほのお》は迫ってくる。警固所の高楼《こうろう》に立った隆家は、闇の中を近づく松明の群れを眺めて、

「賊徒ながら、見事なものだな」

とつぶやいた。傍らの致光がうめくように言った。

「わが国の馬を奪って攻め寄せるとは、憎い奴らでございます」

「さればこそ、残らず討ち取り、目に物見せてやろうぞ」

隆家の言葉に力強くうなずいて、致光は高楼を下りていった。門前に出て刀伊を迎え討つつもりなのだ。

なおも高楼から迫ってくる刀伊の騎馬隊を眺めているうち、隆家の胸に不思議な昂揚《こうよう》が湧いてきた。

(ようやくわしが戦うべき相手と相見《あいまみ》える時が来たのだ)

隆家は生まれて初めて、武者震いを覚えた。京で叔父の道長と争っていた時の虚しさはいまは無い。

伊周や定子の顔が思い浮かんだ。京にいたころは、中関白家のために戦わねばならないと思っていた。だが、いまは違う。国を守るために倒さなければならない敵

が目の前に来ているのだ。

京でのことが遠く思え、いまの自分こそがまことの姿なのだ、と感じられた。

不意に瑠璃の面影が浮かんだ。妖しい美しさをまとって隆家の心を騒がせる女だった。瑠璃とのふれ合いが、自分にこの戦いへの道を開いてくれたようにも思える。だとすると、隆家にとって、瑠璃は得難い運命の女であったと言えるかもしれない。

（しかし、その瑠璃が産んだ子をわしは討つことになる）

隆家の胸に苦いものがあった。

博多津の浜で、初めて顔を見た烏雅は俊傑《しゅんけつ》の風貌があったが、取り巻く境遇の中にあって、おのれの武を発揮する道を知らぬように思える。

たとえ、わが子であろうが、凶徒として生きている限り、討つのをためらうべきではない、と隆家は覚悟していた。だが、烏雅を討てば、

（瑠璃が悲しむであろうな）

そんな思いが隆家の胸中に秘められていた。

突風が吹いた。馬蹄の音が禍々《まがまが》しさを孕《はら》んで大きく響いてくる。警固所の門に向かって、刀伊の騎馬が殺到してきた。

七

古代、博多の警固所には防人《さきもり》が配置されていた。天長《てんちょう》三年（八二六）になって富裕層の子弟から兵を募って警備するようになった。

貞観《じょうがん》十一年（八六九）には、博多湾に侵入した新羅《しらぎ》の海賊を撃退するなどの働きがあった。警固所の費用を賄うため、〈警固田〉と呼ばれる田地が筑前国《ちくぜんのくに》に置かれた。警固所はもっぱら鴻臚館《こうろかん》の警護にあたっており、建物も軍事的な防衛力は無かった。

その警固所の前で三百の兵が楯《たて》を連ね、刀伊の騎馬を待ち構えている。間無しに刀伊の一団が蹄《ひづめ》の音高く警固所門前に迫ってきた。押し寄せるや否や、次々と松明を投げつけてくる。火の粉が飛び散って闇が明るんだ。

致光は刀を振るってこれを払いながら指図した。

「刀伊を射落とせ」

兵たちが弓を引き絞った時には、刀伊の放った矢が次から次へと兵たちに突き刺さった。刀伊は馬を巧みに操って馬上から姿勢を崩すことなく弓を射た。

ごおっと凄《すさ》まじい風音とともに突風が吹き寄せてきた。

致光が命じて射られた矢は風に流された。だが、刀伊の射る矢は狙いを過《あやま》たずに飛んでくる。

刀伊の矢は一尺ほどの長さで、致光らが使っている矢に比べて短い。それだけに風の影響を受けず、空中を縫うようにまっすぐ飛んだ。兵たちはたまらず楯に身を隠した。それを見た種材が、

「何を臆《おく》することやある」

と怒鳴り、楯の前に出てきりきりと弓を引き絞った。しかし、殺到した騎馬を狙おうとする間に刀伊の放った矢が鎧に突き立った。種材は衝撃でどっと転倒した。

――大蔵様
兵が駆け寄って助け起こす。矢は大袖と胸板に突き立っていたが、怪我《けが》はしていない様子ですぐさま立ち上がった種材は刺さった矢を引き抜き、

「おのれ――」

顔を真っ赤にすると、薙刀を手に刀伊に追いすがって斬りかかった。刀伊の姿が一瞬、馬上から消えた。

転落したかに見えたが、体を横倒しにして薙刀を避けただけだった。くるりと身

を翻すように馬上に起き直ると種材を振り向きもせずに馬を疾駆させた。

刀伊の騎馬は嘲《あざけ》るように松明を振りかざし、警固所の門前を凄まじい地響きを立てて通り過ぎていく。馬が嘶《いなな》いたかと思うと馬首を返した。草地で方向を変え、再び警固所を襲うつもりなのだ。

刀伊は弓を構え、馬腹を蹴った。馬が門に向かって駆け始める。風がまた強まった。

「来るか」

薙刀を構えた種材を致光が抑えた。

「大蔵殿、退《ひ》かれい」

集団で騎馬を走らせてくる刀伊の前に立ちはだかっても、蹄にかけられるだけだ。

「何を言う。賊徒を前に退くことなどできぬわ」

種材はわめいたが、次の瞬間、目を瞠《みは》った。

刀伊が馬上からいっせいに火矢を射かけてきた。赤々と燃え上がる火矢が次々に飛び、警固所の門や屋根に突き立った。門前で構えていた兵たちの衣に火矢が突き刺さり、着衣が燃え上がる。兵たちは悲鳴をあげ逃げ惑った。

「火を消せ――」

高楼の上から隆家が怒鳴った時には、門の朱塗りの太い柱や屋根に炎が走った。

どーん、どーん、と何かをぶつける音が響いた。刀伊の騎馬は門前の兵を蹴散らし、さらに門を馬の後ろ脚で蹴らせている。

「推参なり」

叫んで斬りかかろうとした致光に、矢が降り注いだ。たまらず楯に身を隠す間に、門が押し開けられた。五、六頭の騎馬が警固所内に走り込んだ。馬は鼻息も荒く地面を蹄で掻き立てる。

先頭の騎馬に乗っているのは烏雅だった。

「邪魔だ。退《の》け――」

烏雅は怒鳴りながら、馬を縦横に走らせた。警固所の門内は広い敷地になっている。そこに兵がひしめき合っていたが、雪崩《なだ》れ込んできた騎馬に蹴散らされて隅に追いやられた。

馬上の刀伊に矢を射かけようとすれば、逸《そ》れた矢が味方に当たってしまう。兵が息を呑んで見守る中、烏雅は篝火《かがりび》に赤く照らされながら大胆にも馬を悠然と輪乗りした。あたりを眺めまわし、誰かを捜しているようだ。

高楼から急ぎ下りてきた隆家が前に歩み出た。

「わずか六騎でこの警固所に乱入するとは、驚いたものだな。生きては帰れぬぞ」

手綱を巧みにさばきながら烏雅は白い歯を見せて笑った。

「ここを焼き払えば逃れられよう」

烏雅は、楽しげに目を輝かせて言った。

警固所の門前では、なおも刀伊の騎馬が疾駆し火矢を射かけている。警固所の本殿の屋根にも火矢が突き立った。風にあおられた炎が闇を照らす。

隆家は落ち着いた声で訊いた。

「わしとの勝負が望みなのか」

「いかにも、そうだが、その前に訊きたいことがある」

烏雅は真剣な表情で隆家をじっと見つめた。

「なにを訊きたいというのだ」

隆家は訝《いぶか》しげに烏雅の顔を見返した。

「なぜ、わが母を捨てた」

烏雅の声が闇に響いた。そうだったのか、烏雅はこのことを質《ただ》したくてやってきたのか、と隆家は胸を突かれた。

烏雅は、瑠璃から父親のことを聞くたびにはるかな国にいる隆家に思いを馳《は》せ、母への情があったのかどうかを父に問いたいと思い続けてきたのだろう。

「捨てた覚えはない。瑠璃はわしに黙ってこの国から去った。そなたを身籠《みごも》ったことすらわしに教えずにな」

「それは、わが母がお前を憎んだためなのか」

その声には切実な思いが籠《こ》められているように感じられた。もし瑠璃が隆家を憎んだのだとすれば、何としてでも討ち果たしたいと思っているのではないか。それゆえに烏雅は幼いころから武芸を鍛えてきたのかもしれない。

「そうは思わぬ。わしは瑠璃を心底愛《いと》おしんだ。瑠璃もまた同じであったろう。だが、われらは生まれた国が違う。ともに生きることはできぬ、と瑠璃は思ったのではないだろうか」

「まことか――」

烏雅の目が光った。隆家を厳しい表情で見つめる。

どんな些細《ささい》な嘘《うそ》も許さない目だ。真実を見抜きたいという思いが視線にあふれていた。

「その証《あかし》がそなただ。敵の真《ま》っ只中《ただなか》に数騎で乗り込んでくる、その気性はまさにわしとそっくりだ。瑠璃がわしを愛おしんだがゆえに、そなたはわしに似たのだ」

天を仰いで、烏雅はからりと笑った。目の端に涙が光っている。

隆家の言葉が烏雅の胸に届いたのだろうか。あるいは隆家から自分に似ていると言われたことに喜びを感じたのか。

「訊きたかったのは、そのことだけだ。ここは、勝負するにはひとが多すぎる。それに貴様と最初に勝負することは烏烈に譲ったゆえな」

言うなり、烏雅は馬首を返した。ほかの五騎も後に続いて門を目指す。すでに門の屋根は風にあおられて炎に包まれていた。

「逃がすな。射よ——」

隆家が非情に命じると兵たちが弓を構えた。烏雅はその声を聞いて、にやりと笑った。烏雅に続く刀伊たちが、振り向きざまに矢を放った。その矢は狙い過たず弓を構えた兵たちの喉元《のどもと》に突き刺さった。

烏雅は燃え上がっている門に突っ込んでいった。それとともに門の炎が一層高くなり、ごおっという凄まじい音を立てて崩れ落ちた。あたりに燃える木片が降りかかり、真昼のような明るさになった。

「奴め——」

隆家はうなった。烏雅の目的は警固所を焼くことにあったようだ。刀伊の騎馬はたちまち闇に消えていった。

「逃がすな、追え」

ただちに刀伊の後を追うように警固所から騎馬武者の一団が走り出た。致光が隆家の傍《そば》に駆け寄った。

「藤原友近殿が刀伊を追っております。われらも追いまするか」

「友近にまかせよ。この闇だ、地理を知らぬ者が追えば思わぬ不覚を取らぬとも限らぬぞ」

「されど、博多の町を荒らされたままでは、われらの面目が立ちませせぬ」

致光が歯嚙《はが》みして訴えると、隆家は笑った。

「なに、明日の朝には、奴らはまた総攻めをかけてくるつもりであろうよ。だからこそわれらを眠らせぬ魂胆で夜中に警固所を襲ってきたのだ」

「しからば、いかがされまするか」

いつの間にか種材が致光の後ろに控えて指示を仰いだ。平為賢や平為忠、藤原明範、藤原助高、大蔵光弘も隆家の傍に駆け寄ってきた。

「刀伊が博多を焼いたのは、おそらくわれらを東に引きつけるためだ。次に上陸を図るのは西だ」

種材が思い当たったように口を挟んだ。

「さようだとすると上陸いたすのは早良郡《さわら》から志摩郡船越津《ふなこしのつ》にかけてのあたりかもしれませんな」

「そうだ。夜が明けぬうちに、それらの浜へ精兵を潜ませておくがよい。われらは刀伊が動き次第、駆けつけよう」

「さように仕《つかまつ》りまする」

致光が応じて、地元の武士たちに下知するため脇門から走り出た。

隆家は夜空を見上げた。

「刀伊から馬を奪われぬうちに倒してしまわねば、うるさいことになるぞ」

星の輝きを失わせるかのように警固所が燃え上がる炎はあたりを明々と照らしていた。

早暁まで兵たちは警固所の消火と各地の見張りに追われた。

その間、隆家は焼け残った本殿で鎧を着たまま柱に背をもたせかけてまどろんだ。

うとうとしつつ夢を見た。

——あの日の夢だ

夢だとわかっているのに、不思議なほど、いつのことであるかはっきりしていた。

護摩《ごま》が焚《た》かれ、高僧たちによる厳かな読経が聞こえる。すべての経典をまとめた一切経《いっさいきょう》の供養が行われていた。

隆家の祖父である藤原兼家の邸《やしき》は法興院《ほこいん》という寺になった。この寺に隆家の父道隆は積善寺《さくぜんじ》という堂を建立した。一切経の供養はこの堂で行われたのだ。

正暦《しょうりゃく》五年（九九四）二月のことだった。

隆家はまだ十六歳で、道隆が存命だったころだ。清少納言が定子のもとに出仕した年でもある。

一切経の供養はよほどの財力がなければできないと言われ、道隆の全盛期だからこそできたともっぱらの評判だった。この供養には女院の詮子《せんし》始め、宮中の主だった公卿《くぎょう》たちはすべて参列し、その華やかさは見事というほかなかった。

これに先だって、道隆は中宮《ちゅうぐう》御所の定子のもとに挨拶《あいさつ》に行った。その際、道隆は居並んだ女房たちを前に、

「宮（定子）は何の御不満もないことでしょうね。このように美しいひとたちに傅《かしず》かれて、ひとりとして見劣りするひとがないとは、本当にたいしたものですよ。よくよく目をかけて、仕えてもらうことですね」

と機嫌よく口にして、さらに猿楽言《さるごうごと》（冗談）を言った。

「それにしても、皆さん方。この宮様をどのような御心の方だと思ってお仕えになっているのでしょうかね。知らなかったでしょうが、実は大変に物惜しみされる方なのですよ。わたしなどは宮様がお生まれになってから懸命に御奉公申し上げてお りますのに、まだお下がりの着物ひとついただいたことがないのですからね」

権勢並ぶ者のない道隆が、娘の定子からお下がりの着物一枚もらったことがない、と笑いを誘うように言ってみせる。

女房たちが笑いを堪《こら》えるのに懸命になるのを見て、道隆は重ねて、

「いやいや、これは陰口をたたいているのではありません。ほれ、このように宮様の前ではっきり申し上げているのですからね」

と戯れると、さすがに女房たちも堪え切れず笑い出した。道隆はおおらかで明るい性格であり、周囲にはいつも笑いが絶えなかった。

供養には女院詮子や隆家の母貴子《きし》に大納言伊周《これちか》始めきらびやかな藤原一族が参列した。

やがて一切経の供養が始まったが、定子はまだ姿を見せていなかった。ゆっくりと現れた定子は待ちわびたひとびとに、

「随分、待たれたことでしょうね。以前、女院のお供をした時の下襲《したがさね》と同じではつまらないからと、大夫《だいぶ》が新しい下襲を縫わせていたものですから遅くなったのです。大夫は本当にしゃれ好みですこと」

と言って、おかしそうに艶《あで》やかな笑みを浮かべた。下襲は貴族が礼服である束帯姿の時、下に着た衣で、背後に長く曳《ひ》く衣装である。この時の中宮大夫は道長だった。

いままでは権勢をほしいままにしている道長だが、このころまでは定子に傅き、供をしていたのである。定子は額髪《ぬかがみ》を上げるために釵子《さいし》（簪《かんざし》）をさしていたが、髪の分け目が少し片寄り、それが却《かえ》って匂《にお》やかな風情をかもし出していた。

道隆も下襲の裾《すそ》を長く曳いて堂々たる姿だった。道隆が堂から外へ出ようとすると、大納言の伊周が沓《くつ》を取った。子であるとはいえ、大納言に沓を取らせるほどの権勢を持った者はかつてなかった。

中宮大夫の道長までもが歩み出した道隆の威を畏《おそ》れるかのように地面に跪《ひざまず》いた。後に、

――此の世をば我世とぞ思ふ

とまで高言する道長が、当時は地に膝をついたのである。まさに道隆の栄華が極

まった日だった。

供養の翌日には雨が降った。すると、道隆は定子に、

――これになむ、おのが宿世は見えはべりぬる
と得意満面に言った。

大事な儀式の日に雨が降らなかった自分の運の良さを自慢するとともに、これからも一家が繁栄していくことを確信した言葉だった。しかし、その後、中関白家にめぐってきた運命は、道隆が予想していたものとは違っていた。

(あの日から一年余りで父上は亡くなられた)

夢の中で隆家は思いを致した。道隆が病の床にあったころ、隆家は夜中に邸の大屋根に登って、

「どこかに、強い敵はおらんものかな」

と不穏なことをつぶやいていた。傍らには知り合ってほどない乙黒がいて、ふたりで闇に覆われた京の街を行く〈百鬼夜行〉の行列を見かけた。

牛車の供をして花山院のもとに向かっていたのは、瑠璃や烏烈ら渤海《ぼっかい》国の末裔《まつえい》で、鬼となってこの国にひそかに入り込んでいた者たちだった。

あの者たちに出会って間もなく道隆は亡くなり、中関白家の苦境が始まった。花

山院との争いに拍車がかけられ、そのことによって生じた〈闘乱〉が刀伊との戦いへとつながっていった。

浅いまどろみの中で過ぎ去った時を振り返りつつ、隆家は夢から覚めた。庭に目を向けると、沈みかけた月が警固所の庭を白々と照らしている。

強風に荒らされ火の粉が降りかかった庭は、ところどころ焼かれて黒く焦げた木も多く、物寂しく、荒涼としていた。

だが、隆家はこの寂滅《じゃくめつ》とした風情になぜか心惹《ひ》かれた。

(清少納言は月影のことを書いていたな)

定子に仕えた清少納言は、『枕草子』で、

——荒れたる家の、蓬《よもぎ》深く、葎《むぐら》はひたる庭に、月の隈《くま》なく明く、澄みのぼりて見ゆる

荒れ果て、蓬が生い茂り、葎がはびこった庭に月の光が隈なく明るく差して、澄み昇っている光景を趣があると記し、さらに、

　——わざとつくろひたるよりも、うち捨てて水草《みくさ》がちに荒れ青みたる絶え間絶え間より、月影ばかりは白々と映りて見えたるなどよ。

　すべて、月影は、いかなるところにても、あはれなり。


と、わざわざ手入れした庭よりも、荒れ放題にして水草で青くなっている池に白々と映る月の光が美しい。どこにあっても月光は心に沁《し》みるものだ、という。

　それは斜陽の中にある中関白家のひとびとに通底する美しさであったかもしれない。隆家は中関白家の栄華の日々を思い起こし、しみじみと清少納言が称《たた》えた月光に目を遣《や》った。胸に去来するのは、

（武士たちは所領を守るために戦うが、わしは、美しきものを守るために戦うのだ）

　という思いだった。

　朝廷は、この世で美しいと思われるものがすべて集まるところだ。権力の座をめぐっての争いは醜いが、誰もが美しきものを求めてやまない心を持っているからこそ、争いは繰り返される。

　隆家が争った花山院も、女人だけでなく詩歌や絵画、装飾、衣装などすべての美

を満喫したいという思いに取りつかれた法皇だった。何かに憑《つ》かれたかのような振舞いだったが、美を見極める目は確かだった。

そして、天皇の寵愛《ちょうあい》をめぐる定子や彰子《しょうし》の諍《いさか》いは、『枕草子』や『源氏物語』を生みだしもした。清少納言は没落していく中関白家の美を称え、紫式部は栄華を誇る道長のまわりで悲哀に沈む女たちを愛おしんだ。

勝者がすべてではない。敗者の悲しみやせつなさの中にこそ美しさは発露される。勝者の凱歌《がいか》ではなく敗者の悲歌に心動かされることこそが雅《みやび》なのではないか。

隆家にはそう思えてならなかった。この国には敗者を美しく称える雅の心がある。だからこそ、この国を守りたいと思う。この国が亡《ほろ》びれば雅もまた亡びる。

かつて安倍晴明が、強い敵との戦いを望む隆家に、

「あなた様が勝たねば、この国は亡びます」

と告げたことがある。晴明が亡ぼさせてはならぬと言ったのも、この国の雅を指しての言葉であったかもしれない。

隆家はおもむろに立ち上がって庭に下りた。

焼け焦げた木々の間に立つと、父道隆、母貴子、兄伊周の声が聞こえる気がした。ふと悲運のうちに亡くなった中宮定子も天から見守ってくれているのを感じて、隆

家は腰に吊《つ》るした黄金造りの太刀をすらりと抜いた。

刃が淡い月の光に白く輝く。太刀を天に突き上げた。いまこそ自分が何のために戦わねばならないのかがはっきりとわかった。

空を見上げると、雲が風に吹き払われ、満天の星が瞬いている。

「神々も御照覧あれ、われこの国の雅を守るために戦わん」

隆家の凛々《りんりん》たる声が夜空に吸い込まれていった。

八

翌日、風は静まり、空の青さが透き通るような晴天となった。

警固所本殿にいた隆家のもとに種材が駆けつけた。

「お喜びくだされ。肥前松浦《ひぜんまつら》の者どもが船にて馳せ参じましたぞ」

隆家が博多津の浜に出てみると、旗を掲げた軍船が次々と博多湾に入ってくるのが見えた。やがて軍船から数人の武士が小舟に乗り移ると、浜に上がってきた。先頭に立った男は潮焼けし、小柄だが引き締まった体つきをしている。

男は隆家の前に片膝をつき、

「肥前介源知《みなもとのさとす》、参上仕りました」

と言上した。

松浦の武士団を率いる松浦氏は、嵯峨《さが》天皇の皇子源融《とおる》の子孫である摂津《せっつ》の渡辺綱《わたなべのつな》の一族だという。渡辺党が瀬戸内の水軍を掌握しているのと同様、松浦党もまた船軍《ふないくさ》に長《た》けている。

「船は何隻あるぞ」

隆家が訊くと、知は落ち着いて答えた。

「三十八隻にござります」

隆家はわざと首をかしげ、試すように訊いた。

「刀伊の船はおよそ五十隻。長さ八尋《ひろ》から十二尋と大きく、三、四十の櫂《かい》で進み、その速さは恐るべきものがあるという。しかも高麗《こうらい》を荒らし、外海を押し渡ってきただけに船軍にも慣れていると見なければならぬ。容易ならぬ敵ぞ」

「おまかせくださりませ。われらも船軍は得手でござりますれば」

知はわずかに微笑を浮かべた。

「頼もしき者どもじゃ。これで刀伊を追い払えるぞ」

隆家が言った時、浜に使者が騎馬で駆けこんできた。武士が馬上から飛び降り、隆家のもとに駆け寄って跪いた。

「申し上げます。朝方に賊徒が上陸して参りました。ただちに応戦いたし、賊徒四十人を討ち取り、退けてございます」

使者の報《しら》せに武士たちはどよめいた。

船越津には怡土郡、志摩郡の土豪が備えていた。さらに隆家の指示により精兵も加勢していた。

刀伊は早暁に上陸したが、土豪らはあらかじめ浜に陣を敷いており、刀伊に向かってまず矢を射かけ、怯《ひる》むところを斬り込んだという。土豪たちは刀伊が集団戦を得意とする恐るべき相手であることを知っていた。

このため、ひとりひとりが名のりを上げるような戦い方はしなかった。大長刀や刀を振るい、郎党《ろうどう》を率いて突進した。

刀伊はとっさに楯で防ごうとしたが、これを許さず大長刀ではねのけた。さらに襲いかかろうとする刀伊に郎党とともに斬りつけ、組み伏せて止《とど》めを刺した。

早朝の浜はたちまち戦場となり、波打ち際は血に染まった。

やがて土豪たちに押しまくられた刀伊は、甲高い声で叫び声をあげると同時に船に向かって逃げ出した。

話を聞いた武士たちが、

「やりおったな、志摩の者ども――」

「見事な勝ち振りじゃ」

と言い騒ぐのを隆家が制した。

「待て、逃げ去った刀伊はその後、いかがいたした」

「沖へと去りましたが、その後の行方はわかりませぬ」

そうか、と言って隆家はしばしの間、考え込んだ。

「勝ったとばかり喜んではおられぬ。船越津にまで押し寄せながら退いたところを見ると、おそらく刀伊の本軍ではあるまい。本軍はわれらが援軍のため西に走り、手薄になった博多津を襲うつもりであったのだろう」

「では、刀伊はまだ能古島に留《とど》まっていると仰せでござるか」

致光は海へ目を遣った。晴れ渡った空の下、能古島は遠望できる。いまなお刀伊はあの島を占拠しているのだろうか。

「よし、幸い、わが方の軍船も着いたことゆえ、これより能古島の刀伊を攻め立て、決着をつけよう」

隆家の言葉に武士たちは息を呑んだ。松浦党の軍船が来たとはいえ、数では刀伊が勝ると居合わせた者は皆わかっていた。容易に手は出せないと誰もが思ったのだ。

致光が身を乗り出した。

「刀伊の船を捕らえるとなれば、いま少し船を集められたがよかろうかと存じまするが」

致光が言い終わらぬうちに、種材が苛立《いらだ》たしげに足を踏み鳴らし、

「何を申しておる。さようにのんびりと船など集めておっては、賊徒は風のように逃げてしまうぞ。好機を逸するだけのことじゃ。六十を過ぎたわしの命など惜しゅうはない。お主らが行かぬなら、ひとりで賊徒に討ちかかり、一身を国事に捧《ささ》げる所存ぞ」

と怒鳴るように言うと、隆家も、

「大蔵が申す通りじゃ。攻める時を失えば悔いることになろうぞ。ましてやわしらが行かずとも、刀伊の方から攻めてこようが」

と応えて海を指差した。

「奴らも新たな加勢が着くのを能古島で待ち、そのうえで総攻めを図っておるのやもしれぬ。これ以上、刀伊を上陸させてはならぬ。躊躇《ちゅうちょ》しておる暇はない」

「わかりましてございます」

致光が頭を下げると、他の武士たちも、

「いかにも左様に存ずる」

「能古島へ攻め入りましょうぞ」

と口々に応じた。種材は興奮で顔を紅潮させ、

「それでこそ九州の武士じゃ。わしが真っ先駆けて死んでくれようぞ。わしの骸《むくろ》を踏み越えて刀伊を討ち果たしてくれい」

と声を高くした。

「ならば、参ろうぞ」

隆家は武士たちを見渡し、力強い声で下知した。武士たちは浜を走り、松浦党の軍船に乗り込んだ。隆家もまた源知の船に致光とともに乗った。

乗船してすぐに、知は船に乗った隆家の前に跪《ひざまづ》いて言上した。

「侮れぬ船軍になろうかと存じます。船軍は敗れたらば、船ごと海の藻屑《もくず》となり、生きては戻れませぬが、お覚悟はよろしゅうございまするか」

船軍は恐ろしい。たとえどれほど武勇に優れていても船を沈められてしまえば、助かりようがないというのだ。

隆家はにこりと笑った。

「かまわぬ。戦うからには、もとより生きて戻ろうなどとは思っておらぬ。ただ、敵を討ち果たすのみぞ」

隆家の言葉に松浦党の武士たちは、おおう、と応えた。立ち上がった知が、

「――行くぞ」

ひと声発すると、船団は能古島へ向かって動き始めた。櫂で漕《こ》ぎ、帆に風を受けて進んだ。

水軍は敵に向かう際には一列になって長蛇の陣形を取る。敵船に出会った時、散開して敵を取り囲むためだ。遭遇《そうぐう》した敵とは矢合わせの後、寄せた船から板を差し渡し、乗り込んだうえで白兵戦を行うのだ。

海を進むうち、船上で武士たちは目を瞠った。

「何だ、あれは――」

能古島からおびただしい船がやってくるのが見えた。その船数は六、七十隻にも見受けられる。

「これは――」

「何という船数だ」

武士たちがうめいた。以前、博多湾に現れた刀伊の船よりはるかに多い。刀伊は

やはり能古島で新たな船が着くのを待っていたのだ。松浦党の船に倍する船数である。

刀伊の船にはいずれも弓を構えた屈強な男たちの姿が見えた。しだいに船は近づいてくる。

船出した時には凪《な》いでいた風がまた強くなった。

互いの船団がぶつかりそうになる寸前、双方の船から矢が射かけられた。松浦党の船は陣形を組み、果敢に刀伊の船に迫っていく。

矢がうなりを上げて飛び、船縁《ふなべり》に突き立った。櫂の漕ぎ手にも次々と矢が刺さり、船脚が落ちていく。突然、松浦党の船から矢が放たれなくなった。刀伊の船から対馬や壱岐で捕らわれたひとびとの悲鳴が聞こえたからだ。

悲鳴があがった大船を見ると、船縁にさらわれた女子供や年寄りが立ち並ばされている。人々の泣き声やうめき声が風に乗って聞こえてくる。

矢を射れば、その者たちに突き刺さってしまうだろう。

「おのれ、卑怯《ひきょう》な」

種材が歯嚙みした。

致光が無念そうな表情で隆家を振り向いた。

「隆家様、いかがいたしまするか」

船上のひとびとを見据えた隆家は口惜しげに言った。

「さらわれし者がおらぬ船の刀伊を討ち取るしかあるまい。そのうえであの船に乗り込もうぞ」

隆家が命じると、松浦党の船は大船をまわり込んで、ほかの敵船を目指した。

しかし、その間にも大船からは執拗《しつよう》に矢が射かけられてくる。

漕ぎ手や兵が次々に刀伊の矢に射られて悲鳴をあげた。それを見かねて、大船に並ばされた人質の僧侶が大声で、

「わしらへの気遣いはいらぬ。矢を射返してくだされ」

叫ぶとともに海に身を躍らせた。白い水飛沫《みずしぶき》をあげて僧侶が飛び込むのを見た種材が、

「飛び込みし者を救うのだ」

と命じた。その時、兵たちがどよめいた。

「また、飛び込むぞ」

次から次へと刀伊の船からひとびとが飛び込んだ。女や年寄りたちだった。手を合わせ、祈りながら海に身を躍らせていく。

「急げ。溺《おぼ》れ死ぬぞ」

種材が叫んだ。しかし種材の船が溺れる者を助けるため近づくと、刀伊の矢が飛んできた。海に飛び込んだ者とそれを助けようとする船に情け容赦なく矢が降り注ぐ。あまりの非情に隆家は舳先《へさき》に立って呼ばわった。

「卑怯なり。烏雅よ、これがお前の戦《いくさ》か――」

憤りが隆家の声を高くした。無辜《むこ》の民をさらうだけでなく、戦場での楯とする刀伊の戦法を許し難いと思った。

隆家の声が海上に響き渡ると、しばらくして人質を乗せた船はゆっくりと進路を変え、戦いの場から離れていった。種材の配下の兵が海に飛び込んだ者たちを熊手《くまで》で掻き寄せては救いあげていく。

卑怯である、という隆家の言葉に恥じたのかどうかはわからないが、いずれにしても人質が乗った船は遠ざかり、矢を射かけなくてもすんだ、とわかって武士たちは勇気百倍した。

「進め、舳先を当てよ」

知が大声で下知する。松浦党の船には、舳先に〈衝角《しょうかく》〉と呼ぶ鉄の角《つの》がつけられている。この〈衝角〉で敵船の船体を撃ち破って沈める戦法だった。

やがて松浦党の船は続けざまに刀伊の船に〈衝角〉をぶつけた。めりめりという音を立て、刀伊の船は衝撃で激しく揺れた。

松浦党の船は、一度ぶつけた〈衝角〉を引き抜き、再度、同じ船に当てていく。まるで小刀で敵の腹をえぐるかのように何度も敵船にぶつかっていく。その都度、当たられた船体に穴が開き、浸水していった。

刀伊は何事か叫び声を交わしながら、船上から矢を射かけてきた。

松浦党の兵は楯を頭上にかざし、矢を受けつつ、さらに〈衝角〉をぶつけるべく突進した。刀伊の大船はこの様子を見て恐れをなしたのか、大きく進路を変え、戦いの場から遠ざかった。

「奴らめ、逃げるぞ」

種材がわめいた。松浦党の船が追いかけようとした時、刀伊の大船の陰から十人ほどが乗った小舟が漕ぎ出てきた。船上の刀伊は大きな鉤《かぎ》をつけた棒を手にしている。

漕ぎ寄せて船に乗り込むつもりなのか。その小舟に仁王立ちになっている男が、大声で呼ばわった。

「藤原隆家、どの船に乗っておるのだ。勝負をつけにやってきたぞ」

烏烈だった。

隆家は船から身を乗り出して叫び返した。

「わしはここだ。勝負いたしたくばやって参れ」

すると刀伊の船から矢が射かけられ雨のように隆家に向かって降ってきた。これを太刀で斬り払うがとても防ぎきれず、数本は大鎧に突き立った。

「汚し——。わしを誘い出すだけで勝負はいたさぬつもりか」

隆家が怒鳴ると、烏烈は笑った。

「いまのは、かつて貴様に討たれた頼勢のために仕返ししたまでだ。わしの勝負はいまからぞ」

烏烈は小舟を隆家の船に寄せると鉤棒をかけさせ、するすると船上に伝い上った。たちまち隆家のそばまで寄って、剣を手に睨《にら》み据えた。

「やっと、この日が参ったわ」

烏烈は目を光らせて言った。

「わしも待ち望んでいたぞ」

隆家は足場の悪い船上で太刀を構えたまま、じりっと横に動いた。烏烈もそれに合わせて動く。まわりにいる者のことは眼中にない様子だ。

知が弓を構えて叫んだ。

「権帥《ごんのそち》様、お下がりくださりませ。こ奴は弓にて討ち取りましょうぞ」

だが、隆家は首を横に振った。

「ならぬ。この男とは因縁がある。わが手で討ち果たさねば悔いが残る」

隆家が言い終わらぬうちに烏烈が斬りかかった。

凄まじい膂力《りょりょく》の斬り込みを隆家が弾《はじ》き返す。烏烈は前後左右に激しく動いた。虎《とら》が荒れ狂うかのように跳んでは、間髪を容《い》れず隆家に斬りつけてくる。

「権帥様――」

知は額に汗を浮かべた。ふたりがもつれ合うように戦っているだけに、矢を射かけることもできない。

隆家の烏帽子が斬り裂かれると同時に、烏烈の腰につけられていた矢筒の帯が断ち切られた。矢筒が転がったのを見た烏烈は、身を翻してこれを拾った。

隆家は鋭く烏烈を睨みつけて、声を発した。

「貴様、弓を持たぬのに、なにゆえ矢を拾う」

烏烈はにやりと笑った。

「烏雅は毒矢を嫌うゆえ、われらは戦で毒矢を使うことを止《や》めた。だが、この勝負はわしだけのものじゃから毒矢を用意したのだ」

烏烈は剣を船板に突き立てると、矢筒から五、六本の矢を引き抜くや否や、利き手に一本を持って、素早く隆家に投げつけた。矢はまるで射られたように速く飛ぶ。隆家はこれを太刀で払い除《の》けた。しかし、烏烈は続けざまに二本の矢を投げつけてくる。指呼《しこ》の間だけに、剣で斬りつけられるのと同じだった。しかも鏃《やじり》には毒が塗ってあるという。わずかでも傷つけば命を絶たれるのは明らかだ。

太刀で払いつつ後ろに退いた隆家はつまずいて転倒した。その瞬間、烏烈は跳躍して隆家にのしかかった。隆家の腕を押さえて右手に持った矢を振り上げ、首筋めがけて突き刺そうとした。

「退《の》け――」

隆家は怒号して、烏烈の体を撥《は》ね飛ばした。

烏烈は宙を飛ぶと同時に体を反転させながら、隆家に向け矢を投げた。大鎧の袖と草摺《くさずり》に矢が刺さったが、太刀で払うとすぐに落ちた。

「もはや、毒矢はあるまい」

隆家が言うと、烏烈は何事かわめきながら、船板に突き立てた剣に向かって走った。隆家は追いすがり、烏烈の背を後ろから斬り下げた。

血が迸《ほとばし》った。

剣を引き抜いて、烏烈はゆっくりと振り向いた。頬に傷が目立つ顔が蒼白《そうはく》になっている。

「どうしても、わしは貴様には勝てぬのか」

よろめきながらも剣を構え、隆家ににじり寄ろうとする。隆家はためらわず踏み込んで、烏烈の胸を袈裟《けさ》がけに斬り下げた。血に染まった烏烈は天を仰いだ。ぐらりと体が揺れて隆家の傍《そば》で仰向《あおむ》けに倒れた。

烏烈の口がわずかに開いて、

――瑠璃

と言うように見えた。

(この奴《やつ》は、やはり瑠璃への想《おも》いが深かったのだな)

隆家は末期《まつご》の想いが露《あら》わになった烏烈の顔を見て胸を突かれた。思えば花山院との〈闘乱〉を経て長い因縁があった相手だった。

まわりの武士たちから歓声が上がった。

「権帥様、お見事でございます」

「この者は刀伊の頭でございまするぞ」

船上での騒ぎは他の船にも伝わった。異変に気づいたらしくひときわ大きな刀伊の船が海面を滑《すべ》るように近づいてきた。舳先に弓を構えた烏雅が立っている。

「射よや」

烏雅は叫んで、自らも矢を放った。矢は隆家の胸に向かってまっすぐに飛んでくる。

烏雅が放った矢を隆家は太刀で斬り払った。

「おのれ――」

互いが乗った船の舳先が近づいた時、烏雅は口惜しげに隆家を睨み据えた。

「今度は、わが矢を受けてみよ」

隆家は弓を手に取り、矢をつがえて烏雅に狙いを定めた。烏雅を討ち果たすと意を決していた。秋霜烈日の厳しさが隆家の表情に表れている。

(瑠璃よ許せ。わしはそなたの子を討たねばならぬ)

隆家は胸中でつぶやいた。瑠璃の悲しげな顔が脳裏に浮かぶ。その面影を振り払うように弓を引き絞った。

烏雅はそんな隆家を食い入るように見つめながら、体をさらしたままだった。隆家の矢を斬り払うつもりか剣に手をかけている。

舳先がすれ違う。

隆家が矢を放とうとした瞬間、烏雅の乗った船が、

――どーん
という大きな音を立てて激しく揺れた。

「何事だ」

隆家は船縁を摑《つか》んだ。烏雅の乗った船が、大きな黒い生き物の背に乗り上げている。

「勇魚《いさな》でございます」

知が叫んだ。

「勇魚だと」

隆家は息を吞んだ。勇魚とは鯨《くじら》のことである。隆家は生まれてこの方、このように巨大な生物を見たことがなかった。黒々とした巨体が波の間を浮きつ沈みつして悠々と進んでいる。鯨に遭遇する都度、まわりの船は鯨の引き起こす波で木の葉のように揺れた。

「かような魚がまことにおったのか」

隆家は目を疑った。

古《いにしえ》より、鯨追い漁が続いていると聞いたことはあったが、鯨がこのように巨大であるとは目の当たりにするまで信じられなかった。まるで、奇怪な夢を見ているかのようだ。

知は言葉を続けた。

「玄界灘《げんかいなだ》の勇魚は博多湾に迷い込むものもおるのです。火矢に驚き、暴れ出したのでございましょう」

一頭だけではなく、二頭もの鯨が海面に浮かび上がっては、潮を吹きつつ刀伊の船に体当たりをする。沈んだかと思うと巨大な体を海上に跳ね上げ、水面を叩《たた》きつけるような音とともに大きな水飛沫を上げる。その凄まじさに刀伊は恐れおののき、火矢を射ることもできない。松浦党の兵たちが騒ぎ立てた。

「海の平安を乱したからじゃ」

「海神様がお怒りなのじゃ」

口々にわめいて鯨を指差す。巨大な鯨はまさに海神の化身のように見えた。

鯨はなおも白い大波を掻き立て、船の間を泳ぎ回るが不思議に刀伊の船にだけ体当たりを繰り返した。

やがて烏雅が乗った船に大きな亀裂が走った。めりめりと船板が裂けていく。

「船を寄せろ。飛び移るのだ」

烏雅が刀伊たちに大声で呼びかけた。櫂が漕がれ、隆家の船に迫ってくる。知が怒鳴った。

「ぶつかればこの船まで沈むぞ。よけろ」

水夫があわてて進路を変えた。だが、刀伊の船は必死に追いすがってくる。時をおかずに烏雅の船は大きく傾きながら隆家の船に寄ってきた。

「ぶつかるぞ」

松浦党の兵が悲鳴をあげた。

互いの船がぶつかる直前に烏雅は大きく跳躍して隆家の船に飛び移った。船がぶつかりあった衝撃は思いのほか小さかった。刀伊は海に飛び込み、仲間の船がこれを助けようとする。

二頭の鯨は海面に姿を現すと、悠然と沖へ向かった。

船体が真ん中から壊れて沈み始め、刀伊の悲鳴と怒号が交錯した。隆家は飛び込んできた烏雅に向かって一歩前へ出た。

「来たか──」

烏雅はさっと剣を構え、血に染まって横たわっている烏烈の遺骸にちらりと目を遣った。烏雅の表情がかすかに曇った。

「やはり、烏烈は貴様にかなわなんだようだな」

「最期に瑠璃の名を呼びおった。それだけの想いがあったことは覚えておくことだ」

隆家の言葉に、烏雅は突き放すように言い返した。

「生きている間にあった想いなど、死んでしまえば無いと同じだ」

烏雅の声はひややかだった。女真族は遊牧民である。自然の摂理に従って生きている。厳しい自然の道理しか信じようとはしない。

「そうであろうか。わしはそうは思わぬ。ひとはどのような想いを抱いて生きたかが大切ではないのか」

隆家はゆっくりと太刀を構えた。烏雅は剣を手にまわりを見まわす。致光が弓を構えているのを見て、

「あ奴らにわしを射させるつもりか」

と嗤《わら》った。致光だけではない。知とその郎党たちも烏雅に鏃を向けて、弓を引き絞っている。隆家の下知があれば、一瞬で烏雅の体には何本もの矢が突き刺さるだろう。

隆家は首を横に振った。

「いや、お前との勝負は誰にも邪魔させぬ」

「ならば、ゆくぞ」

烏雅が剣を天に向かって高くかかげた。頭上に差し上げられた剣が鋭い光を放った。

白雲棚引《たなび》く青空に鷗《かもめ》が数羽舞っている。

九

高く掲げた剣先が上下したかに見えた時には、烏雅は隆家の頭上に斬り込んでいた。隆家はこれを太刀で弾《はじ》き返すと同時に、左手をのばして烏雅の袖を摑み、足をかけて投げ飛ばした。

烏雅は体をすばやく宙で一回転させて下り立った。烏雅は飛び退きながらも剣を振るって隆家の狩衣《かりぎぬ》の袖を斬り裂き、すかさず隆家に向かい獣のような奇声を発して突進した。

隆家もまた避けることなく真っ向から立ち向かう。刃が嚙み合う凄まじい音が響いたかと思うと、隆家の太刀が根元から五寸ほど残して折れた。

——隆家様
致光が悲鳴のような声をあげた。すぐさま隆家は折れた太刀を烏雅に投げつけたが、烏雅はこれを払い、斬り込んでくる。剣が風を切ってうなる。

体すれすれに斬り下ろされる寸前、隆家は烏雅の懐に飛び込んで腕を押さえこんだ。右手で烏雅の喉を摑み、ぐいと押す。凄まじい膂力《りょりょく》で締め付けられて烏雅は少しずつ後退《あとずさ》りしていった。顔が青ざめていく。

隆家が目を猛虎《もうこ》のように爛々《らんらん》と光らせ、さらに腕に力をこめようとした瞬間、烏雅は足を蹴上げた。

とっさに隆家は剣を持つ烏雅の手をひねり、蹴りをかわした。烏雅の背後にまわり、あごの下に腕を差し込んで首を締め上げた。船縁《ふなべり》に押し付けられた烏雅の顔色が蒼白になり、苦しげにうめいた。さらに押された烏雅が船縁から落ちかかるほど上半身を仰《の》け反《ぞ》らせた時、隆家の左肩に刀伊の放った矢が刺さった。隆家は弾かれたように烏雅の喉から手を離した。

いつの間にか弓を構えた刀伊が五、六人乗った小船がすぐ傍まで寄ってきている。

「許さぬ——」

怒った致光が刀伊めがけて矢を次々と射た。喉元に矢を受けた刀伊は海に転落した。床に転がった隆家は、自ら肩の矢を抜き取った。

「権帥様《ごんのそち》――」

源知《みなもとのさとす》が駆け寄った。隆家は肩先から血を滴らせ、大袖が見る間に赤く染まっていく。船縁に体をもたせかけた烏雅は肩で大きく息をしながら隆家に顔を向けた。

「なるほど、わが母の言われた通りであった。藤原隆家という男は、目の前に立ち塞《ふさ》がる敵に、血がつながっていようが容赦しないのだな」

烏雅の声にはどこか嬉《うれ》しげな響きがあるように感じられる。知から血止めの手当てを受けた隆家は、ゆっくり立ち上がると、

「借りるぞ――」

と言って知の刀を取った。

「戦う者は、情を捨てるのが宿命だ。それが嫌なら戦場には出ぬことだな」

隆家は刀を右手で振りかざした。白刃が陽光を浴びて非情な輝きを放っている。

「言うまでもない」

烏雅も剣を構えなおした。その時、船がぐらりと傾いた。

「隆家様、刀伊めらが――」

致光が叫び声をあげて刀を抜いた。隆家の乗った船に刀伊の船が舳先をぶつけてきた。刀伊の船にも〈衝角〉がつけられており、当てられると船の損傷が激しい。船板が裂ける音とともに、ぎしぎしと帆柱がきしんで鳴った。刀伊たちは迅速に船の間に板を渡し、怒号しながら乗り込んでくる。

「射落とせ」

知は怒鳴って弓に矢をつがえた。板を渡ってくる刀伊に向かって矢継ぎ早に射かける。松浦党の兵たちも刀伊を射落としたが、その間にも刀伊は次々に乗り移ってくる。

「おのれ——」

致光は歯噛みして斬り結んでいくが、刀伊は剣や鉾を振りかざして攻め寄る。狭い船上は、たちまち双方のひしめきあう悲鳴と刃《やいば》が打ち合う音で騒然となった。血飛沫《ちしぶき》が上がり、船床に飛び散った血が幾筋も流れた。それに足を取られた兵に刀伊が襲いかかり、その背に矢が突き立つ。無惨にも死骸が折り重なっていく。

刀伊も兵も血塗《ちまみ》れになりながら斬り合った。船縁に立って射かける刀伊の足を兵が長刀で払う。大きな悲鳴をあげて転がり落ちた刀伊に兵が群がり寄って息の根を止める。

同じような戦いは他の船でも行われていた。

致光は刀を振るって刀伊の集団に突っ込み、当たるを幸いなぎ倒した。知も長刀を縦横に振り回し、血飛沫をあげていく。

まわりの凄惨《せいさん》な戦いをよそに、隆家と烏雅は向かい合っていた。ともに配下の者たちの怒号が耳に入っていないかのように相手だけを見据えている。額に汗を浮かべ、息をはずませた烏雅は剣をだらりと下げて、じりじりと近寄ってくる。隆家は左肩の血止めから血を滴らせて右手で刀を構えている。

ふたりの視線が絡みあった時、隆家が口を開いた。

「いま一度言う。国を建てたくば、祖霊の地に建てよ。異郷の地に建てれば、地霊に呪《のろ》われるだけぞ」

烏雅は何も答えず、白い歯を見せて笑っただけだ。無言で一歩踏み出すや否や跳躍して隆家を上から斬り下げた。

片手であったにも拘《かか》わらず、剣を撥《は》ね返す隆家の力は凄まじく、その衝撃で烏雅の手から剣が飛んだ。剣はくるくると回転して船縁に突き立った。

あわてて剣を取りに駆け寄ろうとする烏雅の前を、知が郎党とともに遮った。さらに致光と兵が取り囲んで烏雅に刀を突き付ける。

少し離れて、兵たちが弓で烏雅の胸に狙いを定めていた。ぎくりとして、烏雅はあたりを見まわした。わずかの間に刀伊が退けられてしまっていることに思わず息を呑んだ。

あれほど多数で攻め寄せたのに刀伊たちは、ことごとく斬られ、弓で射られて海に落ちてしまったというのか。烏雅は、あたりに倒れた刀伊の死骸が累々と続き、足の踏み場もない有り様を目の当たりにして呆然《ぼうぜん》とした。

(まさか、皆、討たれてしまったのではあるまいな)

烏雅は信じられないという面持でその場に立ち尽くした。まわりを囲む兵たちは烏雅をぎらつく目で睨み付けてくる。烏雅は刀伊の骸《むくろ》に囲まれ、生まれて初めて死の恐怖にさらされるのを感じた。

隆家がゆっくりと前に出た。刀を烏雅に向けて、

「どうじゃ。得物《えもの》を失ったうえに囲まれては、いかに剽悍《ひょうかん》なそなたでもどうすることもできまい。おとなしく降《くだ》れ」

と言う隆家を烏雅は顔を歪めて笑った。

「何を言うかと思えば、貴様らしくもない。自分の前に立ちはだかる者を容赦なく討ち果たすのが貴様のやり方ではないのか」

「たしかにお前の言う通りだ。いままではそうであった。だが、お前にそのやり方はできぬ」

隆家は深沈とした表情で告げた。

「なぜだ」

烏雅が訝しげな眼差しを隆家に向けた。

「お前の目だ」

「…………」

「お前は瑠璃と同じ目をしている」

隆家の声には懐かしむ響きがあった。隆家の脳裏に、出雲《いずも》に流される途次、但馬《たじま》で会った瑠璃の姿が浮かんだ。

但馬の受領《ずりょう》邸に滞在したおりの夜、隆家の龍笛《りゅうてき》に合わせて、哀調を帯びた高麗笛《こまぶえ》の音が聞こえてきた。やがて立烏帽子《たてえぼし》、白い直垂《ひたたれ》姿の瑠璃が隆家の前に立って声をかけた。

(初めて出会った時の瑠璃は、いま目の前にいる烏雅と同じ目の色をしていた)

哀愁を漂わせながらもひとを寄せつけず、闘争心に燃え立つ目の色だ。それは幼少より戦いにおのれの生きる道を見出《みいだ》してきた者の目だった。

瑠璃はおのれの命を賭《か》けて隆家と契ろうとしかけてきた。隆家はそれに応じないで、数夜をともに過ごした。隆家はあの時、瑠璃に言った。

「ひとは寝ている間に魂が彷徨《さまよ》うものだという。男と女が夜をともにすれば、肌はふれずとも魂は睦《むつ》み合い、通うのではないか」

あの言葉はまことのことだったかもしれない。そうとは気づかぬまま、瑠璃と魂が通じ合っていたのではないだろうかと隆家は思った。最後の逢瀬《おうせ》の夜、契れぬならば死ぬという瑠璃と隆家は交わった。魂の深いところでふたりは結び合えた気がする。

それも瑠璃の深い目の色に惹《ひ》かれたからではなかっただろうか。誰からも癒《いや》されることのない孤独な目を持ったふたりだった。

夜の帳《とばり》の中で、ほのかな明かりに浮かび、扇を手にあでやかに舞う瑠璃の姿が思い浮かぶ。扇はいつしか太刀に変わり、舞いつつ隆家に迫ってくる。袖が翻り、芳香があたりに漂った。瑠璃の眼差しは妖しい光を帯びて、せつなげに隆家を見つめていた。わずかでも隙《すき》を見せれば、何の迷いもなく斬りつけてきたに違いないと思わせる厳しい視線だった。

（瑠璃は生死の狭間《はざま》に咲く花であった）

隆家はしみじみと瑠璃に思いを馳《は》せた。

同じ視線を烏雅は隆家に向けてくる。烏雅は瑠璃の体を仲立ちにして新たに育《はぐく》まれた隆家自身とも言えるのではないか。だとすれば、自らに向かって刀を振るうことはできない。

一歩前に出た隆家は、烏雅の喉元近くに刀を突き付けて言った。

「お前は、わしにもよう似ておる。しかし、わしとお前では、違うことがひとつだけある。若かりしころより戦いを求め続けたわしは、お前という敵を得て、わが生涯を賭けるに足る戦いに身を投じることができた。だが、お前にとっての生涯の戦いの相手がこのわしであるはずがない。疾《と》く、この国を去れ。そして本来の自らの戦いを見つけるのだ。それができぬと言うのであれば、この場で死ね――」

隆家の厳しい言葉が雷鳴のように烏雅の耳に轟《とどろ》いた。隆家の声音には、偽りのない真情が込められていると烏雅は感じた。これが血のつながりというものなのだろうか。

情が直《じか》に心に沁《し》みてくるような気がする。誰あろう、まぎれもない父親の声だ。おのれをこの世に生み出した父親が説いているのだ。

胸が熱くなり、涙があふれそうになった烏雅は一瞬、言葉にならない叫び声をあげ、知に向かって駆けた。

知が斬りつけるのを豹《ひょう》のように敏捷《びんしょう》な動きで跳躍してかわし、知の肩を蹴って船縁に飛び乗った。烏雅は船縁に立って振り向き、

「藤原隆家、貴様はわしに情けをかけた。われらの最も恥辱とするところだ。もはや、引き揚げるしか道はない」

と甲高い声を海上に響かせて身を躍らせた。

「烏雅――」

船縁に駆け寄った隆家は、烏雅が刀伊の船に飛び移ったのを見届けた。

烏雅が刀伊に大声で何事か命じた。

すると、刀伊たちの動きがあわただしくなり、中には烏雅に食ってかかる者もいた。だが、烏雅が鉾《ほこ》を手に決然たる様子で指図すると刀伊たちの動揺は治まった。

それまで矢《や》を射かけていた刀伊が攻撃を止めた。

刀伊の船は、ゆっくりと方向を転じ始めた。

「逃げるつもりだ。追え、捕らわれし者を取り戻さねばならぬぞ」

知が大声で松浦党に命じた。

「刀伊の船を追うのは対馬までじゃ。それ以上の深追いはならぬ」

隆家の命に知が驚いて振り向いた。

「なぜにござりまするか。われらは、たとえ高麗《こうらい》の果てまでも追いすがりまするぞ」

「だからこそじゃ。対馬を越えて追えば、高麗の湊《みなと》にまで押し入ることになろう。それではわが国と高麗の大きな戦になる。深追いしてはならぬのだ」

隆家はきっぱりと言い放った。

「されど、それでは捕らえられた者たちを取り戻せぬやもしれませぬ」

知が悲痛な声を上げたが、隆家は答えようとせず、遠ざかる刀伊の船影をじっと目で追うばかりだった。微動だにせぬその姿は、あたかも威厳に満ちた軍神を思わせるかのようであった。

四月二十五日——

朝廷に大宰府《だざいふ》からの続報が届いた。飛駅《ひえき》は内裏《だいり》に駆けこむや否や、

「賊が襲来し、各地で戦闘が行われたものの、十三日には敵を撃退し、若干の捕虜を捕らえてございます」

と報じた。大宰府に賊の襲来が告げられて以来、わずかな日数で襲撃を退けたこ

とになる。この飛駅の報《しら》せは、この日が大臣たちの物忌《ものいみ》と重なったため、二十七日に宮中で会議が開かれて告げられた。

「やれやれ。なんや大騒動して損したような気がいたしますなあ」

「もともと、たいした賊やなかったのやおへんか」

「そうや、騒ぎすぎたんと違いますやろか」

貴族たちは笑い飛ばすことで、刀伊によって殺された者三百六十五人、連れ去られた者千二百八十九人、奪われた牛馬三百八十頭という被害の甚大さからは目を逸《そ》らした。

朝廷では四月二十一日に、〈刀伊入寇《といにゅうこう》〉に対して伊勢《いせ》大神宮など十社において賊徒の退散を祈禱《きとう》する奉幣《ほうへい》を行っていた。

この日、摂政《せっしょう》藤原頼通《よりみち》は翌日の賀茂《かも》祭に向けて賀茂社に参拝する予定だったが、奉幣使を憚《はばか》って社参を延期した。だが、賀茂祭などの宮中行事は通常と変わることなく行われた。

貴族たちは、九州を異国の賊が襲っていることなど忘れたかのように振る舞っていた。公卿《くぎょう》の中に、ふとそのことへの不安を口にする者がいると、

「ひとを脅かすようなことを言うて、慎みのないおひとや」

「帝《みかど》のご威光を軽んずることになるやないか」

と非難された。公卿たちにとって、九州を襲った賊徒を気にすることは、自分たちの誇りを傷つけることにほかならなかったのだ。

大宰府からの飛駅を受けての会議では、捕らえられた捕虜が高麗人であったことから、賊が刀伊か高麗のどちらだったかをよく調べて報告するよう命を出すことのみを決めた。

このほか、捕獲した捕虜や兵器は京に送るにおよばず、筑前の四王寺《しおうじ》で法会を行い、壱岐、対馬に役人を派遣して警備を固めることなどを決めて、大宰府に命令書が送られたのは五月四日のことである。

さらに五月二十六日には、賊徒退散を祈願するため仁王経《にんのうきょう》を読誦《どくじゅ》する〈仁王会〉が京の寺で行われた。

朝廷ではこれによって、〈刀伊入寇〉の大難はすべて終わったことになった。

刀伊を討ち払った隆家に喜びはなかった。

捕らえられた者たちを乗せた刀伊の船の行方がわからなかったためである。種材たちが指揮する松浦党の船は刀伊を追い続けた。

刀伊の船はいったん肥前《ひぜん》松浦郡の湊に入ろうとしたが、松浦党の船がこれを猛追して数十人を討ち取った。

松浦党の船はさらに刀伊を追い、五月に入っても兵船はなかなか博多津に戻ってこなかった。警固所に引き揚げ、疵《きず》の手当てを受けた隆家は、兵船の帰還が遅いことを危惧《きぐ》した。

「よもや、高麗まで押し渡ったのではあるまいな」

知を問い質すと、

「決してさようなことはございません。おそらく壱岐、対馬の近海を丹念に捜しておるのでございましょう。賊徒の船はいったん去ったと見せて、舞い戻ることも珍しくございませぬゆえ」

知はきっぱりと答えたが、その表情には危ぶむ色が浮かんだ。ようやく兵船が戻ってきたのは、五月末のことである。

博多津に入った兵船を、ひとびとは歓呼して迎えた。だが、船から下りてきた武士たちの表情は曇っていた。

警固所の大広間で、種材からの報告を聞いた隆家は眉をひそめた。

「捕らわれし者たちを救うことはかなわなかったか」

「さようにございます。どうしたことか刀伊の船の影も形もございませなんだ。おそらく一目散に高麗を目指したと思われまする」

無念そうに言った種材は膝を進めた。

「このうえは、高麗まで追うことをお許しくだされ。そうでもしなければ、捕らわれた者たちを取り戻すことはかないませぬ」

「それはならぬ」

隆家は首を横に振った。

「なぜにございまするか」

種材が目を剝《む》いて問いかけると、致光が横合いから口を挟んだ。

「刀伊はわが国の者を捕らえて去ったのでございます。追捕《ついぶ》いたすことに遠慮はいりますまい」

致光の言葉に武士たちは、

「さようでございますぞ」

「われら高麗の果てまでも刀伊を追いまするぞ」

と口ぐちに言い立てた。

「申したはずだ。国境を越えれば高麗との戦になるやもしれぬ。そうなれば、多くの無辜《むこ》の民の血が流れるだけだ。認めるわけにはいかぬ」

隆家はそう言った後、

「捕らわれし者たちを救えなかったのは、わしに非がある。許せ――」

と頭を下げた。

「もったいないことでございます」

「何を仰せになられまするか」

武士たちはいっせいに声を上げて平伏した。中に顔を上げて必死の面持で訴える者がいた。

「申し上げます」

長岑諸近が青ざめた顔で言った。博多湾で刀伊の船から飛び下りた諸近は、松浦党の船に助けられていた。諸近が意を決していると見て取った隆家は、気を引き締めて応じた。

「何事じゃ。申してみよ」

「兵を送れば高麗と戦になるゆえに追捕は許さぬとの仰せはわかりましてございます。されど、それがしひとりにて高麗に参るならば、さようなことにはならぬと存じまする。お許しいただけるとは、もとより思うておりませぬが、お見逃しを願わしゅう存じます」

「なんと、そちはひとりで高麗へ参ると申すか。許しを得ずに異国へ参るのは国禁を犯すことになる。たとえ無事に戻っても罰せられるのは明らかぞ」

朝廷からの使者ではない者が国外に出ることは禁じられている。まして対馬の判《ほう》官代《がんだい》である諸近は官人なのだ。すべてを承知のうえで海を渡ろうと言い出すのは厳罰を覚悟しなければできないことだった。

「それはいたしかたのないことでございます。それがしは、いったん刀伊に囚《とら》われた身でございます。このまま捕らえられし者たちを見捨てるわけにはいき申さぬ。捕らえられた者の中にはそれがしの妻子と老母、それに妹がおるのです。何としても助けたいと願うのは人情と申すものでございます」

諸近は血を吐くような形相で言った。諸近の言葉に耳を傾けていた知が身じろぎして口を開いた。

「恐れながら、諸近殿が高麗へ渡られるのならば、われらの船にて送るのがよろしかろうと存じまする。さすれば捕らわれし者たちの消息がわかりましょう。そのうえで取り戻す策を立ててはいかがでございましょうや」

知の話に、大蔵種材が膝を叩いた。

「そうじゃ。連れ去られた者たちの行方がわかれば、高麗へ使者を遣わし、取り戻す手立てを講ずることもできるのではございますまいか。そのためにも諸近殿が高麗へ渡ること、御目こぼし願わしゅう存ずる」

他の武士たちも、

「さようじゃ。お見逃し願わしゅう存じます」

「お願いいたしまする」

と声を上げた。捕らえられた者たちを取り戻したいという思いは皆同じだった。

隆家は立ち上がって武士たちの顔を見まわした。どの顔も日焼けし、戦を終えたばかりの猛々《たけだけ》しさを湛《たた》えている。

「そなたたちは、いずれも異国の賊を追い払うのに抜群の武功をあげた者たちじゃ。その願いを聞き届けぬわけには参らぬな」

隆家が口辺に笑みを浮かべると、武士たちは顔を見合わせて喜んだ。

「ありがたく存じまする」

諸近が涙声になって平伏した。隆家は諸近の傍らに寄り、片膝をついて声をかけた。

「よいか。たとえ、捕らわれし者たちの行方をつかめずとも、必ず戻って参れ。死ぬことはならぬぞ」

諸近は答えることもできず、額を床にこすりつけて肩を震わせた。

十

六月二十九日——

刀伊撃退の論功行賞が朝廷の議題に上った。すでに大宰府からは十二人の武家の戦功を記した上申書が出されていた。この会議は大納言《だいなごん》藤原公任《きんとう》の予想外な発言から始まった。

「そもそも恩賞を与えなければなりまへんのやろか」

公任は平然と首をかしげてみせた。かねてから隆家と親しい藤原実資が苦い顔をした。

「賊徒を退けたのですから、恩賞は当然のことではありませんか」

「さあ、そこや。朝廷では四月十八日に戦功をあげた者には褒賞を与えると決めたのは確かや。しかし、実際には十三日に賊徒は退散していたわけやから、合戦に功があったというても、褒賞せんでもよいのではないやろか」

公任はぬけぬけと言った。すると、中納言藤原行成《ゆきなり》が膝を叩いて、

「朝廷から命じられないところでの戦は私闘や。私ごとの闘いに朝廷から褒賞を出すのはおかしなことや」

と同調した。これにうなずく貴族たちも多く、

「そうやな。このたびは褒賞なしでもええやろ」

「賊もすぐに追い払えたところを見たら、たいしたことなかったみたいやし」

と言いさざめいた。苦り切った実資は、咳払《せきばら》いをして、

「さように仰せじゃが、道長様はちと違うお考えであられた」

と言い、一同を見渡した。実資は会議でこのような意見が出ることを見越して、あらかじめ道長を訪ね、意見を聞いていた。

実資の言葉に頼通は顔をしかめた。いまの朝廷は頼通によって動いている。いまさら父道長に出しゃばって欲しくはない。だが、道長の考えであると言われれば、誰もが否応《いやおう》なく聞いてしまうに違いなかった。

このころ道長は入道して政界を引退していたが、その権勢は以前と変わらず、衰えていない。

実資が道長の住む土御門《つちみかど》邸を訪れて、九州での隆家の働きを告げると、道長は青白い顔でうなずいた。道長は、

――容顔老僧の如《ごと》し

と後に言われるほど病み衰え痩《や》せていた。実資はその面差しを見て、

(近頃、道長様は病だという噂は、まことであったか)

と思った。道長は実資の視線を避けるように顔をそむけていたが、しばらく考えた後、かすれた声でつぶやいた。

「不思議な因縁やな」

「何が、でございましょうか」

実資はうかがうように道長を見た。

「わしと伊周、隆家兄弟は叔父甥の間柄とはいえ、永年、確執があった。わしもふたりに立腹したことは数知れぬし、あのふたりもさぞかし、わしを怨《うら》み、憎んだに違いなかろう。伊周はその思いを抱いたまま逝ってしもうたが、隆家はいまなお健在で、この国を襲った者たちを退けてくれた」

「さようでございますな」

「そうや。隆家はわしや京の者たちを憎んだであろうに、わしらを守るために命が

けで戦うた。何ゆえかは、わしにはわからぬ」

道長は呆然《ぼうぜん》とした面持で言った。かろうじて隠せていることだが、道長は去年の四月から体調不良に悩まされていた。発熱し、胸が痛んだ。その症状は、道長自身が日記に、

——心神不覚
と記すほどだった。熱に浮かされている間、何度か怨霊《おんりょう》を見た。

関白《かんぱく》になってほどなく逝去し、〈七日関白〉と呼ばれた兄の藤原道兼《みちかね》や道長と対立した三条《さんじょう》天皇の霊だった。いずれも闇の中にほの白くぼんやりと顔が浮かぶのである。道長はこれらの怨霊を目にするたびに、

「わたしにどこか悪いところがございましょうや。わたしは誰にも悪《あ》しきことなどいたしてはおりませぬ」

と弁明した。道長は、本気でこれまで悪業を働いたことはないと思っていた。ただ、好機がめぐってきた時に権勢の座につくことをためらわなかっただけである。

しかし、怨霊は何も言わず、恨めしげに道長を見つめるだけなのだ。

道長はそんな怨霊を恐れてひそかに法性寺《ほっしょうじ》の五大堂に参籠《さんろう》したが、体はさらに衰弱するばかりだった。さらに陰陽師《おんみょうじ》や仏僧による祈禱を行わせても、いっこうに胸

の痛みは治まらなかった。

（これはどうしたことだろう）

思い惑った道長は、最後は仏にすがるしかないと意を定めた。こうして今年の三月二十一日、延暦寺《えんりゃくじ》の僧を招いて出家した。このころは阿弥陀《あみだ》信仰が広がっていた。道長もまた、阿弥陀如来《にょらい》の導きにより、美しく輝かしい極楽に往生したいと願うようになっており、法名を行観《ぎょうかん》とした。

世間には、あたかも功なり名を遂げた後に、この世に未練が無くなって出家したかのように装ったが、実際には病の苦悶《くもん》から逃れたいと思いつめて仏門に入ったのだ。入道した同じ三月に刀伊が九州を襲ったと聞かされて、道長は、

（わしに祟《たた》っている怨霊の仕業であろうか）

と身震いする心持がした。それだけにかねてから道長に遺恨を抱いているはずの隆家が、刀伊を討ち払ったことが不審に思えてならなかった。

「隆家殿が守りたかったのは、道長様や都のひとびとではなかったかもしれませんな」

実資は辛辣《しんらつ》な口調で言った。

「ほう、なんやと言うのや」

顔をしかめて道長が応じた。

「わかりませぬが、隆家殿が守ろうとしたのは、雅《みやび》やかなこの国の美しさではないかという気がいたします」

「なるほどな、それが中関白家藤原隆家にふさわしいかもしれぬな」

道長の言葉を聞いて実資は膝を進めた。

「それでは恩賞のことは――」

「大宰府からの申請通り、認めてやるがよい」

道長は、やむを得ないという表情で言った。

「しかし、最も大きな功があったはずの隆家殿について、大宰府からは何も申請してきておりませぬが」

「隆家らしいではないか。恩賞などいらぬと言うのであろう。押し付けがましゅう与えても、あの男のことだ、叩き返しかねぬ。知らぬ顔をしておけ」

道長は弱々しげに笑った。

実資が朝廷での議定の席上で道長の意向を伝えると、先ほどまで口ぐちに言い散らしていた公卿たちは、たちまち黙った。そして、互いの顔を見合わせた。公任が

ため息をつくように、

「それにしても、道長様にはえらい寛大なことやなあ」

と言った。道長と伊周、隆家兄弟の永年の確執を公卿たちは知り尽くしていた。

道長の陰謀によりふたりが流罪となったこともあったし、一方で道長がふたりから命を狙われたこともあったはずだ。

何より、隆家とは同胞《はらから》である一条天皇の皇后定子《ていし》の悲運に満ちた生涯を公卿たちはいまだに覚えている。定子の記憶が残っている間は、隆家と道長の和解はあるはずがないと誰もが思っていた。それなのに、道長が隆家の九州での戦功に理解を示すとはどういうことなのだろうか。

「思えば、随分と時がたったということかもしれんなあ」

頼通がぽつりと独り言《ご》ちた。伊周、隆家の父道隆が長徳元年（九九五）に亡くなってから諍《いさか》いは始まり、すでに二十四年がたっている。その間、朝廷を巻き込んでの争いは嵐のようでもあった。

「父上様も変わられ、隆家殿も変わったということやろか」

頼通は慨嘆するように口にしたが、ふたりがどのように変わったかを言い表すことはできなかった。

公卿たちも複雑な表情で頼通の言葉を聞いていた。ここ二十年余りの歳月は道長が権勢の座に駆け上っていった日々だった。公卿たちは道長を恐れ、羨《うらや》み、妬《ねた》み、嫉《そね》むことで生きてきた。だが、そんな心持に囚われて過ごした日々がいま終わろうとしているのではないか。

ひょっとすると、それは道長の権勢の終焉《しゅうえん》なのではないかという気がして、公卿たちは不吉な予感を覚えて背筋が寒くなるのを感じた。

七月七日――

諸近が、高麗から日本人の女十人を伴って対馬に戻ってきた。対馬の役所は諸近と女三人を大宰府に送った。

隆家は大宰府政庁で諸近と会った。諸近から離れて階《きざはし》近くに三人の女が控えている。強い日差しの照り返しに女たちはしとどに汗ばんでいた。

「いかがであった。捕らわれし者の行方はわかったか」

隆家の問いに、諸近は疲れ果てた表情で答えた。

「一部の者についてはわかりましてございます。されど、他の者は――」

「わからなんだか」

隆家は目を閉じて唇を噛んだ。

「申し訳ございませぬ」

諸近は低く頭を下げた。堪《こら》え切れずに女たちが声をひそめて泣き伏した。

諸近は高麗の金海に着くと、まず言葉が通じる者を捜した。すると、諸近の前に薄汚れた蓬髪《ほうはつ》で髭面《ひげづら》の法師が現れ、

——仁礼《じんれい》
と名のった。異様に目が鋭い怪しげな男だった。仁礼は日本の言葉がわかり、諸近が刀伊にさらわれた者を捜しに海を渡ってきたと告げると、

「わしにまかせろ」

と言って諸近を高麗の政庁に案内した。仁礼は金海府の役人に顔が利くらしく、馴《な》れ馴《な》れしい様子で諸近が刀伊にさらわれた家族を取り戻しにきたと口早に伝えた。ことの次第を聞いた役人は諸近に同情の目を向けた。

「そうか。お前はあの非道な刀伊どもに家族を奪われたのか」

仁礼を通じた役人の言葉に諸近が息を呑んで、

「刀伊の行方を知っているのか」

と訊くと、役人は大きくうなずいた。

「刀伊は、わが国の湊を荒らした。われわれが、討ち払う備えをして待つ間に、お前の国に行ったようだ。先日、再びわが国の湊を襲って略奪を働いた。だが、五カ所の湊に千余りの兵船を備えていたから、これをことごとく撃退できた」

高麗の兵船は湊に入ってきた刀伊の船に攻撃を仕掛けて焼き払い、刀伊の船中にいた日本人二百数十人を救出した、と役人は話した。

「二百数十人――」

諸近は表情を曇らせた。二百数十人の消息がわかるのは喜ばしいが、連れ去られた者は千人を超えている。残りの者たちの行方が心配だった。役人は親切な男で、

「いまここに、三十人余りの日本人が送られてきている。中の幾人かに会わせてやろう。話をするがよい」

と言ってくれた。やがて諸近の前に連れてこられたのは、多治比阿古見《たじひのあこみ》、内蔵石女《くらのいわめ》というふたりの若い女だった。ふたりは諸近の顔を見るなり、

「恐ろしい目にあいました」

と泣き崩れた。ふたりの話によると、博多湾の海戦で矢を受けた刀伊は次々に死んでいったという。

刀伊は高麗の沿岸にたどり着くと、毎朝、暗いうちに上陸しては略奪を働き、昼間は近くの人の住んでいない島々に隠れた。二十日余りが過ぎた五月中旬になったころ、高麗の兵船数百隻が刀伊の船を発見して襲ってきた。

刀伊は激しく抵抗したが、高麗の船は兵力で勝り、しだいに刀伊を圧倒した。敵《かな》わないことを覚《さと》った刀伊は、捕らえた日本人を船中で殺すか海に投げ込むなどした後、北方に逃げた。

ふたりとも海に投げ込まれたが、高麗船に救われ、金海府に送られたのだという。

諸近はふたりの話を聞いたうえで、

「わたしの妻子や母に心当たりはないだろうか」

と訊いた。だが、ふたりは頭《かぶり》を振って、

「女子供や年寄りは、ほとんどが殺されました。生きておられるかどうかわかりません」

と言うばかりだった。

諸近はそれを聞いても諦《あきら》めきれず、金海府にいたほかの日本人にも会わせてもらうと、その中に博多湾で刀伊に連れ去られていくところを見た伯母がいた。

伯母は見る影もなく痩せていた。諸近に気づくと取りすがって泣いた。

「誰彼なしにひどい目におうてしもうて」

　妻子や母親はやはり海に投げ込まれたのではないかと伯母から聞いた諸近は、気落ちした。それでも生き残っている者が高麗にいることを伝えねばならないと思い、取りあえず十人を伴って、戻ってきたという。

「さようか。大儀であった」

　隆家が気遣う声をかけると、諸近は顔を上げた。

「そう言えば、高麗の役人に会わせてくれた仁礼と名のる者が、それがしが高麗を去る時に気になることを申しました」

「何と申したのだ」

　何事か察したらしく、隆家は身を乗り出した。

「仁礼は以前、わが国に来て博多にいたことがあるそうです。そのおりには宋《そう》の医者恵情《えじょう》と名のっていたと申しました。さらに京にも上り、乙黒《おとぐろ》法師という名であったと――」

「やはり、そうであったか」

　隆家は懐かしげに声を高くした。隆家の前から姿を消した乙黒が、高麗に渡ったのではないかとは想像していた。諸近は唇を湿して言葉を継いだ。

「仁礼はかように申しました。刀伊は北方へ去れり、これよりは契丹《きったん》を討たんと欲す。されば、再び海を越えることはないであろう、と」

「そうか。乙黒がさように申したか……」

「それから、自分はこれより女真の地に行く。そのことを隆家様に伝えよと申して、それがしの前から姿を消したのでございます」

博多湾から去った後、烏雅はそのまま女真の地に戻り、新たな戦いの道を進んでいるのだろう。乙黒からの言伝《ことづて》は隆家に安堵《あんど》の思いを抱かせるものだった。

（わしの荒ぶる想いは、烏雅とともに彼の地に去ったのかもしれぬ）

過ぎてしまえば、嵐の後のような静寂とさびしさが残るだけである。


七月十六日——

道長は、土御門邸のすぐ東に南北三町（約三百三十メートル）、東西二町（約二百二十メートル）の壮大な寺の創建に着手した。

後に法成寺《ほうじょうじ》と呼ばれる寺の十一間の堂に、金色の阿弥陀仏《あみだぶつ》九体を安置しようと思い立ったのだ。壮麗な寺院の建立は道長にとって生涯の最後を飾る華やかな事業だった。建設にあたっての費用、人手は受領《ずりょう》に割り当てられ、受領、官人たちは権力者の道長のために競って奉仕した。

治安《じあん》二年（一〇二二）七月十四日、後一条《ごいちじょう》天皇の行幸を待って厳かに落慶法要が行われたが、その盛大さは参集したひとびとを驚かせた。瓦葺《かわらぶき》の阿弥陀堂には絢爛《けんらん》たる阿弥陀仏が並び、参列したひとびとにこの世の極楽を思わせた。

東廂《ひがしひさし》の中の間には道長が念仏を唱える場所が設《しつら》えられ、蒔絵《まきえ》の机が置かれた。観音像、仏具、花壺《つぼ》などが置かれ、その前に畳が敷かれ、その上に円座が置かれた。

九体の阿弥陀像の手から斑濃《むらご》の組糸が引かれ、中央に安置された阿弥陀像の手に集められている。この組糸はさらに念仏を誦《ず》す座まで伸びていて、あたかも阿弥陀の手にすがり、極楽往生を遂げようとする道長の心を表すかのようであった。

道長にとって、阿弥陀堂は生きていく苦痛からひたすら逃れ、極楽に往生しようと祈願する場所だった。権力欲に溺れたすべての罪障への許しを、阿弥陀如来に求めたのだろうか。

九月――

高麗から虜人送使《りょじんそうし》として鄭子良《ていしりょう》が日本人二百七十人を伴い、対馬を訪れた。このことは京に伝えられ、朝廷は高麗使を大宰府で厚く接待することを命じた。

朝廷ではこの時まで、九州を襲ったのが女真か、あるいは高麗か、どちらであるかわからないという疑念を抱いていたが、高麗の牒《ちょう》（書状）によってはっきりとした。また拉致《らち》されたひとびとのうち三百人が高麗によって救われ、帰国できたのは僥倖《ぎょうこう》とすべきことだった。

隆家は鄭子良を歓待して宴を開き、高麗使へのねぎらいとして黄金三百両を贈った。

鄭子良は隆家による厚遇に感謝しつつ、伝え聞く刀伊のその後の動きについて語った。

「彼らは海賊としての略奪を諦め、契丹に抗する道を選ぼうとしておるようです」

「さようか」

隆家はうなずいた。

女真は高麗の湊を荒らしながらも、討ち払われたことによって、海からの侵攻を断念したのかもしれない。

「渤海国が亡《ほろ》んで後、彼らが国を持てなかったのは、ひとびとを統《す》べる者がいなかったからでしょう。統率する者が出てくれれば、彼らはひとつにまとまることができ、その時は恐るべき力を持てるに違いありません」

「だが、それは、高麗にとって望ましいことではないと思われまするが」

隆家は悠然と盃を口に運びながら言った。

「さようではありますが、われらは契丹によって脅かされています。その契丹に挑む者が出てくることは、必ずしも悪いことではないと存じます」

鄭子良はそう言って笑うと、銀の盃の酒を干した。

隆家は盃を重ねながら大陸に戻った烏雅が馬を走らせ、契丹に攻め入ろうとする姿を思い浮かべた。

それが烏雅にとって、最もふさわしい生き方であるように思える。それは隆家自身がそうありたいと望んだ生き方でもあった。

刀伊と出会ったことで、おのれが大陸に転生し、いままさに馬を走らせ、敵に向かって駆けているのではないか。

ふと、隆家は自身がその場に臨んでいるような心持を抱いた。

隆家の大宰府権帥の任期は今年で終わる。間もなく京に帰らなければならないが、やるべきことを終えた隆家の心境は晴れやかだった。

『大鏡《おおかがみ》』には隆家について、

——やまとごゝろかしこくおはするひとにて

と記されている。京に戻った隆家は、その後も独自の風格を失わず、朝廷のひとびとから重んじられた。

この年から九十六年後の一一一五年に、女真族の完顔阿骨打《わんやんあくだ》が統率して金《きん》を建国した。金は北宋と盟約を結んで、一一二五年に契丹を亡ぼした。

一一二七年にはさらに南下して北宋を倒した。一二三四年、金は同じ遊牧民族のモンゴルによって亡ぼされるが、それまで百年余りにわたって北部中国を支配するのである。

解説

縄田一男
（文芸評論家）

一体、この葉室麟の旺盛な活躍と筆のはやさはどこから来るのであろうか。

ある編集者は、実際に筆がはやいのではないかといい、またある編集者は、デビュー前に書きためておいた作品がかなりあり、それに手を入れているのではないか、という。

かつて作者は私に「自分は遅くデビューしたから、残されている時間が少ないんです」と語ったことがある。

それにしても、メジャーになってからの刊行ペースのはやさは尋常ではない。

昨年末から今年にかけても『さわらびの譜』、そして第一四六回直木賞を受賞した『蜩《ひぐらし》ノ記』の姉妹篇『潮鳴り』、さらにははじめての短篇集となる『山桜記』等、その筆力はとどまることを知らない。

そういえば、前述の「残されている時間が」云々――という発言に照らし合わせてみると、『蜩ノ記』の主人公は、それこそ「残されている時間」が決められており、その他の作品でも作中人物の生死のタイムリミットが定められていたり、死を前提に今日を生きている場合が多い。だからこそ、士道に殉ずる真のもののふを、また男女間の命懸けの恋情をかくも見事に活写できるのではあるまいか。

私事で恐縮だが、実は私は三年前から「オール讀物」の十二月号でその年の時代小説ベスト二〇を選ぶ役目を仰せつかっている。そんなとき、どの作品を選んだらいいのか、いちばん困るのが葉室麟である。

何しろ作品数が多く、どれも水準作以上の出来ばえを示しているからだ。そこで、なるべく、葉室麟作品のテイストを色濃くにじませていながら異色性のあるものを選ぶことにしている。

昨年、選んだのは『螢草《ほたるぐさ》』である。

父が無念の詰め腹を切らされた菜々は、出自を隠し、風早家に奉公するが、御家の不正をめぐって主に危機が迫り、その中心人物に仇がいることを知る。

つまり、藩内の派閥抗争（それは、かつての時代小説の王道の一つであった善玉悪玉がはっきりしている御家騒動ではなく、より、今日的な組織論を含んでいる）＋仇討という得意の題材を扱っているのだが、深刻なテーマながら、全篇に清冽《せいれつ》としたユーモアがちりばめられている点を買ったのである。特に菜々の剣術の師・通称〝だんご兵衛〟などは、一見、ステロタイプのように見えて、剣は「何よりもまずおのれの心の非を斬るものである」と剣の神髄を語り、これを回避している。

そしてラストの微笑ましさは葉室作品でも群を抜いている、といっていい。

そして一昨年、選んだのが『千鳥舞《ちどりま》う』だ。

舞台は博多、ヒロインは、地元青蓮寺の依頼で屏風絵を描くためにやってきた杉浦外記と不義をはたらいてしまった手伝絵師＝里緒である。三年後、破門がとけ、豪商・亀屋藤兵衛から〈博多八景〉の屏風絵を依頼される。

そしてこれを描いていく過程で、図らずも彼女は、自分同様、世の理《ことわり》の外で恋に落ちてしまった男女の思いを、それぞれの絵の中に封じこめることになっていく。そのどれもが生とギリギリのところで息づいており、安易に泣くことも許されない。

これは正に至高の恋愛小説といっていい。

そして、三年前の十二月号で選んだのが『刀伊入寇　藤原隆家の闘い』なのである。

その中で私は次のように書いた――「『刀伊入寇』は、平安中期、あらくれ者として知られる藤原隆家が安倍晴明の予言によって壱岐→対馬→博多へと突き進む異民族・刀伊を迎えうつさまをダイナミックに描いた力作。

主人公が雅びの世界に通じているなど、与謝蕪村をめぐる小宇宙を描いて直木賞候補になった『恋しぐれ』等、この作者の日本文化への憧憬を充分、伝えている。また隆家が刀伊への追撃を対馬までとし、高麗との間で国境紛争が起こるのを避ける抜群の政治的センスは、一朝事あるときに、恐らくは右往左往するに違いない、わが国の政治家たちへの痛烈な批判たり得ていよう。なお、葉室にはこの他にも『川あかり』や、幕末前夜の諸外国の思惑を描いた『星火瞬《せいかまたた》く』がある。

私自身、『刀伊入寇』について触れながらも、葉室作品のあれもこれもについて書きたくて仕方がなかったのを思い出す。

さて、この一巻の妙味は作品を二部仕立てにしている点で、前述の「オール讀物」では、紙数に限りもあり、ほとんど第二部の「風雲波濤篇」にしか触れられなかったが、実はこの作者にしては異色の伝奇小説仕立て（これがベスト二〇に選んだ理由の一つでもある）で、描かれている第一部「龍虎闘乱篇」が第二部へ、すなわち、伝奇が史実へリンクしていく過程が面白く、読む方も興味津々とならざるを得ない。

私の知る限りでは、恐らく、元寇以前のこうした外敵の猛襲を描いた作品は本書のみ。そして作中の合戦はことごとく史実に忠実である。

第一部がはじまり、敵か味方か――隆家は、知り合って間もない怪しの男、乙黒と京の街を行く〈百鬼夜行〉の行列を見かけ、牛車の供をして花山院のもとへ向かっていったのは、瑠璃や烏烈という名を持つ渤海国の末裔で、鬼となってこの国に入りこんでいるのだという、夢枕獏や高橋克彦も真っ青な設定――私は初読の際、葉室麟が伝奇小説を書いている⁉と、かなり驚いたのを記憶している。

が、この発端部は、見事に後の花山院や絶頂期にある叔父・道長との確執、争闘へとつながっていく。事実、簡便な「歴史人物辞典」の類を見ると、道長は隆家に対してかなりナーバスになっており、機嫌を損なわないようにしていた。また、暴れん坊の隆家が流罪先から帰京したとき、「流罪を奏請したのは自分ではないぞ」と、顔色をうかがいながら弁明したなどと、記されている。そして「どこかに強い敵はおらんか」と隆家の不用意に放った言の葉の咎《とが》が伝奇的背景から史実へと、恐るべき敵を招いてしまうというのも心憎い。

何気なくいった言の葉の咎が闘争や災厄を生むというのは、滝沢馬琴の『南総里見八犬伝』等、この種の物語の常道ではないか。

さらに定子が〈道もなし〉といって、伊周が、平兼盛の和歌

——山里は雪降り積みて道もなし今日来ぬ人をあはれとは見む

の意がこめられているのを察し、すぐさま〈あはれと〉と下の句を返し、「宮廷ならではの会話だった」と記した点、

あるいは、

わすれじの行末まではかたければ

　今日をかぎりの命ともがな

と若き日の道隆の恋歌が紹介されるところなど、私は教養などということばよりも日本人の精神的DNAを復活させようとする作者の意志のようなものを、そしてさらにいえば、作者に影を落としている日本浪曼派の通俗的後継者といわれた五味《ご み》康祐《やすすけ》の存在を見たような気がしてならないのだ。

　こうした雅さをはさんで第二部ではいよいよ刀伊との合戦となるが、その一方で日本と大陸との、恐らくは今日に至るまで解決されていない——それはどこぞの首相がいった日本人は単一民族であるという妄想など一蹴し——問題までもが盛り込まれているではないか。

　そして隆家は、持てる者＝道長と持たざる者＝己自身を思い、いくら権勢を誇ろうが、外敵が襲ってくれば、国は一瞬にして滅びるかもしれぬ、何と虚しきことか、

と思うが、これは作中では心情的に書かれているが、秀吉が刀狩をして以来、およそ国民が自衛の武器というものを持ったことがない日本という国の危機管理の甘さへの直言であろう。

そして、いよいよ隆家と彼が瑠璃との間に生んだ烏雅との対決のときが迫る！

そんなときにあって隆家は思う——何故、清少納言は『枕草子』を、さらには紫式部は『源氏物語』を書いたのか。それは、敗者の哀しみの中にこそ美は、そして雅《みやび》が顕現するからなのではないのか、と。

私も心から葉室麟の小説は美しいと思う——「この国には敗者を美しく称える雅の心がある。だからこそ、この国を守りたいと思う。この国が亡びれば雅もまた亡びる」。さんざん記してきたが、本書のテーマは何かといえば、この一言に尽きる。

だから隆家は息子に向っていうのではないか——「お前にとっての生涯の戦いの相手がこのわしであるはずがない。疾く、この国を去れ。そして未来の戦いを見つけるのだ。それができぬというのであれば、この場で死ね——」と。

何故、人々は、雅びを、美を守り切ることができないのか。守り切ることができない、ということは辛うじて少しは守ることができたということではあるまいか。

最後にもう一度、記しておく。このテーマ故に本書は美しいのだ、と。

それからもう一つ、作者の唯一の随筆集『柚子は九年で』の中に、長篇一作にも二作にも相当する「三島事件」がある。ぜひ、こちらも読んでいただきたいと思う。

参考文献

『殴り合う貴族たち――平安朝裏源氏物語』繁田信一著　柏書房
『渤海国　東アジア古代王国の使者たち』上田雄著　講談社学術文庫
『大鏡　全現代語訳』保坂弘司著　講談社学術文庫
『枕草子　新編日本古典文学全集』小学館
『源氏物語　1 - 6　新編日本古典文学全集』小学館
『日本の歴史5　王朝の貴族』土田直鎮著　中公文庫

二〇一一年六月　実業之日本社刊

実業之日本社文庫 は51

刀《と》伊《い》入寇《にゅうこう》 藤原隆家《ふじわらのたかいえ》の闘《たたか》い

2014年4月15日 初版第一刷発行
2014年5月1日 初版第三刷発行

著 者 葉室《はむろ》 麟《りん》

発行者 村山秀夫
発行所 株式会社実業之日本社
〒104-8233 東京都中央区京橋 3-7-5 京橋スクエア
電話 [編集]03(3562)2051 [販売]03(3535)4441
ホームページ http://www.j-n.co.jp/
印刷所 大日本印刷株式会社
製本所 大日本印刷株式会社

フォーマットデザイン 鈴木正道(Suzuki Design)

ISBN978-4-408-55167-8（文芸）

葉室 麟

刀伊入寇《といにゅうこう》 藤原隆家の闘い